世界と語る講演集

莫言の思想と文学

HALLUCINATORY REALISM

莫言［著］／林 敏潔［編者］／藤井省三・林 敏潔［訳］

東方書店

莫言（中央）、林敏潔（左）、藤井省三（右）
北京師範大学「莫言シンポジウム」懇親会にて（2014年10月25日）

本書は、中華社会科学基金
（Chinese Foundation for the Humanities and Social Science）
の援助を受けて刊行されました。

短序——日本の読者の皆さんへ

莫　言

私が初めて外国に行ったのは一九八七年のこと、それから今日まで二八年が過ぎました。この間に数十カ国を訪ね、百回以上の講演を行ってきました。事前に原稿を用意した講演もあれば、アドリブで行った講演もございます。そしてアドリブ講演は、事前に原稿を用意したものよりいつも生き生きとしています。その理由の一つは、アドリブ講演はいつもその時その場の情景と密接に結び付きながら感想や話題を発表することができるので、現場の聴衆との交流が容易となるためでして、もう一つの理由はより自由にして気持ちを込められますので、言葉がより伸び伸びとして流暢になり、インタラクティブ性に富むからなのです。当然のことながら、アドリブ講演では拍手と笑いをいただくうちに有頂天になってしまい、得意のあまり正しくない用例、不適切な言葉づかい、過度の風刺に走ってしまうこともあり、その結果講演後に面倒が生じる場合がございます。それにもかかわらず、私はなおもアドリブ講演を望みます。アドリブ講演は原稿の丸暗記ではなく、原稿の丸暗記は講演にはならずお芝居になってしまうからです。

もちろん、事によっては原稿を用意した講演でも大変生き生きとしていることがありますが、そもそも重大なことに触れる原稿は、念入りに準備しなくてはならず、放談するわけにはまいりません。しかし文学論は、アドリブが良いのです。

私は日本を十回訪問しており、多くの日本の友人と親交を結び、数十冊が翻訳され、結果として多くの日本人の友人を持つに至りました。本書の中の多くの講演は、日本でアドリブのうちに生み出したものなのです。私の小説を読んだことのある日本の読者が、本書から、別のものを発見できることを願う次第でございます。

二〇一五年一〇月一〇日

目次

目　次

※本文中の〔　〕内は訳者による注である。

外国1

黒い少年——私の精霊

一九九九年一〇月二三日　京都大学

莫言の日本・韓国・欧米における最初の講演。この年、莫言は在日中国人文化人の毛丹青（現・神戸国際大学教授）の尽力により初来日を果たし、京都大学、東京大学、駒沢大学を訪問し、雑誌『世界』で対談している（二〇〇〇年一月号）。この講演では作家志望の動機や川端康成『雪国』ショックをペーソスたっぷりに語っている。

紳士淑女の皆様、私がこの場で皆様に講演させていただけますのも、私が小説を書いており、日本の中国学者の吉田富夫さん、藤井省三さん、さらに何人かの方が私の小説を日本語に翻訳して下さったからでございます。私の小説が吉田富夫さん、藤井省三さんそしてその他の方の慧眼にとまったことは私の幸運、私が美しい日本の国土に足を踏み入れ皆様に講演申し上げますことは私の名誉でございまして、今日の幸運も名誉も、私が二〇年前に執筆開始したときには夢にも思わなかったことでございます。

二〇年前、最初の小説の筆を執ったとき、私は未だ故郷の高密東北郷の高粱畑から抜け出してきたばかりの農民でして、中国の都会人が田舎者を見下して言う言葉では「頭に高粱を載せた乞食」でありました。私が文学創作を始めた動機は非常に単純でして、ちょっとばっかり原稿料稼ぎをしてピカピカの革靴を買ってやり虚栄心を満足させたいというものでした。もちろん、革靴を買いますと、私の野望はさらに膨らみました。当時の私は上海製の腕時計も欲しくなり、手首にはめて、故郷に帰り、村人たちに自慢してやろうと思ったのです。当時の私は兵営の歩哨をしておりまして、あの長い長い夜を、私は甘い想像にドップリひたって過ごしたものです。革靴を履いて腕時計をはめて故郷の大通りを行ったり来たりするようすを想像し、村の娘さんたちが私に愛情あふれる視線を投げかけてくれることを想像していたのです。私はしばしば自分で自分の想像力の高ぶりに感動して熱い涙を流し、歩哨交代時間を忘れてしまったものです。しかし悲しいことに、結局は原稿料で時計は買えず、私の最初の腕時計はやはり父が牛を売って買ってくれたのです。さらに悲しむべきことに、私が革靴を履いて腕時計をはめて大通りを行き来しても、娘さんたちは振り向いてもくれず、お婆ちゃんたちが胡散臭そうに眺めるだけだったのです。

私が創作を始めたとき、中国の現代文学はいわゆる「傷痕文学」〔文化大革命（一九六六〜七六）終息後の一九七七年から三年余りの間に登場した小説で、文革により家族・友人・恋人などの人間関係が崩壊させられた悲劇を描いている〕の後期にあたり、ほとんどあらゆる作品が、文化大革命の罪悪を訴えておりました。このときの中国文学は、なおも多くの政治的任務を背負っておりまして、独立した品格を持ち得ておりませんでした。私は当時の流行作を物真似しまして、今読み返すと焼いて然るべき作品を書いていたのです。文学は政治に奉仕せよ、の魔の影から必ず抜け出さねばならないと自覚したとき、私はようやくやや完全な意味での文学作品を書き始めたのです。このときにはすでに八〇年代の半ばとなっておりました。この覚悟は、読書により得たものでした。それは十五年前の冬のある夜更けのこと、川端康成の『雪国』を読み始めた私が、「黒くたくましい秋田犬がそこの踏み石に乗って、長いこと湯をなめていた」〔これは語り手の島村が芸者の駒子と再会するあたりの描写〕という一節を読んだとき、一つの生き生きとした画面が生きているかのように私の目の前に飛び出してきまして、久しく恋い焦がれていた娘さんに撫でてもらったような感じがしまして、感動のあまり居ても立ってもおられず、経験したことのない興奮を味わっておりました。私には小説とは何か、自分は何を書くべきか、如何《いか》に書くべきか、がわかったのです。それ以前は、私は何を書くか如何に書くかについては悩み続けており、自分に相応しい物語が見つからないだけでなく、自分の声を発することもできなかったのです。川端康成の小説の中のこのような一節は、闇夜の灯台のように、私の進むべき道を照らし出してくれたのです。

そのときの私はじれったくて『雪国』を読み終えることはできず、この本を置くと、自分の筆を執り、こんな一節を書き始めたのです――「高密東北郷原産の大きく白い従順な犬は、何代も続くうちに純血種はほとんど見かけなくなった」。こうして私の小説に初めて「高密東北郷」が登場したのでありまして、私の小説で初めて「純血種」に関する概念が登場したのもこの一句においてなのです。この小説こそ後に台湾の聯合文学賞を取り多くの外国語に翻訳された「白い犬とブランコ」でした。それからというもの、私は「高密東北郷」の大旗を高々と掲げ、草莽の英雄の如く、兵を集め軍馬を買い入れ、王国創建の準備を始めたのです。

この「高密東北郷」の大旗を掲げる前、と申しましょうか、川端康成さんのお湯をなめる秋田犬を読む前には、私は創作の材料を探し当てられませんでした。私は教科書の教えに従い、農村や工場へ生活体験にまいりましたが、そこから戻って来ても相変わらず書くべきものがないと感じておりました。川端康成の秋田犬は私の目を醒まさせたのです――実は犬だって文学に入れるんだ、お湯だって文学に入れるんだ！　それからというもの、私は小説の材料が探し当てられないからといって心配することはなくなりました。それからというもの、私がある小説を書いていると、新しい小説が急いで巣に帰って卵を産まんとする雌鶏の如く、私の背後でクックックックと鳴き通しなのです。以前は私が小説を書いていましたが、今では小説が私を書いており、私は小説の奴隷となったのです。

もちろん、一人一人の作家は必ずや、一定の社会的政治的環境の中で暮らしており、完全に政治と無関係の作品を書こうとすることは不可能です。しかし良き作家は、常に百方手を尽くして自らの作品にさらに広範で普遍的な意味を与えようと努力し、常に自らの作品がより多くの人に受容され理解されるように努力するのです。良い作家が書くものは彼の故郷の手の平ほどの大きさの場所にすぎないのかもしれない、その手の平ほどの大きさの場所の人と事件にすぎないのかもしれませんが、作家が筆を執る前の手の平ほどの大きさの場所とは世界にとって欠くべからざる組織の一部であり、その手の平ほどの大きさの場所で発生したことは世界史の一断片であると自覚したため、作家の作品は世界に向かって歩み出し、全人類から理解され受容される可能性が大いにあるのです。これはアメリカの作家フォークナーが私に与えてくれた啓示であり、また日本の作家の水上勉、三島由紀夫、大江健三郎が与えてくれた啓示でもあります。もちろん、彼らがいなくとも、私はやはりこのように書いたことでしょう。彼らがいなくとも、私はやはりこの道を歩いたことでしょうが、彼らの創作実践は私に役に立つ経験を提供してくれたので、私はひどい回り道をせずにすんだのです。

一九八五年、私は「透明な人参」、「爆発」、「枯れた河」など一群の小説を書きまして、文壇において広く名声を得ました。一九八六年、私は『赤い高粱』を書きまして、文壇的地位を確立しました。一九八七年、『歓楽』と『赤い蝗』を書きましたところ、この中篇小説二作は激しい論争を引き起こし、ずっと私を持ち上げてくれていた多くの評論家までも私のことを嫌いになったのは、私の作風に驚いたからだと思います。その後の二年間で、私は長篇小説『天堂狂想歌』と『十三歩』の創作を行いしました。『天堂狂想歌』は現実の事件に基づき書いたもので、当地の貪官汚吏は私の足をへし折ってやると公言していたものです。『十三歩』は複雑な作品でして、去年私がフランスのパリのある大学で講演をしたところ、一人のフランスの読者が私に、五色の鉛筆で符号を付けて、ようやく本書がわかりました、と言いました。私は彼女にこう答えました――私が『十三歩』を読み返すとすれば、六種の鉛筆で符号を付けなくては。一九八九年、私はすでに藤井省三さんが日本語に訳している『酒国』を書いておりまして、中国ではこの長篇はほとんど誰にも知られておりませんが、私はこれこそ私の今に至るまで最高の長篇だと考えておりまして、私の自信作でございます。その後の数年のうちに、私は大量の中篇・短篇小説を書いておりますが、これらの中短篇を書く間にも、私の心が落ち着かなかったのは、ある巨大なるテーマが私に呼び掛けていたからでして、そのテーマとは、吉田富夫教授が日本語に訳した『豊乳肥臀』でして、この本は私に多くの面倒を持ち込みましたが、新しい名声ももちろんもたらしました。『酒国』と『豊乳肥臀』を比較しますと、『酒国』が私の美しくて乱暴なる愛人とすれば、『豊乳肥臀』は優しく物静かな祖母であります。

私はこれまで中国の文芸批評家から多くの文学レッテルを貼られておりまして、彼らはときに私を「新感覚派」と呼び、ときに「ルーツ探求派」と呼び、ときに「アヴァンギャルド派」陣営に私を分類するのです。これについて私は反対もせず賛成もしません。作家は自分の創作にのみ関心を寄せるのでありまして、読者の自作に対する見方にさえ関心を示さないのです。彼が関心を寄せるのは自作の登場人物の運命でありまして、それは自分が創造したものなのですから自分自身よりもさらに大事な命であり、彼の血肉と繋がっているのです。一人の作家はその生涯において実は一つのことしかできません——それは自らの血肉、自らの魂さえも、自らの作品に移してしまうこと。

一人の作家は一生涯で数十冊の本を書けるでしょうし、数百の人物を作り出せるでしょうが、数十冊の本とは一冊の本のさまざまな複製品にすぎず、数百の人物とは一個の人物のさまざまな化身にすぎません。この数十冊を合わせてできる一冊の本こそが作家の自伝であり、この数百の人物を合わせてできる人物こそが作家の自我なのです。

どうしても自分の本の中からこのような人物一人を選び出すとしますと、さてさて、その人物とは、「透明な人参」で描いたあの姓も名もない黒ん子〔言文は「黒孩《ヘイハイ》」、色黒の少年という意味〕なのです。この黒い少年は話す能力はあるのですが、めったに話をせず、話すことは彼には負担に感じられるのです。この黒い少年は常人には耐えられない苦しみを耐えることができまして、滴る水が凍ってしまうような厳寒の冬でも、半ズボン一丁で上半身裸、足には靴も履いていません。彼は真っ赤に焼けた鉄を手に握ることもできます。彼は自らの身体の傷に対し見て見ぬふりができます。彼は幻想する力を有し、他人には見えない不思議な美しい事物が見えます。彼は他人には聞こえない音が聞こえます。たとえば彼には髪の毛が地面に落ちる音が聞こえ、他人にはわからない匂いをかぐことができまして、もちろん、彼も『豊乳肥臀』の上官金童のように女性の乳房に夢中になっています……まさに彼にはこのような尋常ならざるところがあるために、彼が感覚する世界は常人には不思議で新鮮な世界に見えるのです。そのため彼は自らの目により人類の視野を広げており、自らの体験により人類の体験を豊かにしており、彼は彼でありながら彼を超えており、人でありながら人を超えているのです。科学技術がかくも発達し、現実のコピーがかくも便利になった今日、この種の似て非なる超越とは、まさに文学が存在しそして存在し続ける理由なのです。

黒い少年は一つの精霊でありまして、彼は私と一緒に成長し、しかも私に従って天下を普く歩いた、私の守り神なのです。今も、彼は私の背後に立っておりまして、紳士方には見えなくとも、淑女方には必ずやお見えになっているはずです――なぜならどれほど不思議な子供であっても、母親がいるのですから。

外国2

二一世紀の中日関係

初来日時の講演。自らの日本イメージを幼児期に祖父から聞いた徐福伝説から語り始め、日中戦争が莫言に与えた深い傷が日本の文学や映画により癒やされたことに触れ、自分は「作家などにはならず、頑張って大食いし、相撲取りになりたかった……とりわけテレビで美しい日本の娘さんが相撲取りに嫁いだのを見てから」とユーモアたっぷりにまとめている。

一九九九年一〇月　関西日中関係学会

吉田富夫さんがファックスしてきた講演テーマを受け取って、私は次のような感じを受けたのです——二一世紀の日中関係の展望、こんな話題は、江沢民と小淵恵三に語っていただくべきであり、私のような者が、このようなことのために心配する必要などまったくない、と。しかし中国では昔の人がこのような対聯〔左右一対の縁起ものの句〕をすでに書いておりまして、即ち「風声雨声読書の声、何れの声にも耳を傾け、家事国事天下の事、何れの事にも心を寄せる」。古訓は貴ぶべし。我しばし妄言を語るに、諸子しばし妄聴せよ。

未来を展望するには、まずは過去を回顧せねばなりません。二一世紀の中日関係は、二〇世紀ひいては二千年来の中日関係を基礎として成長するものでありまして、中日関係とは、複雑にして単純、憎しみありて愛もあり疎遠にして親密であります。中国の有名な『紅楼夢』もこう申しております――「仇なりゃこそ寄りもする」〔原文は「不是冤家不碰頭」。『紅楼夢』第二九回に「不是冤家不聚頭」という一句があり、伊藤漱平訳『紅楼夢（第3巻）』（平凡社ライブラリー）は「縁がなければ、こうしてめぐり会いはせぬの意」という訳注を付している〕。

幼少のころから、私は中国の東方に、大海を隔てて日本と呼ばれる国があることを知っていました。私の祖母はこう言っておりました――太陽はそこから昇って来るんだよ、と。祖母によれば、日本とは大きな溜池で、太陽は昇り始める前には、その溜池で寝ているのです。祖母によれば、このでっかい溜池の畔には多くの桑の大木が生えており、桑の木には桑の実がたくさん実っており、背が高くない人たちが、ひねもす木の枝に腰掛けて、歌を唱いながら桑の実を食べているのです。この歌を唱いながら桑の実を食べている人たちが日本人なのです。その後、私は祖父の口から、徐福〔秦の始皇帝に命じられ、東海の三神山に不老不死の仙薬を求めたという人物〕が大船に乗り、三千の童男童女を率いて、大海奥深くの仙山に至り秦の始皇帝のために不老不死の薬を探し求めたという物語を聞くことになります。これは美しき伝説でして、中国ではほとんど知らない者はいないほど有名です。日本の大学者、柳田国男さんは大著『伝説』で「伝説の一端はときに歴史そのものに非常に近い」、伝説と神話とは異なり、神話はすべてフィクションだが、伝説はしばしばある歴史的事件を核心とする、と述べています〔『伝説』は一九四〇年に岩波新書として刊行された。同書には「伝説の第四の特徴としてもう一つ、『歴史になりたがる』という点を挙げなければならぬ」という一節がある〕。私は徐福が東海に渡ったというのは神話ではなく伝説であり、このため私も、日本民族と中華民族とは特に親密な関係を持っていると考えております。その後、私はさらに本で鑑真和尚があらゆる苦難をなめつくして日本に渡り、仏教を広めたという物語を読みました。徐福東方に渡るが多少神話的色彩を帯びているとするならば、鑑真日本に渡るは確かに事実なのです。刃傷沙汰になることもありまして、これは神様が人を創造したときに残した欠陥でありまして、私はこのような角度から今世紀前半の中日間の戦争を理解したいと願っております。このような角度を選んだ理由は、以下のような考えに基づきます。いったん戦争が勃発すれば、真っ先に酷い目に遭うのは庶民でありまして、中国の庶民だけではなく、日本の庶民も同様なのです。私は一九五五年に生まれましたので、本当の日本人を見たことがありませんでした。私が中国の映画や漫画で見ていた日本人はどれもこれも凶悪な顔付きで、とても恐ろしかったのです。一九八〇年代から私は小説創作を開始しまして、この小説を通じて多くの日本人と接触するようになったのです。日本人は大変礼儀正しく、誠実で、しかもとても美しい方もおり、私が中国映画で見ていたのとは大違いでした。このとき、私はようやく気付いたのです――日本人も中国人と同じであり、人であって化け物ではないのだ、と。八〇年代初期には、日本映画が中国で大流行しまして、『君よ憤怒の河を渉れ』（佐藤純彌監督、一九七六年）、『愛と死』（中村登監督、一九七一年）、『サンダカン八番娼館　望郷』（熊井啓監督、一九七四年）、『遙かなる山の呼び声』（山田洋次監督、一九八〇年）……と、クールな高倉健は無数の中国の若い女性を魅了しましたし、栗原小巻、中野良子は無数の中国の若い男性を魅了しまして、その一人に私も含まれるのです。こうして私にもようやくわかったことは、日本人も中国人と同様に美しい感情を持っており、日本の娘さんは中国の娘さんと同様に美しいどころか私が知っている中国の娘さんよりもさらに美しいということでした。すべての罪は戦争にあるのです。戦争が人間性を消滅させて獣性を呼び起こし、戦争が人間性をねじ曲げてしまうのです。戦時中の罪悪は戦争を発動した人が負うべきであり、戦争が引き起こした問題は政治家が解決すべきなのです。人民に対しては、いかなる責任も問うべきではない、なぜなら誰もが被害者であるからです。

二一世紀が目前です。新世紀においては、中日両国人民のテーマは友好であるべきだと私は考えております。友好とは交流の中で築かれるのであり、交流を通じて実現されるのです。実際には交流は早くに始まっておりまして、物の交流もあれば、文化の交流もございます。わが家のテレビ、冷蔵庫、ファックス、プリンターはみな日本製でありまして、髭剃りまで同様なのです。新世紀には日本人の家庭にも中国製の電化製品があることを希望しています。

二〇年前に私は日本作家の作品を読み始めました――川端康成、谷崎潤一郎、三島由紀夫、大江健三郎……日本作家の作品は中国作家の視野を広げてくれまして、今の中国文学は大量に日本文学から営養を吸収しております。私どもの作品も日本で翻訳されているとは言え、私個人が思いますに、私どもの作品と先ほど触れました日本の大作家の作品との間にはなおも格差がございます。新世紀においても、私どもは日本作家の作品から営養を吸収し続けたいと希望しており、そしてさらなる希望とは日本作家の中に率直にこう言う方が現れることです――私の創作は、中国作家の影響を受けている、と。

新世紀にあっては、戦争はスポーツ競技に取って替わられることを希望いたします。私たちはサッカー場で闘い、バスケット・コートで闘い、バレー・コートで闘い、卓球台で闘い、トラック競技で闘うことを希望いたします。さらには、私たちは一緒に大相撲を取るべきなのです。私は相撲を見るのが大好きなのです――もちろんテレビで見るのですが。もしも自分が日本で生まれていたら、私は作家などにはならず、頑張って大食いし、相撲取りになりたかったと思います。とりわけテレビで美しい日本の娘さんが相撲取りに嫁いだのを見てからは、私のこの願いはますます激しくなっております。

十数年前のこと、私が友人と一緒に北京の大通りを歩いていたところ、ある店のドアに「日本料理」の大きな四文字が書かれていたのです。私は友人にこう尋ねました。「日本人はどうして北京まで来て風呂屋を開くんだい？」。私は料理とは入浴の意味かと思ったのですが、友人はお前は田舎者だなあと大笑いし、料理とは入浴ではなく、料理店とは浴場ではなくて食事する場所なのだ、と教えてくれたのです。次の世紀においては、大多数の中国人が日本料理は日本風呂ではないことを知っていることを希望し、大多数の中国人が日本料理を食べていることを希望しているのです。去年の春のこと、私は日本の友人の南條竹則さんと、中国の瀋陽で満漢全席を食べまして、三日食べ続け、北京に戻ったときには体重が三キロも増えていました。次の世紀には、日本人民の大多数が中国にいらして満漢全席を食べ、体重を増やして相撲に行くことを希望しているのです。

私の娘は北京大学の付属中学高校に通っておりまして、この学校は日本の幾つもの中学高校とお付き合いがございます。最近、日本東京の早稲田大学付属高校の生徒が娘の学校に交流にお出でになったものですから、娘はとうとう前から文通していた日本の男の子である田中佑輔君に会えたのです。田中君に会った娘はすぐに私に電話をくれまして、すっごく失望したと言うのです。その男子は黒髪を茶髪に染めており、良い子には見えないと言うのです。私は娘に気にしないように、どのみち彼らは二、三日後には帰ってしまうのだから、と言いました。二、三時間後に娘は再び電話を掛けてきて、しばらく話したら、この田中君も悪くない、悪い子ではないと言うのです。私は、二人で何を話したの、と聞きました。娘が言うには、スラムダンク、ガーフィールド、ちびまる子、オフサイド……二人はアニメから共通の話題を探したのです。翌日娘は再び電話をくれまして、田中君に対する印象はますます良くなったこと、彼は不良どころか、良い子だ、と言うのです。その後はもう電話をくれなくなりました。日曜日に帰宅した娘は、異常に興奮しており、滔々と話し続け、この茶髪の日本人坊やを絶讃するのです。彼は一見ルックスはクールだけど、実はとってもはにかみ屋であり、癖まで自分と同じで、手持無沙汰なときには髪の毛を指で巻くのが好きで、巻いてるうちに、髪はカールだらけになってしまったとのことです。今でも、田中君の話になると、娘はやはり喜色満面となるのです。

新世紀にあって、私は中日両国の男の子と女の子とが濃い感情、愛情さえも打ち立てることを望んでおりまして、このようなことが多くなれば、戦争の機会は少なくなることでしょう。

外国3

神秘の日本と私の文学履歴

駒沢大学　一九九九年一〇月二八日

初来日時の一連の講演の一つ。『雪国』ショックで作家となった莫言が、『伊豆の踊子』ゆかりの温泉で川端康成の幽霊に歓待されるという〝魔術的リアリズム〟風の体験談の他、東京街頭で見かけたギャルたちを〝キツネ娘〟、応援団の学生を〝カラス青年〟と命名して自らの小説のモデルにしたいとも語っている。

一．梶井基次郎のレモン

私は初めて日本の国土を踏んだのですが、それでも以前から、私の小説には、多くの日本の山や川、風土や人情に関する描写が出ております。それはまったくの想像でありまして、門を閉じて馬車を作るという現実遊離の執筆でしたので、来日後には、私の想像と真実の日本とは大いに異なることを発見した次第です。私の小説の中の日本は、一つの文学的日本でありまして、このような日本は地球には存在してはいないのです。

今回の短い日本の旅は、文学の旅とも言えますし、さらには神秘の旅とも言えるでしょう。

一昨日私たちが伊豆半島中部の多くの温泉と旅館がある場所に着きますと、夕暮れ時でありました。果てしなき暮色の中、深浅のほどもわからぬ猫越《ねっこ》川が大きな水音を立てて流れ、細い路の両脇には濡れた大木と蔓性植物が生い茂り、私は奥では多くの神秘的な精霊が活動しているかと思いました。駒沢大学の釜屋修さんはまず私を湯本館に連れて行って下さいました――ここはその昔川端康成〔一八九九～一九七二〕が泊まり込んで『伊豆の踊子』を書いた、小さな旅館なのです。釜屋修さんが何やら巧みに語って門番の老婦人を説得し、川端康成が泊まっていた部屋の見学許可を得て下さいました。私が例の有名な部屋へと通じる階段に座って写真を撮り、それからさらに川端康成が座った座布団に座って写真を撮ったのは、そこから霊気を受けたかったからなのです。階段は本物だとわかりますが、座布団はきっと贋物なのでしょう。それは小さな、しかしなかなか上品な部屋でして、川端康成の気質にとても相応しく、この部屋は彼のために特に準備されたものだと思いました。

湯本館を出て、曲がりくねった暗い山道をしばらく歩きますと、梶井基次郎〔一九〇一～三二〕が『檸檬』を書いたときに泊まっていた小さな旅館に着きました。梶井は若き天才でして、『檸檬』を書いてまもなく吐血して亡くなりました。釜屋修さんによれば、『檸檬』は才気あふれる作品ですが、残念ながらまだ中国語訳は出ておりませんで、大多数の日本人もこのような作家がこのような作品を書いたことを知らないとのことです。釜屋修さんがおっしゃるには、七十余年前、このあたりにはまだ電気が通っておらず、車もなく、住む人も少なく、荒涼としておりました。毎夜、梶井は満天の星や月を仰ぎながら、曲がりくねった山道を通って湯本館を訪ね、川端康成と文学を論じ合ったとのことです。深夜まで議論すると、再び一人で帰って行くのです。川端康成がこの青白き青年を送って行ったのかどうか私は考えます。深夜の輝く星空の下、曲がりくねった山道を老人と青年二つの文学の精霊が歩んで行ったのかどうか。釜屋修さんは知らない、文献にも記録はないとおっしゃる。しかし私は胸のうちで必ずこのような情景があったに違いないと執拗に想い続けておりまして、それは実に感動的な情景なのです。釜屋修さんがおっしゃるには、梶井の没後、彼を記念するために、日本の作家たちは、檸檬忌《れもんき》を設けまして、毎年梶井の命日に開かれており、その際には多くの日本作家が各地より馳せ参じるとのことです。しかし今では檸檬忌も次第に縮小しているようすで、人々はすでに梶井を、彼の『檸檬』を忘れてしまい、当然大勢の人が檸檬忌のため遠路遙々やって来るようすも見られなくなりました。

梶井の旅館を出まして、険しい小道沿いに進み、小山に登って、釜屋修さんは私を梶井のお墓参りに連れて行って下さいました。山上には、ただ一つポツンと立っている墓と墓前の紫色の石碑が、なおも残るひと筋の血色の夕焼けの光に照らされておりました。石碑の頭頂部には、黄色のものがサンサンと光を放っておりました。それは一つのレモンでした。釜屋修さんが驚きの声を発しました――こんな季節にどこからレモンが来たのだろう。私は考えておりました――私が来る前にこのレモンをお供えしたのはどんな人なのだろうか、と。

二、川端康成の幽霊

その夜は、私たちは湯本館から遠くはない緑色の天城旅館に宿をとりました。この旅館は湯本館よりもやや大きく、モダンな雰囲気がやや濃いのですが、旅客はまばらで、私たち数人しかいないようすでした。夕食後、それぞれ寝室に戻りまして、消灯就寝いたしました。窓を隔てて、猫越川の流れの音がさらに大きく聞こえます。多少の寒気と心細さを覚えつつ、私は夢の世界へと入って行ったのです。夜中にトイレに起きまして（この旅館の客室にはトイレがありません）、戸を開けたとき、スーッと冷たい風が吹き、何やら濃いお化粧の香が感じられたのです。私は思わずゾクッとし、恐いような、面白いような気持ちになりました。長い廊下を抜けてトイレに向かう間には、後ろの階段から、カランコロンと下駄の音が聞こえてきます。私は足を止めて、階段の上がり口を眺め、白蓮のような柳腰の日本美人が現れるのを見られるかと期待しておりましたが、誰も現れず、下駄の音も消え、猫越川の水音が聞こえるだけ、どうやらあの下駄の音など元々なく、私の幻覚にすぎなかったようです。私は少し残念に思いながらトイレに入りました。トイレには大用の個室が幾つもあります。戸を押してトイレに入って行くと、大用の個室からザーザーと水が流れる音が聞こえてきます。先ほどの階段から聞こえた下駄の音は私の幻覚だとしても、今回の、水洗トイレの流れる音は、絶対に真実でありまして、ほら、水が流れたあとには給水の音が続いているではありませんか。これはつまりトイレに用足しに来た人がおり、彼はまもなく出て来るというわけです。しかし私がトイレを出るまで、誰一人例の水が流れた大用個室から出て来る人はおりません。失礼とは思いながら思い切ってそのドアを開けてみたところ、皆さんすでにおわかりのように、中には人っ子一人おりません。部屋に戻ったあとは、寝付くことができず、ずっと外のようすに耳を傾けておりましたが、川の水音以外に、何も聞こえませんでした。やがて夜明けが近付くと、果たして遠くから雄鶏の鳴き声が聞こえてきました。これにも私は感無量でした。すでに久しく雄鶏の鳴き声を聞いておらず、私の生涯でこのような環境にあって、このように静まりかえった、神秘的な朝に遙か遠くのあたかも数百の歳月を隔てたところから届く雄鶏の鳴き声を聞いたことがなかったのです。私は「鶏声茅店《けいせいぼうてん》の月、人跡板橋《じんせきばんきょう》の霜」（「鶏声茅店月、人迹板橋霜」晩唐の詩人温庭筠作「商山早行」の一句。商山という宿場の茅葺きの小さな旅館を早朝に旅立つようすを詠じた作品）という境地を思い出し、鶏泥棒の時遷（じせん、シー チエン。『水滸伝』の登場人物で盗賊の出身、一〇八人の英雄のうちの第一〇七位）や、お客に湯を湧かす店小二《ティエンシァオアル》（ボーイ）を思い出し、滄州へ流罪となった林冲（りんちゅう、リン チョン。『水滸伝』の登場人物で禁軍（皇帝直属軍）武芸教官の出身、一〇八人の英雄のうちの第六位）を思い出し、あの時代にあっては、鶏は人々の目覚まし時計であり、足を洗う水は「足洗い水」とは呼ばず、「湯」と呼ぶからには、入浴の水も必ずや「湯」と呼んだに違いなく、川端康成さんが泊まっていた例の旅館は湯本館ではなかったか。私が泊まった旅館の一階には素晴らしい温泉風呂がありまして、最初の晩に私たち数人で一緒に入浴しました。中では湯気がモクモク湧き上がり、湯が岩の隙間からゴホゴホ湧き出し、風呂場には濃厚な硫黄の臭いが満ちていました。どうせ眠れないし、夜が明ければ伊豆ともお別れ、当然のこと愛すべき温泉ともお別れなのだから、もうひと風呂浴びてこようか。

私が一人で下に降りて風呂場に行きますと、誰もおりませんで、私は温泉と脱衣室との間の両開きの戸も閉めませんでした。熱い湯に浸かりながら、ぼんやりと昨夜に起きたことを考えていたところ、まさにこのとき、目の前の両開きの戸が音もなく閉じたのです。私は旅館の従業員が私のために戸を閉めてくれたのかとも思いましたが、戸は音もなく、ゆっくりと閉じており、そこには誰もいなかったのです。私は風呂から出ると、同行の友人にこの奇遇について話しましたが、彼らは信じてくれません。電動の自動感知式ドアなんでしょうと言うのですが、下に降りて現場を確認しますと、そもそも電動式ドアなどではありませんし、明らかにめったに閉じられたことがないようすで、手で押すにも力を入れねばならず、しかもギギーと音がするのです。その後、私たちは朝食を食べに行き、食卓でも再びこの件が話題になりましたが、友人たちはやはり信じてくれず、私の悪い冗談だと言うのですが、まさにこのとき、私の前に置かれていた割り箸が「パシッ」と鳴って二つに割けたのです。これは皆さんの目の前で起きたことなのですが、やはり友人たちは信じたくないようでした。

私は信じたいと思います――夜中から早朝にかけて起きたこれらの事件は、川端康成さんの霊験あらたかなることでなければ、あの若い踊り子の薫子（『伊豆の踊子』のヒロイン）の霊験あらたかなることであると。

三．井上靖の雪虫

昨日の午前中、釜屋修さんは私たちを井上靖の旧居と、さらに彼が通った小学校の参観にご案内下さいました。学校の裏にあるグランドの端には、井上靖直筆の詩碑が立っています。詩句はもちろん素晴らしいのですが、残念ながら私は忘れてしまいました。学校門内の池には一組の彫刻が置かれており、左側は大頭の少年で、背中に風呂敷を背負い、手には一枚の楓の葉を持ち、空を見上げておりまして、どうやら雪虫を追いかけているようです（井上靖には『しろばんば』〔雪虫〕という有名な作品があります）。釜屋修さんのお話では、これはとても美しい虫で、秋も深まり楓が紅葉する季節になると、夕方ごろに現れ宙を舞う、その姿はヒラヒラと散る雪のようだとのことです。その後昭和の森会館で、私は雪虫の標本を見ましたが、それは透明な羽虫で、確かになかなか美しい姿です。井上靖は少年時代に、下校後の帰宅途中、宙を舞う雪虫を追いかけたとのこと、『しろばんば』とは少年時代の暮らしを描いたものなのです。少年の彫刻の右側にはお婆さんが描かれており、あるいはこれは井上靖の母親か、彼のお婆さんなのでしょう。座って、片手を挙げているのは、早くお帰りと子供を呼んでいるようでもあり、遠くまで行きなさいと励ましているかのようでもあります。この一対の彫刻に私が大いに感動したのは、自分の少年時代に戻ったように感じたからでして、井上靖少年が下校後の帰宅途中に、手に楓の葉を持って雪虫を追いかける情景が目に浮かぶようであったためなのです。

東京に戻った夜、釜屋修さんはホテルまで電話を下さり、彼もまた不思議な体験をしたとおっしゃいました。帰宅して新聞を開くと、真っ先に伊豆半島の雪虫に関する記事が目に飛び込んできまして、しかも写真付きだったのです。記事には、この不思議な羽虫は、数十年前には秋の夕暮れ時の空を覆わんばかりに飛び回っていたのだが、今では絶えてなくなった、と。こうして私の頭に三篇の小説の題名が生まれたのです。それは第一篇「梶井基次郎の檸檬」、第二篇「川端康成の幽霊」、第三篇「井上靖の雪虫」なのでした。

四．東京街頭のキツネ娘

昨晩繁栄と喧騒の東京に着きまして、私が伊豆半島で仕込んだ文学インスピレーションの三分の一は逃げてしまいました。夜新宿街頭の一角に立つと、例の伊豆の優雅なる文学インスピレーションはもはや一〇分一を残すのみとなりました。それというのも大通りでは多くのキツネのような娘が動き回っているからです。彼女たちは色とりどりに髪を染めており、京劇役者の朝靴〔厚底の靴〕よりもなお厚底の靴を履き、顔には数多くの星を付け、唇を銀灰色に塗っているのです。彼女たちの顔の上の星と彼女たちの唇とは電灯に照らされて、キラキラ輝いているのです。彼女たちの顔の表情と彼女たちの仕種動作から私はキツネを思い出しました。このとき、逃げてしまったインスピレーションが再び戻りまして、もちろんそれはもはや伊豆式のインスピレーションではなく、東京式の霊感であります。私の小説四作目の題名も生まれました――「東京街頭のキツネ娘」です。

東京では多くのキツネ娘を見つけたほか、大学の門前で一群のカラス青年も発見したのです。彼らは真っ黒な服を着て、つばの着いた黒い帽子を被っています。彼らが大通りを行進しているときには、私はまだカラスと結び付けてはいなかったのですが、行進が終わり、一人の新入生が彼らの先輩に対し——先輩は校旗の旗手でもあり身体に巻いた革帯を外していました——先輩が革帯を外す前後、その新入生が繰り返しおじぎをしながら、ワッワと奇声を張り上げるのです——私は突然、彼らとカラスとはなんと似ていることかと思ったのです。口から発する声が似ているだけでなく、素振りや恰好まで似ているのです。「大学校門前のカラス青年」は私の五番目の小説の題名になることでしょう。

私には日本の若者はみな大通りで遊んでいるように見えまして、女性はキツネとなり、男性はカラスとなりますが、日本の老人の方は働き者です。高速道路の料金徴収係は老人、道路修理も老人です。タクシー運転手は老人、ゴミ収集も老人、中国文学研究はさらに老人であります。あるいはこれは日本の最新の人生哲学なのかもしれません——若いときには必死に遊び、遊ぶに身体が動かなくなったら働き始めるのです。与太話が長くなりましたので、これからは厳粛なる文学について話すべきかと思います。

昨日正午、私は釜屋修さんと毛丹青同志と共に川端康成の小説で描かれたために有名になった天城トンネルを抜けるとき、ちょうど沼津中学の女の子たちと一緒になりました。トンネルを抜けるときには期せずして甲高い声を挙げまして、オッパイを飲むときの意気込みでそれぞれのやり方で叫んだのです。そのうちの一人の女生徒はたっぷり三分間も叫んだのです。その叫び声は三節に分けられるようでして、最初は興奮の叫び、真ん中はもの悲しい叫び、最後は狂った叫びです。一度の叫びが三段に分けられ、三つの深刻な人生のテーマを含んでいるのです。今では私の第六篇の小説の題名が生まれております――「女生徒の叫び」。

実はトンネルを抜けるとき、私が最も考えていたのはやはり川端康成の『伊豆の踊子』でした。このたび伊豆に行く前に美しい夢を抱いておりまして、それというのもそこで薫子のような驚くほど美しい、思春期に入ったばかりの芸者に会いたいというものでしたが、私の薫子は幽霊のように通り過ぎて行ったものの、薫子と同世代の女生徒たちと一緒になったのです。トンネルは今もあのトンネルであり、娘さんも今もあのように若い娘さんですが、暮らしには驚天動地の変化が生じているのです。

五．想像力で〝故郷〟を広げる

私の出世作「透明な人参」では私が個人的に体験したことを書きました。当時、私は家の近所にある橋の建築現場で鍛冶屋のために鞴《ふいご》を押しておりまして、昼は鉄を打ち、夜は建築現場の橋の下のアーチで寝ていたのです。橋の下のアーチの外側は生産隊〔一九五〇年代から八〇年代初頭まで続いた人民公社体制では、全農民は全国に設けられた人民公社五万四〇〇〇社に隷属し、各人民公社は十数個の生産大隊に分かれ、生産大隊はさらに十数個の生産隊に分かれた。生産隊の平均戸数は二〇～三〇戸〕の黄麻《ジュート》畑でして、黄麻畑の隣は人参畑でした。飢えのため、もちろん食い意地が張っていたためでもあり、私は作業の間に、人参畑に忍び込み、人参を一本盗んだところ、運悪く人参の番をしていた人に捕まってしまったのです。その人は経験豊富で、私の新品の靴を剥ぎ取ると、橋の工事の責任者に届けたのです。当時の私の足は三〇号〔一八・五センチ〕しかなかったのに、靴が三四号〔二一・五センチ〕だったのは、子供の足は早く大きくなるので、何年も履けるようにということだったのです。私が大靴を履いて道を歩くようすは映画のチャップリンのようでして、グラグラ揺れて、とても走ったりはできませんで、さもなければ人参番の爺さんに捕まるはずはないのです。

橋工事現場の責任者は橋脚に毛主席の御真影を掲げてから、すべての農民労働者に号令し、橋脚の前に集めました。責任者は皆に向かって私の過ちを話してから、私を毛主席像の前に立たせて毛主席に向かい罪をお詫びさせました。謝罪のやり方はまず犯罪者に毛主席の語録〔『毛主席語録』は毛の著作などから引用、編集されたポケット版の本で、矢吹晋『毛沢東と周恩来』（講談社現代新書）によると、文革時期の一九六六年三月から一九七六年八月までに六五億冊が印刷されたという。日本語訳は『毛沢東語録』という訳題が多い〕の一段を暗誦したのち、自らの罪業を懺悔するのです。私は「三大規律八項注意」を暗誦したと記憶しておりまして、この一段にある「民衆から針一本、糸一筋も盗ってはならない、民衆の作物を荒らすな」という条文は、私が犯した罪とぴったりだったのです――私は飢えたわんぱく坊主であって、革命軍人ではなかったのですが。私は大泣きしながら毛主席に言いました。「敬愛申し上げます毛主席、私があなた様に申し訳ないことをいたしましたのは、あなた様の教えを忘れていたからでして、生産隊の人参を一本盗んだのです。でも私は本当に飢えていたのです。今後は草を食べようとも生産隊の人参を盗んだりはいたしません……」。橋工事現場の責任者は私の態度が悪くないのを見て取り、また所詮は子供の小さな過ちなので、私の靴を返してくれまして、窮地を救ってくれたのです。

しかし広場の群衆の前で毛主席に謝罪した場面を二番目の兄に目撃されてしまったのです。兄は私を家に連れ戻し、道中、拳骨で背中を殴り、足でお尻を蹴り続けまして、これは弟や妹の悪さを見つけたときにそこそこ大きくなった男の子がよくやる酷い仕打ちでした。家に帰り着いた兄はこのことを両親に報告します。父は私を家の恥曝しだと言って、激怒したのです。家族全員で私を懲らしめることになり、父がトップバッターとなりました。父は映画を見て覚えたのか、荒縄を探してくると、これを野菜の塩漬けの甕に浸し、私にズボンを脱げと命じまして——ズボンが破れてはいけないと思ったのです——それから塩水をたっぷり含んだ荒縄を私のお尻に叩き付けました。映画の中の共産党員は死んでも降参しませんが、私は縄で叩かれるたびに泣き叫んだのです。母は父の容赦ないようすを見るや、心中耐えきれず、伯母の家に駆けて行き、お爺さんを呼んで来ました。お爺さんが私の窮地を救ってくれたのです。「このアホンダラ、子供が人参抜いて食ったからって、何だって言うんじゃ？　こんなに殴り付けるほどのことか？」。私のお爺さんは人民公社という組織には最初から反発しており、自身こっそり荒れ地を耕し、生産隊の作業への参加を拒んでいました。お爺さんは一九五八年の時点で、人民公社は兎の尻尾で丸まったまま伸びはしない、と予言しておりまして、その後予言通りとなりました。しかしその当時は彼は歴史の進歩を邪魔する頑固老人と見なされていたのです。この悲惨な経験に基づいて書いたのが、短篇小説「枯れた河」と中篇小説「透明な人参」なのです。

私の小説『赤い高粱』には王文義という人物がおりまして、これは実は私の隣人をモデルとしております。私は彼の生き方を参考にしただけでなく、彼の本名も使いました。私もこういうのは良くないとはわかっていますが、執筆当時には真の姓名を使ってこそ生気を与えられると思っていたのです。元々は書き終えてから名前の一字を書き換えようと思っていたのですが、いざ書き終えると、どのように名前を変えようともぴったりこないと感じるようになりました。のちに、映画が私の村でも上映されますと、小説も村に入ってきまして、王文義さんは多少は字が読めますので、映画も見まして小説も読みました。彼は私が小説で彼を死なせたことを読み、激怒して、杖を撞き撞き父を訪ねて来たのです。そして言うには、わしは元気に生きておるのに、あんたの家の三男坊はわしを死なせてしまった。わしはあんたの家に対し悪いことなどしてはおらん、わしらは代々隣人同士だというのに、どうしてこんな酷いことをするんじゃ。父はこう答えました――奴の小説の書き出しは「匪賊の子であった私の父は」だが、どうしてわしが匪賊の子であるものか。これは小説なんじゃ。すると王伯父さんも言いました――お宅の家の事情はわしにはわからんが、生きておるのに死んだと書かれては、わしも面白くないぞ。父はこう答えました――息子も大きくなると親父の言うことを聞きやせん、奴が帰って来たらあんたが自分で落とし前をつけてくれや。私が帰省時にお酒を二本提げて伯父さんに会いに行ったのは、お詫びのつもりでした。こう申しました――伯父さん、僕が伯父さんを小説の中に書いて、大英雄に作り上げたんですよ。伯父さんはこう言いました――何が大英雄じゃ。銃声を聞いたら耳を覆って「司令よ司令官よ、わしの頭がなくなってしまった」なんぞと言う大英雄がいるもんかね。そこで私が申しますに、その後伯父さんは英雄的最後を遂げたではないのですか。伯父さんは大変やさしくこう言いました――どのみちお前に死んだと書かれたんじゃ、わしも今さら文句は言わん、これでどうかね、酒をもう二本届けてくれんか、おまえさんもこの小説で結構儲かったそうじゃないかい。

この段階を過ぎまして、私は自分自身の体験と故郷のことをひたすら書くのは良い方法ではない、他人は飽きずとも、自分自身は飽きてしまうことを発見したのです。私はわが「高密東北郷」とは開かれた概念であるべきであって、閉ざされた概念ではないと考えたのです。一つの文学的概念であって地理的概念ではないと考えたのです。私がこの「高密東北郷」を創造したのは実際には自らの幼少期体験と密接に繋がる人文地理的環境に入るためであり、そこには壁もなく国境さえないのです。もしも「高密東北郷」が一つの文学の王国であるならば、この開国の王者たる私は絶え間なくその領土を拡大すべきなのです。この考えに導かれて書いたのが『豊乳肥臀』です。

『豊乳肥臀』において、私は「高密東北郷」のために連山に丘陵、沼地に砂漠、さらには実際の高密東北郷には生えたことのない植物まで持ち込みました。この作品を翻訳した吉田富夫さんは私の故郷に行って私の小説に登場するものを探しましたが、彼の眼前に展開するのは見渡す限りの平原であり、連山もなく丘陵もなく、砂漠もなければさらに沼地もなく、当然のことながら例の不思議な植物もありませんでした。私は彼が非常に失望したことを存じております。数年前に私の『酒国』を翻訳した藤井省三さんは高密に赤い高粱を見に行きましたが、見ることができず、やはり私に一杯食わされたわけです。もちろん、「高密東北郷」の領土拡大とは地理や植生を増やすことだけではなく、さらに大事なことは思考空間の拡大なのです。これも数年前に提起した故郷の超越でありまして、ちょっと大げさに申しますと、それは厳粛なる哲学的命題でありまして、私は胸のうちではおおよそその意義を理解してはおりますが、明確に言語で表現することは大変難しいのです。

一五年前、私が真の意味での文学創作を始めたとき、私は「天馬が空《くう》を行く」〔自由奔放、豪放磊落の比喩〕という小品を書きまして、その中で、小説家の最も貴い素質とは、常人の想像力を超えること、想像したものが実在のものよりもさらに美しいことである、と考えました。たとえば大海を見たことのない作家が書く大海は漁師の息子が書く大海よりもさらに不思議であるやもしれず、それは作家が大海を彼の想像力の実験場としたからなのです。

数日前に、ある記者が私にこう尋ねました――私の小説にはなぜあのように美しい愛の描写があるのか、と。自分のあの小説に美しい愛の描写があるとはとても思えないと私は答えました。中国の一部の作家の経験によれば、美しい愛を描く作家には、必ずや若い娘さんたちからたくさんの手紙が届き、手紙にはときに娘さんの素適な写真が同封されているとのことですが、私は今に至るまで一度もそんな手紙を受け取ったことがございません。数年前に学生をしていたときに相当エッチな手紙をもらったことがありますが、のちにそれは男子学生の悪戯だと判明しました。私は記者の質問にこう答えました――私の小説に美しい愛の描写があるというあなたのお考えに、私はもちろん喜んで同意しますが、なぜあのように美しく愛を描写できるのかと問われますと、その根本的原因は私が恋の経験がないからなのです。愛情経験が豊かな人にとって、筆で描かれた愛とは一般に興ざめなものです。私が思いますに、小説家の感情経験、あるいは彼が想像する感情経験とは彼の実際の経験よりもさらに貴いものでありまして、人の実際の体験は所詮限りがあり、想像力は無限なのです。人は想像の中では千人の女性と愛を語り合いベッドで枕を共にすることさえできますが、現実においては一人の女性でも大いに忙しいものです。今後私の小説に日本の風景が立ち現れる可能性は大いにございまして、東京のキツネ娘とカラス青年が私の小説の登場人物へと変身する可能性も高く、私が願いさえすれば、これらすべてをわが「高密東北郷」へと移植することも可能なのです――もちろん改造し、見る影もなく改造してしまうことでしょうが。かつてよく聞かされたスローガンに、「プロレタリアに国籍なし」がありますが、今から考えますと、これはロマンティックな空論でした。しかし、小説家に国籍あれども、小説に国籍なし、とは言えないのでしょうか。今日私がこの席に座って阿呆の言い放題ができたことは部分的にこのスローガンを証明するものでございます。

貴重なお時間を使ってご来場下さったことに感謝申し上げます。

外国4

フォークナー叔父さん、お元気ですか？

カリフォルニア大学バークレー校　二〇〇〇年三月

アメリカ初訪問時に行われた破天荒な講演である。フォークナーは川端康成、ガルシア・マルケスと並んで若き莫言に決定的な影響を与えた作家だが、莫言は大胆にもフォークナー作品を一つとして読み終えていないこと、しかし作家の写真集を毎日のように眺めては親しく対話し、叔父のように慕って、文学論を交わしていると語っている。

数日前にスタンフォード大学で講演しまして、こんなことを申しました――作家が他の作家の本を読むのは、実は対話であり、恋愛とさえ言えるのであり、恋の語らいが首尾よくいけば、一生の伴侶となる可能性も大いにありますが、話が合わなければ、それぞれわが道を行くことになります。さて今日は、具体的に私と世界各地の作家との対話、または恋愛とも言うべきプロセスについてお話しいたしましょう。私の印象では、良き作家とは長寿でございまして、彼の肉体は当然のことながら常人と同様に遅かれ早かれ土に還るのですが、彼の精神は彼の作品が広まるがために不滅となるのです。今日このような贅沢三昧の世にあって、このような話はご時世に合わないことは承知の上でして――それというのも読書よりも面白いことが多すぎるのです――しかし自らを慰め、創作し続けるべく自らを励ますために、私はやはりこのような話をしたいと思います。

数十年前のこと、私はまだ故郷の草地で牛や羊の放牧をするいたずら小僧だったころに、読書生活を始めたのです。当時の私たちの辺鄙で後進的な地方では、書籍もまた十分に、滅多に見られぬ贅沢品たりえました。私ども高密東北郷十数カ村の、どの家にどんな本があるのかを私は基本的に掌握していました。これらの本を読む権利を得るため、私はしばしば本を持っている家のため仕事をしました。私どもの隣村の石工の家では挿し絵入りの『封神演義』一セットがありまして、彼の本は三千年前の中国史を語っているようでありますが、実は数多くの超人の物語を語っているのでして、たとえばある人の目が抉りとられると、彼の眼窩から二本の手が伸びてまいりまして、手には二つの目も育ち始めており、この二つの目は地下一メートルのものまで見えるのです。別の人は、自分の頭を首から外し空中で歌を唱うので、彼の敵は鷹に変身して、彼の頭を反対向きに彼の首に付けてしまったため、この人は前に進もうとすると、実は後退し、後ろに進もうとすると、実は前進してしまうのです。このような本は一日中空想に耽っていた子供に対し、抵抗しがたい吸引力を備えていたのです。この本を読むために、私は石工の家で石臼を押して小麦を粉にし、午前中いっぱい小麦を引いて、ようやくこの本を二時間読ませてもらったものでして、しかも石工の家の粉挽き場で読まねばなりませんでした。石工の娘さんが私の後ろに立って監視しており、時間になると、ただちに本を回収してしまうのです。もしも私が続きを読みたければ、石臼を押し続けなくてはならないのです。当時の私どもの村には時計などはありませんので、いわゆる二時間というのも、すべて石工の娘さんの気分次第でして、彼女の機嫌が良いときには、時間はゆっくり過ぎて、機嫌が悪いときには、時間は飛ぶように過ぎたものです。このお嬢ちゃんのご機嫌を取るために、私はお隣の杏子の木から杏子の実を盗んでこの子に食べさせてやりました。私のような食いしん坊が、首尾よく盗んだ杏子を他人にあげるとは、まさにお腹を空かせた猫の口から魚を取り上げるようなものなのですが、それでも私は苦労して手に入れた杏子をこの子にあげたのです――もちろん、石工の娘さんがとても可愛かったことも原因の一つなのですが。ともかく、私の幼少期にあっては、私は莫大な代価を払って、周囲十数カ村の本をすべて読み終えたのです。当時の私は記憶力が良くて、読書の速度が驚くほど早く、しかも一度目を通せばほとんど忘れなかったのです。読書は作者との交流という点から申しますと、当時はそうはまいりませんで、当時は純粋に物語を読むためであり、しかもとても思い入れたっぷりでしたので、しばしば本の中の人物を思って大泣きし、またしばしば本の中の愛すべき女性に恋したものです。

私は周囲の村の十数冊の本を読み終えると、十数年の間、ほとんど本を読みませんでした。私はこの世にある本とはこの十数冊で、それを読んでしまえば、天下の本を読み終えたことと同じだと思っていたのです。その時期には私は農村で働いており、牛や羊と付き合う機会は人と付き合う機会よりも多く、学校で学んだ文字もほとんど忘れてしまいました。それでも私の胸のうちは空想でいっぱい、作家となって、幸せな暮らしを送りたいと希望していました。一五歳のときには、石工の娘さんはすでに美しい年ごろの娘に成長しておりまして、大きなお下げ髪を編んで腰のあたりまで垂らしており、長い睫《まつげ》の目は、朦朧として眠たげでした。私は彼女に夢中になってしまい、しばしば苦しい労働と引き換えに得た小銭でキャンデーを買っては彼女に贈ったものです。彼女の家の野菜畑とわが家の野菜畑とは隣同士で、夕方には、私たち二人は川まで水汲みに行き野菜に水をやっておりました。天秤棒で水桶を担ぎ、背中で大きなお下げを踊らせている姿を見ますと、万感こもごも胸に迫ってきたものです。私にとって彼女は地球上で最も美しい人でした。私は彼女のあとに従い、自分の裸足で彼女が川岸に残した足跡の上を踏んでいくのですが、足先から頭まで流れていく電流を感じまして、私の心は幸せな思いでいっぱいでした。私は勇気を奮い起こし、ある黄昏れ時に、彼女に向かって愛している、僕のお嫁さんになって欲しいと告げたところ、彼女はハッと驚いてから、ゲラゲラ笑い出したのです。そして返す言葉は「それってズバリ、ヒキガエル、白鳥の肉を食いたがり〔醜男《ぶおとこ》が美女を妻に欲しがることの喩え〕じゃないの！」。私はひどく自尊心を傷付けられましたが、恋の病に付ける薬はなく、伯母さんの一人に頼んで、彼女の家に縁談を持ち込んでもらいました。彼女が伯母さんに託した返事は、もしも私が彼女の家にある例の『封神演義』一セットのような本を書けるのだったらお嫁さんになってあげる、というものでした。私は彼女の家まで会いに行き、彼女に私の壮大な志を語ろうと思ったのですが、彼女は会ってくれず、彼女の家の例の大きな猛犬が虎のように飛び掛かってきたのです。数日前にスタンフォード大学で講演した際に私は一日三度餃子を食べる幸福な日々に憧れ発奮して書き始めたと述べましたが、実は、私の執筆の励みとなったのには、餃子の他に、石工の家の眠たげな目をした娘さんもいたのです。私は今に至るまで『封神演義』のような本は書いておりませんで、石工の家の娘さんもとっくに鍛治屋の息子と結婚して三人の子供の母となっております。

私が大量に読書したのは大学の文学部で勉強していた時期でして、当時の私はすでに多くの駄作を書いておりました。最初大学の図書館に入ったときには仰天しました――この世にこんなに大勢の人がこんなに多くの本を書いているとは夢にも思わなかったからです。しかしこのときには私はすでに読書年齢を過ぎており、自分がすでに一冊の本を初めから終わりまで読み通すだけの忍耐力を失っていることに気付きまして、本の中の物語はどれも私の想像力を超えていないと感じたのです。私は一冊の本の十数頁まで読みますと作者を見抜いてしまうのです。優秀な作家が多くいることは認めますが、私と彼らとの間には共通の言語は少なく、彼らの本は私にとってはあまり役に立たず、彼らの本を読むことはお客さんとお上品にご挨拶するようなものでして、このような状況はフォークナーを読むまで続いたのです。

私ははっきりと覚えています――それは一九八四年一二月の大雪が舞う日の午後のこと、私は学友のところからフォークナーの『響きと怒り』〔The Sound and the Fury 中国語訳は『喧嘩和騒動』〕を借りてくると、表紙のスーツを着て、ネクタイを締め、パイプを加えた例の爺さんをじっくり見まして、心のうちで納得できませんでした。それから中国の著名な翻訳家による長たらしい序文を読み始めると、とても嬉しくなりまして、このアメリカ爺さんの多くの時宜に適わぬ行いがよく理解できまして、大変親近感を抱いたのです。たとえば彼は幼少期からまじめに勉強せず、デタラメを言ったり、嘘をつくのが好きで、自分は戦場にも行ったことがないのに、飛行機を操縦して敵機と派手に空中戦をしたと法螺を吹き、さらには脳内に大きな砲弾片が残っており、しかも脳内の砲弾片のため、煩瑣で難解な言語的風格が導き出されたとも語っております。彼はノーベル文学賞の賞金を受け取りに行ったものの、なんと酔っ払って黄金の勲章をゴミ箱に放り込んでしまい、ケネディ大統領がホワイトハウスの宴会に招くものの、一回の飯のためにわざわざホワイトハウスまで出かけるなんて、と言うのです。彼は自らを作家と考えたことはなく、農民と思っており、とりわけ彼が創造した例の「ヨクナパトーファ郡」に私は魅了されたのです。私の印象ではフォークナーは私の故郷の農夫たちのようであり、面倒くさそうに私にどうやって子馬に面懸《おもがい》〔銜《くつわ》の立聞《たちぎき》に結び付けて馬の顔にかける組紐または革の装具。『広辞苑』〕を付けるかを教えてくれるのです。続けて私は彼の本を読み始めたところ、多くの人が彼の本は難解だと言いますが、私にはむしろ軽快に読めました。彼の本はまさに私の故郷の例の気難しい老農夫がくどくどと語っているかのようで親しみを覚えましたし、彼がどんな物語を語ろうが私は気にしませんし、私の物語作りの才能は決して彼に劣ってはおりませんので、私が楽しんだのは彼の例の物語を語る口調と態度だったのです。彼は傍若無人に自分のことをひたすら語りまして、それはその昔私が故郷の草地で牛の放牧をしながら牛や空飛ぶ小鳥に向かって独り言を話していたのと同じなのです。それまで私はずっと小説執筆法の教科書通りに小説を書いておりましたが、そんな執筆は実に苦行でした。私は自分が書くべきものが見つからないと感じておりまして、教科書に書かれている通りであれば、書くべきものがないと思うのならば、現実の中に深く入っていかねばなりませんでした。フォークナーを読んでから、私は初めて夢から覚めたような気分になりまして、実は小説とはこのようにデタラメなものであり、実は農村で発生するあの羽毛のように軽い小事でも堂々と小説に書けるのです。彼のヨクナパトーファ郡はとりわけ私に啓示を与えてくれました——作家は人物を虚構するだけではなく、物語も虚構し、さらには地理も虚構できるのです。こうして私は彼の小説をかたわらに放り出し、筆を執って自分の小説を書いたのです。彼のヨクナパトーファ郡の啓示を受けて、私は肝を太くして私の「高密東北郷」を原稿用紙に書いたのです。彼のヨクナパトーファ郡はまったくの虚構ですが、私の高密東北郷は実在いたします。私も意を決してあの郵便切手ほどの大きさの場所である故郷を書くことにしました。これはまさに記憶の水門を開くようなものでありまして、幼少期の暮らしがすべて活性化したのです。私は当時の私が草地に寝転んで、牛に向かい、雲に向かい、木に向かい、鳥に向かって話したことを思い出しまして、それをそっくりそのまま小説の中に書き込んだのです。それからというもの私には二度と書きたいものが見つからずに悩む必要などなくなりまして、むしろ書き切れないことを悩むようになりました。しばしばこんな状況が出現します——私が一篇の小説を書いているときに、多くの新しい構想が、まるで犬のように私の背後からワンワン吠え立てるのです。

その後、北京大学でフォークナー国際シンポジウムが開催されたときに、私はあるアメリカの大学教授と知り合いまして、彼はフォークナーの故郷の近くの大学に勤務しており、彼とその大学の学長とが私を招聘して下さいましたが、私はお訪ねできなかったため、その教授は私にフォークナー関係の、貴重な写真がたくさん収められている写真集を贈って下さったのです。その中の一枚はフォークナーがボロ服を着て、ボロ靴を履いて、馬小屋の前に立っている写真でして、彼のそんなイメージに私はただちに高密東北郷へと送り返され、私のお爺さんや父や多くの村人たちを思い出したのです。このとき、フォークナーの偉大な作家というイメージは私の心の中で完全に崩れ落ちまして、私と彼との間にはすでに何の隔たりも感じることはなく、私たち二人は心が通じ合い、何でも話しあえる忘年の交わりを結んでおり、共に天気や収獲、家畜について語り合い、共にタバコを吸い酒を飲み、さらには彼がアメリカの批評家を罵倒し、ヘミングウェイに皮肉を言うのが私には聞こえますし、自分の頭の例の傷まで私に触らせて、実はこれはまだら馬に咬まれた傷なんだが、あの阿呆どもは決まってドイツの飛行機に爆撃されたものと言うんだ、とワッハの得意気な大笑い、満面に悪童の悪ふざけのような笑顔を広げているのです。彼は私に作家というものは大胆に、何の遠慮もなく嘘を吐き、小説を虚構するだけでなく、個人の経歴だって虚構するもんだと教えてくれます。さらには作家というものは賑やかな都市を避けて、一本の木が大地に根を張るかのように自分の故郷に定住すべきだ、とも教えてくれます。その教えに従いたいのはやまやまなのですが、私の故郷はしょっちゅう停電し、水も苦くて渋く、冬には暖房設備がないので、私は苦労を心配して、今に至るまで戻ってはおりません。

率直に申しまして、私は今に至るまでフォークナーのあの『響きと怒り』を読み終えておりませんが、アメリカ人教授が下さったフォークナーの写真集は私の机の上に置いて、自分に対する自信を失うたびに、彼と話をしているのです。彼が私の恩師であることは確かなことですが、ぬけぬけと大法螺を吹いて「オーイ、爺さん、僕にだってあんたよりましなところはあるんだぜ！」と言ったこともあります。彼は皮肉っぽい笑顔を浮かべたかと思うと、私に向かってこう言うのです。「言ってみな、おまえさんのどこがわしよりましなんだ」。私は答えます。「あんたのヨクナパトーファ郡は結局は郡にすぎないけど、僕は一〇年足らずで、僕の高密東北郷をすっごくモダンな都市に変えたんだ、僕の新作『豊乳肥臀』じゃあ、高密東北郷にたくさんの高層ビルを建て、さらに多くのモダンな娯楽設備を付け足したんだ。それから僕の方が、あんたよりも肝っ玉が太くって、あんたが書くのはあの地方の中のことだけだけど、僕は世界各地で起きていることも書いており、うわべだけ変えて僕の高密東北郷に持ち込んだから、あんなことが本当に東北郷で起きているかのようだろう。僕の本当の高密東北郷にはそもそも山なんてないんだけど、僕は無理矢理に山を一つ運び込んでやったんだ。砂漠もなかったけど、無理して砂漠も創造してやった。沼地もなかったけど、沼地を作ってやり、他にも森に湖、ライオンに虎と……みんな僕が創り出したんだ。最近では外国の学生さんや翻訳家が高密東北郷に僕が小説で描いたものを見に来るけれど、皆さんひと目見ると、全員大いに失望するのは、そこには何にもなくて、あるのは一面の荒涼たる平原と、平原の一角の何の取り柄もない村だけだからさ」。フォークナーは私の話を打ち切って、冷たく言うのです。「強盗もあとになるほど肝太し!」。

私の高密東北郷は私が創建した文学の共和国でありまして、私はこの王国の国王でございます。筆を執り、わが高密東北郷の物語を書くたびに、私は大権を手中に収めたる幸福を心ゆくまで味わうのです。この国土においては、私は山を移し海を埋め、風を呼び雨を降らせることができ、生殺与奪の権力を握っておりまして、もちろん、大胆にも私に反旗を翻す強盗もおりまして、そうすると私も彼らに降参しなくてはなりません。私の高密東北郷シリーズの小説がお目見えすると、現地では私に抗議する者も現れまして、彼らは私を故郷に対する裏切り者と罵倒しますので、このため、私は何度も文章を書いて弁解しなくてはならず、次のように答えるのです。高密東北郷は文学的概念であって地理的概念ではなく、高密東北郷は開かれた概念であって閉ざされた概念ではありません。高密東北郷は私の幼少期体験を基礎として想像した一つの文学的幻想世界であり、私はそれを中国の縮図にせんと努めており、東北郷の苦しみと楽しみとが、全人類の苦しみと楽しみと一致し続けるように努めており、わが高密東北郷の物語が各国の読者の胸を打つよう努めており、これが私の終生の努力目標なのです。

今や、私はついにわが恩師フォークナー叔父さんの国土に足を踏み入れたのですから、賑やかな大通りで彼の後ろ姿を探したいもの、彼のあのぼろ服はよく知っており、あの大きなパイプもよく知っており、彼の身体から発する馬糞とタバコの臭気が混じった臭いも嗅ぎ慣れており、彼の酔っ払い風のグラグラ歩きも見馴れています。彼を見つけたら、私は背後から大声で呼び掛けるのです。「フォークナー叔父さん、僕ですよ！」。

外国5

私の『豊乳肥臀』

莫言作品の英語版は、アメリカで最も著名な現代中国文学翻訳家であるハワード・ゴールドブラッド・コロラド大学教授が担当している。同教授の新訳小説で莫言の代表作の一つについて、母をめぐる切ない思い出を交えながら、ニューヨーク・マンハッタン島にある名門アイビーリーグで語った講演である。

コロンビア大学　二〇〇〇年三月

あと二、三年しますと、目下のところ私の著書の中で最も部厚い『豊乳肥臀』の英訳がゴールドブラッド教授（Howard Goldblatt〔中国名は葛浩文〕）により完成され読者に御披露目されますので、その節には皆さんに買っていただきたいと思い、今日はこの本の創作の経緯とこの本の概要をお話しして、事前広告とさせていただきます。

一九九〇年ある秋の日の午後、私が北京のとある地下鉄の改札を出て、階段を一歩ずつ登っていたとき、ハッと顔を上げると、地下鉄の出口付近に、見るからに農村出の女性が座っていました。彼女は子供に授乳していたのです。子供は二人、一人ではありません。この色黒で痩せた二人の子供は彼女の左右の両膝に座って、一人一つずつの乳首をしゃぶって、オッパイを飲みながら彼女の胸をまさぐっています。彼女の痩せ衰えた顔が夕陽に照らされて、古い青銅器のように輝くのを私は見たのです。彼女の顔は受難の聖母のように荘重にして神聖だと感じていました。突然私の胸に熱いものが込み上げてきて、涙を抑えることはできません。私は階段に立ちつくし、長いことその女性と二人の子供を見続けていました。多くの人が私の脇を影のように擦り抜けて行きまして、みな不思議そうに私を見ていることに私は気付いており、彼らが心のうちで私を精神的に問題のある人と見なしていることに気付いておりました。やがて、私の袖を引っ張る人がいて、私はようやく恍惚とした精神状態から覚めたのです。私の袖を引っ張ったのはある友人で、彼女は私に何故ここに立って泣いているのと尋ねました。私は母と幼年とを思い出していた、と答えました。彼女は、あなた自身の母とあなた自身の幼年かと尋ねました。私は、いいえ、私の母と私の幼年だけではないと答えました。私は私たちの母と私たちの幼年を思い出していたのです。

一九九四年に母が亡くなりますと、私は一冊の本を書いて母に献呈したいと思ったのです。私は何度もペンを執り上げましたが、心は千々に乱れ、どこから書き始めてよいのやら見当も付きません。そのときに思い出したのが数年前に地下鉄出口で見た例の母と二人の子供で、そこから書き始めるべきなのだと悟ったのです。

私はこれまで幾度かの講演で、私の幼年と私の故郷について話してきましたが、私の母について話したことはございません。私の母は痩せ衰えた身体で、一生病気に苦しめられた女性です。彼女が四歳のとき、私の母方の祖母が亡くなり、数年後に、祖父も亡くなりました。私の母は彼女の父の姉妹に育てられ成人したのです。この母の伯母は鋼のように強靭な女性で、体重はおそらく四〇キロ未満でしたが、いったん話し出すと、その声の大きなことと言ったら爆竹を鳴らすかのよう、あんな小さな身体でどうやってあんな轟きわたる声が出せるのかと、私は不思議でなりませんでした。私の母が四歳のとき、この伯母が母に纏足《てんそく》を始めたのです。ご来場の皆様は中国の女性がかつて纏足という痛ましい歴史を有していたことはご存じでしょうが、纏足をする残酷なプロセスについては必ずしもご存じではないでしょう。私の母は生前、幾度も私に伯母が彼女に纏足をしたプロセスを語っていました。四歳の女児と言えば、普通なら両親の前で駄々をこねている年ごろですが、私の母は早くも纏足という刑罰に耐えなくてはならなかったのです。もちろん、過去において、この酷刑を受けていたのは私の母だけではなく、他にも大勢の中国女性がおりました。いわゆる纏足とは、白布と竹片で発育中の足の指を内側に折ってしまうことで、足の四本指を足の裏に折り曲げてしまい、足を筍のように変形させることなのです。私は何度も母の足を見ましたが、その惨状ときたら語るに忍びないものでした。母の話では纏足の施術は一〇年も続き、四歳から始めて、一四歳でようやく基本の型ができあがります。この長いプロセスは、血と涙と苦痛に満ちておりますが、母が私に纏足経験を語るときには、自信たっぷりの表情を浮かべていました。ちょうど退役将軍が彼の戦闘体験を語るような感じです。

母は一五歳の折に伯母の世話で一四歳の私の父に嫁ぎました。ここから六十余年もの苦しい暮らしが始まったのです。母の生涯を苦しめたものは第一が出産育児、第二が飢餓、第三が病気でして、もちろん、彼女の歳の人がみな経験した長い戦争や狂的な政治的迫害があります。

私の母はたくさん子供を産みましたが、育ったのは私たち四人だけでした。かつての中国の村では、女性の出産は、犬猫のお産とほとんど変わりませんでした。私は『豊乳肥臀』の第一章でこんな情景を書きました。小説のヒロインである上官魯氏が双子を産むとき、彼女の家のロバもラバを産もうとしています。ロバも人間も難産なのですが、上官魯氏の舅と姑は雌ロバの方が心配なのです。二人は難産のロバのために獣医を呼びますが、難産の嫁に対しては関心がありません。ひどくデタラメな話に聞こえることでしょうが、当時の中国の村では普通のことでした。小説の中の上官魯氏は私の母ではありませんが、私の母も似たような体験をしています。私の母が双子を身ごもったとき、お腹が脹れ上がって自分の足先も見えません。道を歩くのもとても難しいのですが、それでも畑に出て働かなくてはなりません。彼女は危うくその双子を麦の取り入れをする前庭で産むところでした。二人の子供を産むと、嵐が吹き出したので、すぐに庭に駆け付けて麦を取り入れたのです。その後この双子は亡くなりましたが、家族はみな平気で、母も泣きはしませんでした。このような情景は現代人には不思議に思われることでしょうが、当時は実に極めて正常な現象だったのです。

私は小説の中で戦争のため故郷を追われる上官魯氏一家の苦しい体験を描きましたが、これは私の母の世代に共通する体験です。共産党が政権を確立したあと、戦争は終わり、人民は数年の平和な日々を過ごしましたが、たちまち飢餓が始まりました。私は飢餓に対し切実な感覚を持っておりますが、母の飢餓に対する感覚は私より遙かに深刻です。母は上には私の祖父母がおり、下には子供たちがおりました。家に食べられるものがあっても、基本的に彼女の口には入りません。母が食料を私に食べさせて自分は雑草を食べていた光景を私はよく思い出します。ある日のこと、母が私を連れて野原に野草を掘りに行ったとき、食べられる野草さえほとんど見つかりませんでした。母は地面の野草を引き抜くと口に入れ、噛みながら涙を流していました。緑の汁が彼女の口元から垂れていたので、私は母が飢えた牛になったかのように感じたものです。私は小説の中で上官魯氏が奇妙な方法で食料を盗むようすを描きました。彼女は生産隊〔人民公社は一九五八年に全国に二四〇〇〇社（平均五〇〇〇戸）設けられ、一九六二年には五四〇〇〇社（平均二〇〇〇〜三〇〇〇戸）に改編、一九八〇年代初頭に解体されるまで続いた。人民公社は十数個の生産大隊に分かれ、生産大隊はさらに十数個の生産隊（平均二〇〜三〇戸）に分かれる〕で石臼《いしうす》を引くとき、幹部の隙を狙って、作業を終える前に食料を丸呑みして、作業終了時の身体検査を切り抜けるのです。家に帰り着くと、彼女はきれいな水をたたえた素焼の鉢の前で跪き、箸を自分の喉に差し込み吐き気を催させ、胃の中の未消化の食料を吐き出し、それを洗ってから、搗きくだき、自分のお姑と子供に食べさせるのです。やがて、条件反射が起こるようになり、鉢の前に座りさえすれば、喉を突かなくとも、胃の中の食料を吐き出すことができるようになりました。これはアラビアン・ナイトのような話ですが、私の母と私の村の何人もの女性が実体験したことなのです。私がこの小説を発表すると、ただいまの話をデタラメで、社会主義に泥を塗るものだと批判した人々がおりましたが、彼らは一九六〇年代に、中国の一般大衆がどのように暮らしていたかなど、おわかりではないのです。当時、これらの上流の方たちは、相も変わらずたらふく食べていたのですから、このような批判に対し、私は沈黙するしかなく、たとえ説明しても、馬の耳に念仏なのです。

幾度もの出産と飢餓のため、私の母の世代の女性はほとんどみなが一生病気に苦しめられまして、私が幼いころ、夜に大通りを歩いていると、どの家からも女性の痛ましい呻き声が聞こえたものです。彼女たちは三〇代で基本的に出産能力を失い、四〇代で歯がすべて抜け落ちてしまい、ほとんど一人として腰が真っ直ぐな人はおりませんで、大通りを行く女性は、ほとんど全員腰が曲がっており、土気色の表情をしていたものです。当時の農村では医者がおらず薬も足りず、病気になっても自然治癒を待つしかなく、持ち堪えれば助かり、持ち堪えなければ、死ぬのです。もちろん、女性だけではなく、男性もそんな具合でした。子供も老人も同様です。私たちが苦しみに耐え抜く力には脅威的なものがあります。

私は両親の最後の子供で、私が産まれたときには、まだ大躍進（〝大躍進〟政策（一九五八～六一）のこと。無謀な経済政策のため、中国のネット百科事典『百度百科』によれば「不自然な死亡者数は二一五八万人。東西両側の各方面の資料は死亡者数約二〇〇〇万人、主な死因は餓死であると明示している」という）は始まっておらず、暮らしはまともな方でした。私が生き延びたのは母がそこそこお腹いっぱい食べられたからであり、母がそこそこお腹いっぱい食べられたから、私に飲ませるお乳が出たのだと思います。末っ子だったので、母はかなり甘やかせてくれまして、五歳までオッパイを飲ませてくれました。今にして思えば、これは残酷にして恥ずべきことであり、私は母に対し実に申し訳ないと思います。私が地下鉄出口であの二人の子供とその母とを見たときに目頭が熱くなったのは、私の個人的体験と関わりがあったのです。このことによりインスピレーションが湧き、出産と授乳から入って母に捧げる本を書こうと決めたのです。

しかし創作の過程で、小説中の人物たちは自らの運命を生き始め、私の構想を突破していったので、私は彼らに従っていくしかありませんでした。

私がこの小説で創り出した混血児の上官金童は、小説の中の母と宣教師の間にできた子供で、小説の中の母の唯一の息子であり、小説の中の母は八人の女の子を産んだあとようやくこのような大事な息子を産んだのでした。そのため母は彼に大いなる期待を掛けます。この混血児は背の高い、金髪碧眼の、とても美しいけれども、母の乳房から離れると生きていけない人となり、一五歳になるまで母のオッパイを吸い続けるのです。彼は女性の乳房に対し病的な憧れを抱き、女性とセックスをする能力さえ失っています。その後彼はブラジャー・ショップを開き、ブラジャーのデザイン・製作の専門家になりました。この人物は巨大な象徴だと思うのです。何の象徴か、については私にはよくわかりません。昨年私が日本で『豊乳肥臀』日本語版の出版記念会に参加したところ、この本を読んだことのある僧侶が私に、この上官金童とは中国と西洋との二つの文化が結合して産まれてきた奇妙な胎児と思う、と言うのです。上官金童の母乳に対する熱愛は、実は中国の伝統文化に対する熱愛であり、私がこの人物を創り出した目的は中国で何年も流行してきた「中体西用」論に対する批判である、とも彼は考えているのです。彼が考えるに、中国の古典文化は実は封建文化であり、もしも徹底的に封建文化を揚棄しないと、中国は真の近代化を実現できないと言うのです。私は僧侶の見方に対し、賛意も示さず反意も示しませんでした。なぜなら本が刊行されたのちは、作家の任務は終わっており、本の中の人物に対する理解は、読者自身の問題だからです。しかし上官金童はこれまで中国文学に現れることのなかったタイプであり、このことを私は誇りに思っております。一部の読者は私が上官金童なのかと尋ねますが、そうではありません、私は混血児ではないのですから、と答えます。そうでもある、私の魂の奥底には確かに一人の上官金童がいるからです、とも答えます。私は上官金童のように背が高く美しい容貌ではありませんし、彼のように乳房に対し病的な憧れを抱いてはおりませんが、彼と同様に憶病な性格です。私はすでに四〇代ですが、子供のように幼い決定をいたします。小説の中の母は上官金童が一生女性の乳房にぶら下がって永遠に成長できない男だと叱り付けますが、実は母は精神的問題を言っているのです。物理的な断乳は難しくはないのですが、精神的な断乳は大変難しいのです。その意味では、日本の僧侶の見方はもっともでして、確かに、封建主義というものは、現在の中国社会において、実はなおも大きな影響力を持っているのです。封建主義に対する多くの人の病的な憧れは、上官金童の母乳に対する病的な憧れに遜色ございません。そのため私のこの小説が発表後に多くの人の怒りを買ったのはごく正常なことだったのです。

私はこの五〇万字に及ぶ小説で、さらに上官魯氏の八人の娘と数名の婿たちの運命を描きましたが、彼らの運命と中国百年の歴史とは緊密に関連しています。この一家の運命と高密東北郷という虚構の村の描写を通じて、私は自分の歴史観を表現したのです。思うに小説家が描く歴史とは民間の伝説化した歴史であり、象徴的な歴史であって真実の歴史ではなく、それは私個人の烙印が押された歴史であって教科書の中の歴史ではありません。しかしこのような歴史こそ歴史の真実により迫ることができるのだと私は考えます。私は階級を超越した高みに立ちますので、同情と憐憫の眼差しで歴史の展開における人間同士の運命に関心を寄せるのです。一見すると私が描くものは高密東北郷というちっぽけな土地に生じることであるかのようですが、実は私はおよそ天下で生じたすべての私にとって役立つ事件を私の高密東北郷に持ち込んでいるのです。それゆえ敢えて申しますと、私の『豊乳肥臀』は「高密東北郷」を超越しているのです。二一世紀ともなれば、良心と理想とを抱く作家は、さらに高みに立ち、さらに遠くまで見るべきなのです。彼は人類の立場に立って自らの創作をすべきであり、人類の将来のために苦悩あるいは心配すべきであり、必死に考えるべきことは、人類の運命であり、自らの創作を哲学の高みにまで至らしめねばならず、このような創作だけが価値があるのです。一人の作家が、もしも自分の注意力を政治的そして経済的研究とに置くとすれば、それは勢い自分の小説を岐路に迷い込ませるに違いありません。作家が関心を抱くべきこととは、終始変わらず人の運命とめぐり合わせ、そして揺れ動く社会における人類感情の変化と人類理性の喪失なのです。小説家は歴史を再現する責任も負いませんし歴史を再現する力もなく、いわゆる歴史的事件とは小説家が歴史を寓言と予言との材料に使っているだけなのです。歴史学者は歴史的事件に基づいて考え、小説家は考えにより歴史的事件を選択し改造するのであり、もしもこのような歴史的事件がなければ、彼はそのような歴史的事件を作り上げることでしょう。それゆえ、小説の中の歴史と真実の歴史とを比べて批判することは、ドン・キホーテが風車に向かって戦いを挑むのと似ていまして、批判側は比類なき神聖と自惚れていますが、傍観者は影で笑っているのです。

本書の構想を私は一〇年近く温めていましたが、いったん書き始めると九〇日もかかりませんでした。それは一九九四年の春、私の母がこの世を去ってまもないころ、高密東北郷のとある中庭の犬が大声で吠え、ストーブの火がボーボーと燃えているところ、私は夜を日に継いで、目覚めれば手で書き、眠れば夢で書き、身心すべてを三カ月間投入したのです。その間には二度教会に出掛けたほかは、門の外に出ることもなく、気合いを入れてこの五〇万字の小説をほとんど一気に書き上げたのです。この本を脱稿したときには、私の体重は一〇キロも増えていました。多くの人が不思議に思い、私自身も不思議に思いました。このときにわかったのです――自分は他の人たちとは異なる、他の作家は書いているときには痩せてしまうが、私は書き続けると太ってしまうのです。

外国6

飢餓と孤独はわが創作の宝もの

スタンフォード大学　二〇〇〇年三月

毛沢東時代の〝大躍進〟期（一九五八～六一）には、全国に二万四〇〇〇の人民公社（平均五〇〇〇戸）が組織され農業集団化が完成されるいっぽう、一五〇〇万～四〇〇〇万の餓死者が出たと推計され、犠牲者のほとんどが農民であったと言われる。アメリカ西部の名門私立大学で、莫言は幼少期の深刻な飢餓や、小学校で石炭を食べたという悲惨な体験を、ユーモラスに語っている。

すべての作家には作家となった理由がありまして、私ももちろん例外ではありえません。しかし私がこんな作家となって、ヘミングウェイやフォークナーのような作家にならなかったことには、私独自の幼少期体験と関係がございます。それは私にとって幸運であり、私が今後の歳月においても作家という職業を続けられる理由でもあると考えております。

今から遡ること約四〇年、即ち一九六〇年代初期とは、まさに中国近代史上奇妙にして熱狂的時代でありました。当時は物質的には極めて貧しく、人民は衣食足りず、ほとんど生死の境でもがいておりました。しかしそのいっぽうで人民の高度な政治的情熱が存在し、飢えた人民は腰帯をきつく締めて共産主義の実験を進めていたのです。当時の私たちは飢えて半分死にかけていたというのに、自分は世界で最も幸せな人間であり、世界ではなおも三分の二の人――アメリカ人も含みます――が「塗炭の苦しみ」の暮らしを送っていると考えていたのです。そして私たちこの飢えて半分死にかけている者たちがあなた方を苦海から救い出す神聖なる責務を背負っていたのです。当然のことながら、八〇年代になりますと、中国が外国に対し大きく門戸を開いたのちに、私たちがようやくハッと悟ったようすは、夢から覚めたかのようでした。

私の幼少期には、この世に写真などというものがあることなど、まったく知りませんでしたし、知っていたとしても、写真を撮れるわけでもありませんでした。そのようなわけで私はその後に見た歴史的写真に、私の記憶を加えて、自分の幼少期イメージを想像するばかりなのです。私が想像するイメージが真実であることを私は強く保証します。その当時の、私たち五、六歳の男の子は、春、夏、秋の三つの季節には、基本的に裸で、厳寒の冬に至ってようやくいい加減に一枚服を着るのです。その服がどれほどボロボロだったか今日の中国の子供たちには想像もつかないほどでした。私はお婆さんが教えてくれた言葉を信じておりまして、それは、人に得られぬ福はあれども、乗り越えられぬ苦しみなし、というものです。私もダーウィンの適者生存説を信奉しておりまして、人は危険な環境にあって、驚くべき生命力を奮い起こすのかもしれません。適応できないものはみな死んでしまい、適応できるものは生き続け、それが優良品種なのです。そのようなわけで大雑把に申しまして、私も優良品種であるわけです。当時の私たちは驚くべき耐寒能力を持っておりまして、全身羽毛で覆われた小鳥さえ凍えてチュンチュン鳴き叫ぶときでも、私たちはお尻丸出し、耐えがたく寒いとは思いませんでした。そのときに皆さんが私たちの村にお出でになれば、必ずやお尻丸出しか薄いボロ服を着た子供たちが、駆け回って騒いでいるのを見かけたことでしょう。私はあの当時の私に対し深い敬服の思いでいっぱいでして、当時の私は実にたいしたもので、今の私よりも何倍も優秀でした。そのころの私たちは身体にほとんど肉がなく、腕と足は棍棒のように細いのに、お腹は大きな水甕のように大きかったのです。私たちのお腹の皮はあたかも透明で、皮を通して、中の腸が今にも動き出そうとしているのが見えるかのようでした。私たちの首は細長く、自分たちの重い頭を支えきれないかのようでした。

そのときの私たち子供の考えは非常に単純でして、毎日思うことと言えば食べ物と、いかにすれば食べられるかを考えておりました。私たちは飢えた子犬の集団であるかのように、村の大通りと路地とを嗅ぎ回り、腹に溜まる食べ物を探していたのです。今ではまったく口に入らないものが、当時はむしろ私たちのご馳走でした。私たちは樹上の葉を食べ、樹上の葉を食べつくしてしまうと、樹皮を食べ、樹皮を食べつくすと、木の幹を囓りました。そのときの私たちの村の木は地球で最も運の悪い木でありまして、木はみな私たちに囓られ全身傷だらけとなったのです。そのときの私たちはみな歯を鋭く磨きあげており、この世におそらく噛み切れないものはなかったことでしょう。私の幼友だちの一人はその後電気工になりましたが、彼の工具袋にはペンチもなければ、ナイフもなく、鉛筆ほどの太さもあるワイヤーを彼は造作なく噛み切ってしまうのです。他の電気工はナイフとペンチを使ってようやく仕事を仕上げるのですが、彼は歯で作業を終えてしまうのです。そのときの私も歯がとても丈夫でしたが、それでもその電気工になった友人ほどではなく、もしも丈夫だったら、私は作家にならず、優秀な電気工となっていた可能性が大いにございます。

一九六一年の春のこと、私たちの村の小学校に馬車一台分のキラキラ輝く石炭が運ばれてきましたが、私たちは浅学菲才にして、それが何であるのか知りませんでした。ある聡明な男の子が一かけら握って、ガリガリ食べ始め、そのようすときたら甘いお菓子を食べるかのよう、実に美味しいそうなのです。そこで私たちもワッと群がり、一人一かけらずつ取り合うと、ガリガリ食べ始めました。その石炭は咬めば咬むほど美味しくなり、味は確かに素晴らしいものでした。私たちが美味しそうに食べているのを見て、村の大人たちも押し掛けて来て食べ始めたので、学校の校長が出て来て止めようとし、皆は奪い合いを始めたのです。石炭がお腹に入った感覚は、私はもう忘れてしまいましたが、石炭を食べるときの歯ざわりと石炭の味については、今でもしっかり覚えています。そのときの私たちに娯楽がなかったと誤解なさってはいけませんで、実はそのときの私たちにはやはり多くの娯楽がございました。私たちは食べられる品物を発見しては欣喜雀躍したものです。このような飢餓の歳月はおよそ二年余りも続きまして、六〇年代中期ともなりますと、私たちの暮らしは良くなり始め、お腹いっぱい食べられはしなかったものの、一人一年百キロの食料を分けてもらえ、さらに野原に行って野草をほじくり出すと、基本的に生命を維持することができるので、餓死者は次第に少なくなっていきました。

当然のことながら、飢餓体験を持っているだけでは、必ずしも作家にはなれませんが、飢餓により私は命をめぐりことのほか深い体験を有する作家となったのです。長期にわたる飢餓は、私に食物が人間にとってどれほど大事であるかを教えてくれました。栄光だの、事業だの、理想、愛情だのは、すべて腹いっぱい食べたあとのことなのです。食のために私は自尊心を失ったことがあり、食のために人から犬のように侮辱されたことがあり、食のために私は発奮して創作の道に入ったのでした。

私が作家となったのち、幼少期の孤独を思い出すようになったのは、食卓いっぱいのご馳走を前にして飢餓を思い出すのと似ています。私の故郷である高密東北郷は三つの県が接する県境にありまして、交通は閉ざされ、地広くして人稀なる村でした。村の外は見渡す限りのくぼ地であり、野草が生い茂り、野の花が咲き誇り、私は毎日くぼ地まで牛を放牧しに行った――私は幼いときに学校を止めていたので、よその家の子供が学校で勉強しているときに、野原で牛と共に過ごしたのです。牛については人間についてよりも深く理解しているほどなのです。私には牛の喜怒哀楽もわかりますし、牛が心で何を考えているのかもわかります。子供にとっては無限に見える原野で、私と数頭の牛だけが一緒だったのです。のどかに草を食べている牛の目は大海の海水のようなブルーです。私は牛と話したかったのですが、牛は草を食べるばかりで、まったく私の相手をしてくれません。私が天を仰いで草地に横たわり、空の白雲がゆっくり移っていくのを見ていると、雲は怠け者の大男のようでした。私は白雲と話したいと思いましたが、白雲も相手にしてくれません。空にはたくさんの鳥が飛び交い、雲雀《ひばり》、告天子《こうてんし》、そして知ってはいるものの名前は言えない鳥たちです。野鳥の歌は実に感動的でした。私はしばしば野鳥の鳴き声に感動して熱い涙を流したものです。私は野鳥の仲間になりたいと思いましたが、彼らも忙しく、私に構ってくれません。私は草地に横たわり、胸には悲しい思いがあふれていました。このような環境で、私は白昼夢に耽ることを最初に覚えたのです。それは半分夢の世界なのです。多くの美しい思いが次から次と現れました。私は草地で横になりながら、何を愛情と呼ぶのか、何を善良と呼ぶのかを理解したのです。そして私は独語するようになりました。そのときの私は実に才能にあふれており、語れば即ち名文となり、滔々と絶えることなく、しかもきっちり韻を踏んでいたのです。あるとき私は一本の木に向かって独り言を言ったところ、これを聞いた母はビックリ仰天して、父にこう言ったのです。「お父ちゃん、家《うち》の子はおかしいんじゃないかい？」。その後私は少し歳をとり生産隊の集団労働に参加し、大人の社会に入ったので、放牧時代についた話し好きの癖は家族に多くの面倒を掛けました。母は苦しそうにこんな忠告をしてくれました。「坊や、話は止められないのかい？」。そのときの私は母の悲しそうな顔に感動して鼻がツーンときまして、二度と話すまいと誓いましたが、いったん人前に出ると、お腹の中のお話が巣から飛び出す鼠のように躍り出してくるのです。話をしたあとの後悔もひとしおで、母の教えに背いたことに気付くのです。そのため私は作家という人生を歩み始めたときに、自分で自分に付けたペンネームが、莫言〔言う莫《な》かれ〕なのです。しかし母からしばしば「犬の糞食らい、狼の肉食らい」〔習性は改めがたいことの喩え〕と怒鳴り付けられたように、私は話し好きの癖を改めることはできません。このため文壇でも多くの人たちから恨まれており、それは私が本当の話が大好きだからなのです。今では、歳をとるにつれて、私の話はだんだん少なくなっており、母はあの世で少しは安心していることでしょう。

作家になりたいという夢は早くから芽ばえておりました——そのころの、私の隣人の一人が大学の中文科で右派〔反革命派〕にされ、退学させられ、農村に送り返されてきた学生でした。私は彼と一緒に労働していると、最初は彼は自分が大学生であったことが忘れられず、話をすれば文人気取りでした。

しかし苛酷な農村暮らしと辛い労働とにより彼のインテリ臭さはたちまちきれいさっぱり改造されて、彼は私と同様の農民に変わってしまいました。労働の合間には、私たちは空腹でお腹をグーグー鳴らしており、胃からは酸っぱいものが込み上げておりました。私たちの最大の楽しみとは一緒に集まり食べ物の話をすることでした。皆が自分がかつて食べたことのある、あるいは聞いたことのあるご馳走の話をしては皆を楽しませるわけでして、これこそまさにプラトニック・ディナーです。語り手は実に旨そうに語り、聞き手は涎《よだれ》を垂らしておりました。ある爺さんが語ってくれたのはその昔彼が青島の料理屋でボーイをしていたときに見ていた名物料理で、何とか肉の醤油煮込みやら、特大蒸し焼き鶏やら、私たちが目を見張って彼の口を見つめていると、何やらそんなご馳走の匂いがしてきて、何やらそんなご馳走が空からフワフワと舞い降りてくるかのようでした。例の右派の大学生が言うには、彼の知り合いの作家が、本を一冊書いて、数千数万の原稿料をもらったと言うのです。その作家は、毎日三回餃子を食べており、しかもコッテリした肉入りで、一口咬むと、脂身のスープがジュッと外に吹き出すのです。いくら高貴なお方でも日に三度も餃子が食べられるはずはないと私たちが信じないので、大学生はバカにした口調で私たちにこう言ったのです。相手は作家だぞ！　わかってるのか？　作家なんだ！　こうして私にもわかったのです——作家になりさえすれば、日に三度も餃子が食べられる、しかもコッテリした肉入り餃子。日に三度も肉入り餃子を食べるとは、なんと幸せな人生であることよ！　天の神様だってそんな贅沢はしていない。このとき、私は決意したのです——大きくなったら必ず作家になろう、と。

私が創作を始めたときは、確かにそれほど崇高な理想は抱いておらず、動機も低俗でした。私には多くの中国作家のように自分が「人類の魂のエンジニア」になるなどとは想像もつきませんし、小説で社会を改造しようなどとはなおさら考えもしませんでした。すでに申しましたように、私の創作の最も原始的力は美食に対する渇望でございます。もちろん名を成してからは、私ももっともらしい話の仕方を学びましたが、そんな言葉は私自身でも信じてはおりません。私は低層の出身でありますので、私の作品は世俗的観点にあふれており、私の作品から高尚優雅なものを読み取ろうと思えば、だいたいが失望なさります。これは致し方ないことでありまして、この人にしてこの言葉あり、ウリのつるにナスビはならず、この鳥にしてこの歌あり、この作家にしてこの作品を書くのです。私は飢餓と孤独の中で育った人でありまして、この世の苦しみと不公平とを多く見ておりますので、私の胸のうちでは人類に対する同情と不平等な社会に対する怒りが充満しており、そのためにこのような小説しか書けないのです。もちろんお腹いっぱい食べられるようになると、私の文学にも多少の変化が生じております。私にもだんだんわかってきたことは、人はたとえ日に三度の餃子を食べても、やはり苦しみはあるものでして、この精神的苦しさは飢餓にも劣らぬ、ということです。このような精神的苦しみを表現することもまた作家の神聖なる職務なのです。しかし私は人の精神的苦痛を描いていても、飢餓が人の肉体にもたらす苦痛を忘れることはありません。これが私の長所なのか短所なのかは存じませんが、これが私の宿命であることは承知しているのです。

私の最初期の創作は語るに値しませんが、まったく言わないわけにもまいりません——それが私の歴史に属するものであり、中国現代文学史に属するものであるからです。私の最初の作品は河を掘る小説でして、民兵の中隊長が夜明けに起きて、毛主席像の前に立ち、祈りを捧げ、万年長寿万年長寿万年長寿と祈願します。それから彼は身体を起こして村の会議に出かけ、中隊を率いて大きな河の開削に出かけることを決定します。彼の恋人は河川開削を支持するため、彼との結婚を三年延期することを決定します。ところが昔の地主がこの報告を聞いて、真夜中に生産隊の飼育小屋に忍び込み、シャベルで河川開削工事現場で荷車を引く黒いラバの足を折ってしまうのです。これぞ階級闘争、しかも非常に激烈な。皆は敵の大軍に向かうが如く、次々と動員されて、敵階級と激烈な闘争を展開し、最後に河川開削は成し遂げられ、昔の地主も捕まるのでした。こんな物語は今日では誰も見ようとしませんが、当時の中国文壇では何もかもがこんなものでした。このように書かなくては、発表できなかったのです。私はこのように書きましたが、それでも発表できませんでした。なぜなら革命性に欠けていたからです。

七〇年代末になりますと、我らが毛主席が亡くなり、中国の情勢に変化が生じました。中国の文学も変化し始めます。ただし変化はわずかでゆっくりでして、当時はなおも多くのタブーがあり、たとえば愛情は書いてはならない、共産党の誤りは書いてはならないでしたが、文学が自由を渇望する激情は抑えきれず、作家たちは知恵をしぼり、遠回しのもの言いでタブーを突破しようとしたのです。この時期こそが中国の傷痕文学です。私は八〇年代初期に執筆を開始しておりまして、そのときの中国の文学はすでに大きく発展しており、あらゆるタブーはほとんどすべて突破されており、西洋の多くの作家が紹介されており、彼らを皆がほとんど狂ったように模倣していたのです。私は草地で寝転んで大きくなった子供でして、ほとんど学校にも通っておらず、文学の理論もほとんどわかりませんが、直感により、今の文壇で流行っている人のように、西側作家のものを上辺だけ取り替えて自分のものとするやり方は真似できないと思ったのです。それでは二流作品になってしまい、大文学にはなれないと思ったのです。自分は自分自身のものを書くべきだ、他の人とは異なる、外国の作家と異なるだけでなく、中国の作家とも異なるものを、と考えたのです。このように申しましても外国文学からの影響を否定するわけではなく、むしろまったく反対で、私は外国作家の影響を深く受けており、しかも率直に自らが外国作家の影響を受けていることを認める一人の中国作家なのでして、この問題は一つのテーマとして専門的にお話しすべきだと思うのです。ただし私が多くの中国作家よりも賢い点は、苦心して外国作家の叙事方式と彼らが語る物語を模倣したのではなく、彼らの作品の内容を深く研究し、彼らが現実を観察する方法および彼らの人生に対する、世界に対する見方を理解したことです。作家が他の作家の本を読むのは、実は対話であり、恋愛とさえ言えるのであり、恋の語らいが首尾よくいけば、一生の伴侶となる可能性も大いにありますが、話が合わなければ、それぞれわが道を行くことになります。

これまでにアメリカで刊行された本は三冊で、一冊は『赤い高粱』、もう一冊は『天堂狂想歌』、そしてもう一冊がこの世にお目見えしたばかりの『酒国』です。『赤い高粱』は歴史と愛情とに対する私の見方を表現しており、『天堂狂想歌』は私の政治に対する批判と農民に対する同情とを表現しており、『酒国』は私の人類の堕落に対する哀惜と腐敗官僚に対する深い恨みとを表現しているのです。この三冊の本は一読しますと大きな差異があるように見えますが、最も深いところのものはやはり同じで、それは飢えに脅かされた男の子の美しい暮らしに対する憧れであるのです。

外国7

アメリカで出版された私の三冊

コロラド大学ボルダー校　二〇〇〇年三月

莫言作品の英訳者ゴールドブラッド教授の勤務校で明かす翻訳秘話——英訳完成のため、二人は手紙と電話で頻繁な連絡を取っているが、莫言は「翻訳の過程で、私のセックス描写不足の欠点を補って欲しい」と頼んだこともあるという。幼少期に漢方医の大爺さんが語ってくれた怪談が、現在の創作の種になっているとも語っている。

この題目ですからまずは著名な中国学の学者で、私の小説の翻訳家でもあるゴールドブラッド教授のお名前を挙げるべきでありまして、彼の素晴らしいお仕事がなければ、私の小説はアメリカでは別人による英訳で出版されていたかもしれず、そうなれば今日のこのような完璧な翻訳書はありえなかったのです。多くの英語に精通し中国語にも精通している友人が私に、ゴールドブラッド教授の翻訳と私の原作とは互角の組合せだ、と申しておりますが、私はむしろ彼の翻訳が私の原作にさらなる栄光をもたらして下さったと信じております。もちろん私に対し、ゴールドブラッド教授はその翻訳書に私の原作にはなかったもの、たとえばセックス描写を加えている、と言う人もおります。実はそういう人たちは私とゴールドブラッド教授との間に前もって約束があって、翻訳の過程で、私のセックス描写不足の欠点を補って欲しいと私が頼んだことをご存じないのです。それと申しますのも、アメリカ人はセックス描写の面では、常に中国人よりも経験豊富であることを私は了解しているからなのです。私とゴールドブラッド教授とは一九八八年に合作を開始しまして、彼が私に下さった手紙はおそらく百通以上でありまして、彼が私にお掛けになった電話は統計の取りようもないほどでして、二人の間にこのような頻繁な連絡があるのは、一つの目的のためでありまして、それは私の小説を可能な限り完璧に英語に翻訳するということなのです。教授は一字のために、私が小説ではっきり書かなかった一個のもののために、私と繰り返し協議なさっており、私は彼に説明するため、拙い腕前で図を書くはめになるのです。こうして見ますと、ゴールドブラッド教授は才能にあふれる翻訳家であるだけでなく、謹厳なタイプの翻訳家でもあり、このような方と合作できたことは、私の幸運でございます。

私の最初の英訳書は『赤い高粱』でございまして、この本は英訳される以前に今では中国の著名監督となった張芸謀さんにより映画化されておりまして、しかも西ベルリン国際映画祭でグランプリを受賞しております。映画の関係で、この本は最高の知名度でして、中国では文学愛好家の人々は私の名前が挙がりますと、すぐに、ああ、赤い高粱ね！と申します。実は、何の遠慮もなく申しますと、小説『赤い高粱』は映画化以前に、すでに当時の中国文壇に強烈な反響を呼び起こしていたのです。先に張芸謀さんが私の七光りで、その後は私も彼の七光りのお世話になったのです。

この小説を創作していたとき、私はまだ大学の文学部で勉強しておりました。それは八〇年代初期でして、中国現代文学の黄金時代でありまして、読者は読書に対し熱い情熱を寄せており、作家側の創作の情熱はさらに熱かったのです。そのときには人々は伝統的手法で書かれる物語を書いたり読んだりすることにもはや満足できず、読者は作家に新機軸を期待し、作家は新機軸を打ち出すことを夢見ておりました。ある批評家がこんな冗談を言ったことがございます――中国の作家は狼に追われた羊のよう、その狼の名は新機軸。当時の私は田舎から出て来たばかりで、電話のダイヤルさえ回せなかったので、文芸理論の素養などさらになく、そのため背後から新機軸という狼に追っかけられることもありませんでした。私は部屋で寝そべって、好きなままに自分のものを書いておりました。今では少し理論的素養が身に付きまして、ようやくわかったことなのですが、本当の新機軸とはワーッと一斉に流行を追いかけるようなことではなく、真面目に自分の具体的なことを書くことなのです。もしも独自の体験や人生経験を持っているなら、自分の体験を書けば他人とは異なるものになるわけでして、いわゆる新しさとは、他人とは異なることなのです。他人とは異なるものを書きさえすれば、独自の風格が備わるのです。それは歌と同じでして、声は変えられないのです。訓練が変えられるのは技巧だけでして、いかに訓練しようとも、カラスはナイチンゲールのようには唱えません。これまで幾度かの講演で、自分の幼少期の暮らしに触れましたように、都会の子供が牛乳を飲みパンを食べながら母親に甘えていたときに、私と私の幼馴染みたちはまさに飢餓に苦しんでおり、地球上にこれほど多くの美味しい食べ物があろうとは思いもよらず、私たちが食べていたのは草の根と木の皮でして、村の木は私たちに囓られて丸裸となっていました。都会の子供が小学校で歌を唱いダンスをしていたときに、私は草地で牛や羊を放牧し、孤独なあまり、独り言の癖を身に付けてしまったものです。飢餓と孤独は私の小説で繰り返される二つのテーマでありまして、私のお宝でもあります。実は私にはもう一つの貴重なお宝がありまして、それは私が長い農村暮らしの中で聞いた物語と伝説でございます。

一九九八年の秋、私が台湾を訪問したときのこと、座談会に参加したことがありまして、座談会のテーマは幼少期の読書体験でした――出席した作家たちは幼少期に多くの本を読んでいましたが、彼らが読んだ本を私は今に至るまで読んだことがないのです。私はこう申しました――私とあなた方とは異なっており、あなた方は幼少期に目で読んでいましたが、私は幼少期には耳で読んでいたのです。私どもの村人のほとんどは読み書きができなかったものの、多くの人が語れば即ち名文となり、名文句を連発し、お腹の中には不思議な物語が詰まっていました。私のお爺さん、お婆さん、父親はみな話し上手で、お爺さんのお兄さん――つまり私の大爺さん――はなんとお話大王だったのです。大爺さんは漢方医で、交際も広く、知識も豊富で、想像力も豊かでした。冬の夜には、私は兄や姉と大爺さんの家に駆け付け、うす暗いランプを囲んで、お話が始まるのを待ったものです。大爺さんの顎には真っ白な長い髭が生えていましたが、頭には毛筋の一本もなく、その顔と目はランプの明かりに照らされてキラキラと輝くのです。私が「大爺さん、お話してよ……」とおねだりすると、彼は面倒くさそうにこう答えます。「毎日話して、話がそんなにたくさんあるわけなかろうが？　さあさあ帰った帰った、早く寝んと……」。私たちはなおもおねだりします。「大爺さん、一つだけ、一つだけ話して……」。こうして彼は話し始めるのです。今の私が思い出せるお話は三百ほどございまして、この物語にちょっと手を加えれば傑作小説となるのですが、すでに私が小説化したのは五〇もなく、大爺さんの物語は私が一生かけても書き切れず、しかも、まだ書いていない物語はすでに書いたものよりも遙かに精彩を放っておりまして、これは果物売りが虫食いの果物を先に売りたがるのと同じ道理なのです。これほど精彩を放つ物語を小説化しないというのは実にもったいないことなので、時期を見て大爺さんが話してくれた物語を一部売り出すつもりです。

大爺さんの物語ではほとんど第一人称が使われておりまして、話はすべて彼自身が体験したかのようであり、当時の私たちは本当だと信じこんでおりましたが、あとになって大爺さんがアドリブで創作していたことを知るのでした。彼は村の医者だったので、しばしば真夜中に往診に出かけており、そのことが彼の物語創作の基本を提供しておりました。いつもこんなふうに話し始めたものです――一昨日の夜、わしは村の東の王老五《ワンラオウー》〔王家の五番目の子供、という意味〕の家まで彼の女房の往診に出かけたんじゃが、帰り道、あの小さな石橋を通り掛かると、白い服を来た女が橋の上に座って泣いておるんじゃ。わしは聞いてみたんじゃ――もしもし、こんな夜更けに、お宅のようなご婦人が、一人っきりで、こんなところで何を泣いておるんじゃね？　女が顔を上げると――実に素晴らしい美人、天下に二人とはおらんような美人じゃ――この美しい女が答えた。「お医者さま、家《うち》の息子が病にかかり、今にも死にそうなのです、どうか診てやっては下さいませんか」。大爺さんが言うには、高密東北郷にわしが知らない女がおるものか。この女は化け物に違いない。大爺さんはこう尋ねました――お宅はどこじゃ？　その女は橋の下を指差して、あちらです、と言う。大爺さんが答えました――よしよし、人の振りなどするんじゃない、あんたが橋の下の鰻の精だということはお見通しじゃ。その女はからくりが見破られたと知るや、口元を抑えてオホホと笑い「またしてもあんたに見破られたね」というや、スルリと橋の下へと潜り込んだのでありました。その石橋の下には水桶ほどの太さの鰻が住んでおり、それが人に化けては大爺さんを誘惑していたのです。それで私は尋ねました。「大爺さん、なぜその女《ひと》のあとを着いていかなかったの？　そんなに美しい女なのに……」。大爺さんは言いました。「阿呆な子供たちじゃ、着いて行ったら帰ってこれんじゃろ」。続けて彼はもう一つのお話をしてくれました。少し前の夜更けのこと、一人の来客があり、一頭の黒い小さなロバを引き、手には赤い提灯を提げて、家で急病人が出たと言うのです。私の大爺さんは徳の深い仁医でしたので、急いで服を着ると、その来客と共に出かけたのです。大爺さんの話では月が出ると、その黒いロバがスベスベした絹布のようにキラキラと光り、来客は大爺さんをロバに乗る手助けをして、こう言いました――先生、お乗りになりましたか？　大爺さんは乗りましたと答えました。すると来客がロバの尻をパシッと叩いたのです。大爺さんが言うには、あの小ロバの早いことと言ったらお前たちには夢にも思えぬほど、どんなに早かったって？　ただただ耳許で風がヒューヒューー呻《うな》り、道の両脇の木がみな後ろへと倒れていくんじゃ。私たちはしばらく、このロバの早いことといったら、ロケット並みだね、とどよめいておりました。大爺さんが続きを話します――こんな空飛ぶロバに乗るとは、ホレ一大事、必ずや化け物に出くわしたに相異ないが、果たしてどんな化け物なんじゃ？　しばらくは見当も付きません。そこで大爺さんはこの化け物の正体を見極めてやろうと腹を括ったのでした。すぐに小ロバは空中から降下し始め、一面灯火輝く豪邸に降り立ったのです。例の来客が大爺さんをロバから助け下ろすと、白髪の老夫人が現れて、大爺さんを病人の部屋へと案内したのですが、病人とは実は産気付いた産婦でした。村の医者というのは何でも屋で、助産は大爺さんにとっては難しいことではありません。そこで大爺さんは袖をまくって、産婦の助産をしたのです。大爺さんが言うにはその妊婦の美しいことと言えば、天下に二人とはいないような美人じゃった――これは大爺さんの決まり文句なのですが――この産婦は美しいだけでなく、出産に際し驚くべき力を発揮し、大爺さんがフワフワ毛の生えた子供を受け取ると、もう一人が頭を出したので、大爺さんはおやおや双子じゃわい、と思ったのです。ところが続けてもう一人が頭を出したので、大爺さんがなんと三つ子じゃと思うと、またもやフワフワ毛の生えた子供が現れて、こんな具合に次々と生まれて、全部で八つ子となったのです。みなフワフワ毛が生えており、小さな尻尾を付けている様といったら、なんと可愛いこと。そのときハッと大爺さんは悟り、大声で叫んだのです――狐じゃ！ こう叫んだところで差し支えなく、大きな鳴き声が聞こえるだけ、目の前は一面真っ暗、大爺さんは身の危険を感じて、口を開いて自らの中指を咬んで血を出すと――これは魔よけに効くと言われます――ようやく目が覚め、自分はなんとお墓の囲いの中におり、目の前にはフワフワ毛の生えた子狐たちが寄り添い合っていたのです。親狐は逃げたあとでした。

大爺さんのお話を聞いた他にも、お婆さんや父の、そしてあの天才的な村人たちが語ってくれた多くの物語を私はしっかりとこの胸に記憶しています。これらの物語は生まれがそれぞれ異なる語り手の口によるものですから、それぞれ異なる風格を持っております。もしも彼らが私に語ってくれた物語をすべて私が語り通すとすれば、本日この講演は中国の万里の長城ほどの長さとなってしまうので、やはり自分の本についてお話ししましょう。

『赤い高粱』は抗日戦争を語っているかのようですが、実は私の村人たちが、語ってくれた民間伝説を語っているのでありまして、当然のことながらその中には美しい愛情、自由な暮らしへの渇望もございます。私の胸には、歴史などはなく、伝説しかないのです。多くの歴史上有名な人物とは、実は私たちと同じような人間でありまして、彼らの英雄的行為とは、人々が、口で語る過程において不断に味付けされたことの結果なのです。私はアメリカの批評家たちがお書きになった『赤い高粱』に関する文章を読んでおりまして、彼らがこの本を一冊の民間伝説の書として理解していることは、本当に私の心の琴線に触れました。私が最も古い方法で語った物語が、中国の批評家により最大の新基軸と認識されたのですから、私は得意になって笑い、これが新基軸ならば、新基軸というのは実にやさしいこと、と考えたのです。

私の英訳二冊目は『天堂狂想歌』でございまして、この本を私が一九八七年に書いたのは、同年初夏に某省のある県で大きな事が生じたのでして、その地方でニンニクの芽を大量生産したところ、官僚が汚職をして腐敗していたため、農民は、収獲した大量のニンニクの芽を売ることができず、何トン何十トンものニンニクの芽が自宅で腐ってしまったのです。怒った農民たちは火を放って郡庁舎を焼き払ってしまいました。この事件は大きな反響を呼び起こし、新聞も多くの紙面を割いて報道したのです。最終的には、その官僚たちは職を奪われ、農民を率いて反抗した農民も逮捕され、法に従い処罰されたのです。このことが私の怒りを掻き立てたのは、私は一見作家のようですが、根は今でも農民であるからです。そこで私は一カ月の時間でこの長篇小説を書き上げました。当然のことながら、私はこの物語発端の背景を私の文学王国へと引っ張って行きました――高密東北郷へと。この本は実に飢餓の書であり、また怒りの書でもあります。この本を書くときに私は新基軸のことなど考えもしませんで、ひたすら胸いっぱいの怒りを晴らしたかったのであります――自分自身のために、広範な農民の兄弟たちのために。しかし同書発表後に、意外にも私が新基軸を打ち出したと言う批評家がおりまして、彼らは同書が三つの角度から一つの物語を語っており、そのうちの一人は盲人で、彼は自らの歌でこの物語を語っており、作家は客観的な筆致でこの物語を語っており、当局側の新聞は彼らの口調でこの物語を語っていると言うのです。私どもの故郷には確かにかつてはこのような吟遊詩人がおりまして、彼らの多くは盲人であり、一般に三人一組となり、胡弓を弾くもの、鼓を鳴らすもの、歌を唱うものと分かれ、その中には確かに天才がおりまして、目の前で起きたことを歌にして、作詞しながら唱うのです。私は小さいころに彼らを心から尊敬しており、本当の芸術家だと考えておりまして、私が『天堂狂想歌』を書くとき、彼らのしゃがれたもの寂しい歌声が私の耳許で響いていたのです。

三冊目とは最近出版されました『酒国』でございまして、この本は一九八九年に書き始めて、一九九二年に完成し、一九九三年に出版いたしました。出版後はシイーンとしておりまして、ペラペラ話好きの批評家も皆さん沈黙しておりました。これらの葉公《しょうこう》龍を好む〔春秋時代の楚国の葉公は龍が大好きと公言していたところ、本物の龍が現れると逃げ出してしまった、という伝説に基づく故事〕の輩は私の本に腰を抜かしたのではないでしょうか。彼らは口を開けば新基軸と騒いでいますが、本当の新基軸が現れると、彼らはみな目を閉じてしまったのです。『赤い高粱』と『天堂狂想歌』に対しては私はなおも不満がありまして、もう一度書き直しますと、さらに良くなると思いますが、『酒国』に関しては、たとえ書き直したとしても、これ以上のものは書けないことでしょう。しかも私は傲慢にもこんなことさえ言いかねないのです――中国の現代作家はそれぞれ名作を書くだろうが、誰一人として『酒国』のような本は書けない、このような本はただ一人私のような作家だけが書けるのだ、と。なぜなら自分でもわかっておりますことは、私の肉体はすでに中年ですが、私の心はその昔に大爺さんが語る物語を聞いていたときと同じくらいに若いのです。私は鏡に向かうときだけ、自分が老いたこと知るのですが、原稿用紙に向かえば、自分の年齢は忘れてしまい、私の心は子供の好奇心で満たされまして、私は仇のように悪を憎み、デタラメを言い放ち、長い長い夢を見て、狂喜し、大騒ぎし、酔っ払うのです。余計なことは申しませんので、皆さんどうぞ私とゴールドブラッド教授との共同創作である『酒国』をご覧下さい――同書のセックス描写はすべて私の原書にあるものでして、ゴールドブラッド教授が加筆したものではございません。

続けてゴールドブラッド教授がお訳し下さるのは私の『豊乳肥臀』でして、この本は煉瓦のように部厚くはございますが、私の他の本は読まずとも結構ですが、『豊乳肥臀』だけはお読みにならなくてはいけません。この本に、私は歴史を書き、戦争を書き、政治を書き、飢餓を書き、宗教を書き、愛情を書き、当然のことながらセックスを書きましたので、ゴールドブラッド教授はこの本を翻訳する際に、おそらくセックス描写を削除するように頼んで来るのではないでしょうか。しかし私は同意はしないことでしょう——なぜなら『豊乳肥臀』の中のセックス描写は私の自慢の筆でございまして、ゴールドブラッド教授が英訳なさるときに、私のセックス描写がいかに精彩を放つものかを、皆さんにもおわかりいただけるからでございます。

外国8

耳で読む

シドニー大学　二〇〇一年五月一七日

「爺ちゃん婆ちゃん、大爺ちゃんの他に、およそ年寄りの村人たちは、みなお腹にいっぱいお話が詰まっており、私は彼らと共に過ごした数十年の間に、彼らの口から数え切れないほどの話を聞いた」という幼少期の体験に基づき、「良き小説とは、読書する読者にあたかも村へ、市場へ、とても具体的な家庭へと入って行くかのように感じさせるもの」という文学観を語っている。

数年前のこと、台北でのある会議で、私は数人の作家と共に「幼少期の読書体験」という題名の座談会を行いました。座談会に参加した作家は、私を除いて皆さん早熟な天才で、五歳で『三国志演義』『西遊記』を読み、六歳で『紅楼夢』を読み始めていた人もおり、私は驚きと共に、彼らと比べて、私はなんと教養に欠けているのだと、無念に思いました。私に発言の機会が回ってきたとき、私はこう言いました――皆さんが飽きるほど読書をしていたときには、私も読書していたものの、皆さんは目で読んでいたのに対し、私は耳で読んでいたのです。

もちろん、私も幼少期に、何冊かの本を目で読んだこと、それを認めねばなりませんが、当時私が住んでいた村では、手に入る本は大変少なく、農作業のお駄賃替わりに読ませてもらったものでして、その十数冊を読んでしまうと、もうこの世の本はすべて読み切ったんだ、と錯覚していたものです。のちに、私はある図書館に行く機会があり、そのとき初めて自分がひどく滑稽だったことを知ったのです。

私は一〇歳のときに学校を止めて農民になったので、当時の私の最大の関心は自分が放牧している数匹の牛と羊がお腹を減らしていないかということと、こっそり飼っていた数羽の小鳥が蟻に食べられやしないかということでした。当時の私は、十数年後に小説書きを職業とすることになろうとは夢にも思いませんでした。そんな人とは幼少期の私の印象では、神様のように崇高にして偉大でした。もちろん私は作家となったのちに、作家とは崇高でもなくまた偉大でもなく、ときには一般人より卑しく小さいものだ、ということがわかったのです。

私は農村で長たらしい青少年期を過ごしまして、先ほど述べましたように、その間に、周囲数カ村の例の十数冊を読んでしまうと、本との関係から抜け出てしまいました。私の知識とは基本的に耳で聞いて得たものなのです。多くの作家にお話し上手のお婆ちゃんがいるように、多くの作家がお婆ちゃんの語るお話から最初の文学的インスピレーションを汲み出すように、私にも実に話し上手の祖母がおり、私もこの祖母の話から文学的栄養を汲み出したのです。しかし私がさらに自慢することは、私にはお話し上手のお婆ちゃんの他にも、さらに話し上手のお爺ちゃんがおり、さらにお爺ちゃんよりももっと話し上手の大爺ちゃん――祖父の兄――がいたのです。私の爺ちゃん婆ちゃん、大爺ちゃんの他に、およそ年寄りの村人たちは、みなお腹にいっぱいお話が詰まっており、私は彼らと共に過ごした数十年の間に、彼らの口から数え切れないほどの話を聞いたのです。

彼らが話す物語は不思議で恐ろしいのですが、とても面白いのです。彼らの物語では、死者と生者との間には明確な境はなく、動物と植物との間にも明確な境はなく、たくさんの物、たとえば地面を掃く箒や、一本の髪の毛、抜けた歯など、みんな機会を得れば妖怪になれるのです。彼らの物語においては、死んだ人も実は遠くには行っておらず、私たちと共に暮らしているのであり、死者は暗闇から私たちを見ており、守ってくれており、当然のことながら私たちを監督してもいるのです。少年時代の私があまり悪いことはせずにすんだのも、それは暗闇で監督している亡くなったご先祖の罰が当たると恐れていたからです。当然たくさんの良いこともすることになり、それは良いことをすればそのうちご褒美をもらえるものと信じていたからです。彼らの物語においては、ほとんどの動物が人間に変身できまして、人と交際して、恋愛・結婚・出産までできるのです。たとえば私の祖母は雄鶏と人間との恋愛の物語を語ってくれました。ある家に年ごろの美しい娘がおり、大勢の人がこの娘に縁談を持って来ましたが、娘は何と言おうと嫁に行こうとせず、自分にはすでに大好きな人がいる、と言うのです。母親が気を付けて見ていると、果たして毎晩人が寝静まったころ、娘の部屋から男の声が聞こえてくるのです。男はなかなか魅力的な声をしています。母親は昼になると娘に、その男は誰で、どこから入ってきたのか、と問い詰めました。娘が答えるに、その男は毎回やって来るときに、とても美しい服を着ている、と言うのです。そこで母親は、次にその男がやって来たら服を隠しな、と命じたのです。夜になると、その男が再びやって来ました。言われた通りに娘は彼の服を衣裳箱に隠します。夜明け前、その男はまたも帰ろうとしましたが、服が見つかりません。男は必死で服を返してくれと娘に頼みますが、娘は返そうとしません。村の鶏が鳴き始めると、その男は素っ裸で帰って行ったのです。夜が明けてから、母親が鶏舎を開けると、小屋から赤裸の大きい雄鶏が飛び出してくるのを見つけました。娘に衣裳箱を開けさせると、どこに服なんぞがあるもんか？　箱の中はすべて鶏の羽根だったのです。これは私が少年時代に聞いた物語の中で最も印象深いものの一つでして、その後、羽根の綺麗な雄鶏とハンサムな青年を見かけるたびに、心の中に異様な感覚が生じて、私は両者の間に神秘的な関係があり、雄鶏が青年に変わったのでなければ、青年が雄鶏に変わったのだ、と感じていたのです。

わが家から一五〇キロ先は、中国で最もお化けの話を得意とした蒲松齢《ほしょうれい》〔一六四〇〜一七一五。清代の山東省淄博の文人、科挙の試験に終生及第できぬまま、幽鬼妖怪の文言小説『聊斎志異』を著した〕の故郷です。私は作家になってから、彼の本を読み始めたのですが、そこに書かれている多くの物語が私が幼少期に聞いた話と同じであることを知りました。蒲松齢が私の先祖の語る物語を聞いて本を書いたのか、それとも私の先祖が彼の本を読んで物語を語り始めたのか、それはわかりません。今ではもちろん彼の本と私が聞いた物語との間の関係を私は理解しています。

お爺ちゃんお婆ちゃん世代の老人が語る物語は基本的に幽霊と妖怪で、父の世代が語る物語の大部分は歴史で、もちろん彼らが語る歴史はロマンティックな歴史であって、教科書の歴史とは大いに異なっています。民間のオーラル・ヒストリーには、階級の概念がなく、階級闘争もなく、英雄崇拝と宿命感に満ちており、非凡な意志と非凡な体力を持つ者だけが民間オーラル・ヒストリーの中に入って絶えることなく伝承されるのであり、しかも伝播の過程で絶え間なく磨き上げられていくのです。彼らの歴史ロマン物語においては、明確な善悪の観念さえもなく、盗みの技に長けた盗賊であろうが、大胆不敵な匪賊であろうが、絶世の美人芸者であろうが、すべて彼らの物語の中に入れるのであり、語り手はこんな悪党の物語を語るとき、常に讃美の口調となり、顔には常に陶然とした表情を浮かべているのです。

十数年前に『赤い高粱』を書いたとき、私にはすでにわかっていたのです――当局側の歴史教科書は当然信用できませんが、民間口伝の歴史も同様に信用できないことを。当局側が歴史を歪曲するのは政治的要請によりますが、民間が歴史をロマンティックにするのは、魂の要請によるもので、作家としては、私は当然のことながら民間の歴史的伝奇に身を寄せてそこから栄養を吸い取りたいもの、と願っているのです。なぜなら文学作品とは人の心を揺さ振り、魂を揺り動かす物語を語る過程で個性鮮やかで、非凡なる人物を創り出す――このような人物は、現実の暮らしにはほとんど存在しないのですが、私の父親たちが語る物語は、どれもこのようなものでした。たとえば父は、わが家のある遠い親戚が一度に牛を半頭、焼餅《シャオピン》〔小麦粉を捏ねて発酵させ丸く焼いたもの〕を五〇枚食べた話を語ったことがあります――もちろん彼の大食いと彼の力とは無限の緊密な関連があるのです。父が言うにはこの人は馬車一台を馬車を引く馬と共に担ぎ上げ五キロの道を歩けたと言うのです。わが家にはそんな遠い親戚などいないのに、父がそんなことを言うのは、物語の信憑性を増すためであり、実はそれが物語を語る技術であることを、私は知っていました。のちに小説『赤い高粱』を創作するときに私はこの種の技巧を借りました。『赤い高粱』の冒頭で私はこう述べております。「匪賊の子であった私の父は、私の祖父の余占鰲の一隊と共に日本人の自動車部隊に対する待ち伏せ攻撃に出かけた……」。実は私の祖父は抜群に腕の良い大工で、私の父は鶏さえ殺せない実直な農民でした。私の小説が発表されたあとは、父はとても不快になり、私が彼の悪口を書いたと言うのです。そこで私はこう言いました――小説を書くというのは実は物語を語ること、お父さんだってうちの例の遠い親戚が一度に牛を半頭食べたって言ったでしょ。父は私の説明を聞くと、納得しただけでなく、小説の奥義をズバリと言い当てたのです――なんと小説書きとはデタラメな作り話をすることなんじゃ！

実は歳を重ねた者だけが物語を語るわけではなく、ときには若者さらには子供まで物語を語るのです。私が一〇代のころに隣の五歳の男の子が話してくれた物語は今でも覚えておりまして、彼はこんな話をしたのです――サーカス団の熊がサーカス団の猿に言いました。僕は逃げたくなったよ。猿が尋ねました。こんな快適なところから、君はなぜ逃げ出したいんだ。熊は答えました。君はもちろん快適だろうさ、団長は君を贔屓して、毎日リンゴやバナナを食べさせてくれるが、僕は粗食の毎日で、首には鉄の輪をはめられて、団長は何かというと皮の鞭で叩くんだ。こんな毎日に僕はすっかり嫌《や》になったんで、逃げ出そうと思うんだ。私はそのとき彼に尋ねました。それで熊は逃げ出したのかい。彼が答えました――いいや。私は尋ねました。なぜだい？　彼が言うには、猿が団長にチクったんだ。

私が耳で読む長い生涯の中でも、民間戯曲、特に私の故郷で「茂腔《マオチアン》」と呼ばれる小型劇が私に深い影響を及ぼしました。「茂腔」は哀愁のメロディーにして、演技は独特で、まさに高密東北郷の民衆の苦しい暮らしを生き写ししているのです。「茂腔」の旋律と共に私は青少年期を過ごしており、農閑期に、村に舞台を組んで上演するときには、私も舞台に上がったことがあり、もちろんその役とは滑稽なしぐさにせりふの道化役で、メーキャップさえしませんでした。「茂腔」は高密東北郷民衆の公開講座であり、民間のカーニバルであり、感情発露の手段なのです。民間戯曲は親しみやすく〔通俗的にして〕ノビノビしており、色濃い暮らしの雰囲気に満ちた台詞は、すでに貴族化した小説言語が新味を加える助けとなりえまして、私が最近書き上げた長篇小説『白檀の刑』とは「猫腔」の台詞を借りた小説言語に対する改革の試みでした〔「猫腔」と「茂腔」とは中国語の発音が相似しており、莫言は清末の高密を舞台とする『白檀の刑』を「猫腔」の口調で語っている〕。

もちろん、人の口から発せられる声に耳を傾けただけでなく、私は大自然の声にも耳を傾けていたのでして、洪水氾濫の音、植物が成長する音、動物の鳴き声……動物の鳴き声の中で、最も忘れがたいのは数千数万の青蛙が集まって一斉に鳴く声でして、それはまさに大合唱であり、響きわたる声は、耳を聾《ろう》するばかり、青蛙の緑の背中とほっぺたの収縮を繰り返す気嚢で、水面は被われているのです。この情景には背筋がゾクゾクして、次から次へと想像が広がるのです。

私は無教養ですが、耳を傾けることにより、このように耳で読むことにより、後日の創作の準備をしていたのでした。思えば、耳で読んでいた二〇年余りの間に、私は大自然との親しい関係を養い、自らの歴史観・道徳観を養ったのであり、さらに重要なことは私の想像力と片時も忘れることのない童心を養ったのです。想像力は貧しい暮らしと閉塞した環境との産物であり、北京や上海のような大都市では、人は知識を得られますが、想像力、特に文学・芸術に関わる想像力を得るのは大変難しい。私がこのような作家となりえたのは、こんな方法で創作をしていったからでして、このような作品を書くのは、二〇年来耳で読んだことと密接な関係があるのです。私が絶え間なく書き続けることができ、しかも身のほど知らずの自信に満ちているのも、耳で読んで得た豊富な資源によるものなのです。

鼻で書くに関しては、本当は別の講演の題目とすべきなので、今日は簡単にお話しいたします。鼻で書くというのは、私が鼻先に鵞鳥の羽根ペン二本を差し込んで、ということではなく、私が創作するときに、初めは無意識に、その後は意識的に自分の匂いに対する記憶と想像とを動員して、創作しているときの自分がその場に臨んでいるかのような気にさせ、私の小説を読むときの読者にもその場に臨んでいるかのような気にさせることなのです。実は、創作の過程で、作家が動員しているのは匂いに対する記憶と想像だけでなく、自らの視覚・聴覚・味覚・触覚などすべての感覚およびこれらに関わるすべての想像力を動員しているのです。自らの作品を色彩と場面、音とメロディー、甘辛酸味に苦味、硬軟涼暑など豊富な感覚的描写にあふれたものにしようとすれば、当然のことながらこれらすべては優美なる言語の助けを借りて実現されねばなりません。良き小説とは、読書する読者にあたかも村へ、市場へ、とても具体的な家庭へと入って行くかのように感じさせるものであり、良き小説とは魅せられた読者に自分と登場人物とをごちゃ混ぜにさせて、共に愛し、共に憎み、共に生き、共に死んでいただくのです。

このような小説を書くのは大変難しく、私は今もたゆまず努力しているのです。

外国9

小説の匂い

莫言はフランスでも高く評価されており、外国文学賞（二〇〇一）と芸術文化勲章（二〇〇四）を受賞した。この講演はショーロホフ『静かなドン』における川の匂いから説き起こし、ジュースキント『香水 ある人殺しの物語』やマルケス『百年の孤独』の中のおならの臭いに言及し、最後に台湾のブノン族の匂いを食べる地底部族をめぐる昔話へと展開する、香り高い考察である。

パリ　フランス国立図書館　二〇〇一年一二月一四日

ナポレオンはこう言いました——目かくしされたとて、嗅覚を頼りに、自分は故郷コルシカ島に帰れる。それというのもコルシカにはある植物があり、その独特な匂いが風に漂っているからです。

旧ソ連の作家ショーロホフ（一九〇五～八四）も小説『静かなドン』で、私たちに彼の特別に発達した嗅覚を見せてくれております。彼はドン川の水の匂いを描き、草原の青草の味、乾し草の味、腐草の味、そして馬の身体の汗の味、そしてもちろんコサックの男と女の身体の匂いも描いています。彼は小説巻頭の言葉でこう言っております——おお　父なるわれらが　静かなドンよ！〔岩波文庫版、横田瑞穂訳より引用〕。ドン川の匂い、コサック草原の匂いとは、実は彼の故郷の匂いなのです。

中露国境の川ウスリー川で生まれた鮭は、大海の奥深くで大魚となり、産卵期に入りますと、万里を回遊し、難所の数々を突破して、彼らの出生の地に戻って次の世代を産むのです。魚類のこの種の不思議な能力をめぐり、私たちには何もわかっていませんでした。最近になって魚類学者がこの問題の解答を見つけたのです——魚類は私たちのように突き出た鼻を持ってはいないが、嗅覚と匂いに対する記憶能力は十分に発達している。つまりこの能力により、彼らが生まれた母なる川の記憶により、大海の荒波に打ち勝って、逆流を遡上し、犠牲を恐れず、道中仲間を失い、満身創痍となりながら、故郷へと戻り、次世代繁殖の任務を終えたのち、何の憂いもなく死んでいくのです。母なる川の匂いは、彼らに進路を示すだけでなく、苦難に打ち勝つための力でもあるのです。

ある意味で、鮭の一生は作家の一生とよく似ています。作家の創作とは、実は故郷の匂いの記憶を頼りに、故郷を探し求める過程なのです。

レコーダーやビデオカメラ、インターネットがある今日、小説の景物描写、場面の写実の機能は、すでに厳しい挑戦に直面しています。いかに美しく正確な文章でも、ビデオカメラのレンズにはかないません。しかし匂いだけは、カメラも表現できないのです。これは私たち現代小説家の最後の領地でありますが、私が思うに良き夢、短しでして、そのうちに、恐るべき科学者たちが匂いレコーダーを発明することでしょう。匂いを発する映画やテレビもそのうちに世に出回ることでしょう。こんな機械が発明されないうちに、早いとこ匂いたっぷりの小説を書かなくてはなりません。

私は匂いがする小説を愛読しています。匂いがする小説は良い小説だと思っています。独自の匂いがする小説は最高の小説だと思います。自作に匂いを充満させられる作家は良い作家であり、自作に独自の匂いを充満させられる作家は最高の作家だと思っています。

作家とは鋭敏なる鼻を必要とするのでしょう――ただし鼻が鋭敏だけでは作家とは言えませんが。猟犬の鼻は最も鋭敏ですが、猟犬は作家ではありません。多くの大作家が実は酷い鼻炎を患っておるのですが、それが彼らが独自の匂いのある小説を書く妨げとはなりません。私が言いたいのは、匂いに関しては豊かな想像力を持つべきだ、ということです。クリエイティブな作家は執筆の際に、人物と景物とが自らの匂いを発するよう描くべきなのです。匂いのない物体であっても、想像力により匂いを創り出してあげねばなりません。そんな例はたくさんございます。

ドイツの作家パトリック・ジュースキント（一九四九～）は彼の小説『香水 ある人殺しの物語』で、非凡な嗅覚を持つ怪人を描いており、彼は匂い探す――香水作りの天才であり、このような天才はパリにだけ生まれるのです。この残酷な天才の頭には世界中のあらゆる物体の匂いが貯蔵されております。彼は繰り返しあらゆる匂いを比べたのち、世界で最も素晴らしい匂いとは若い少女の匂いであると考え、そこで超人的な嗅覚を頼りに、二四人の美しい少女を殺して、彼女たちの身体の匂いを抽出し、それから或る香水を作ります。彼がこの神秘的なる香水をわが身に振ると、人々はみな、彼の醜さを忘れ、彼に対し深い愛情を覚えるのです。確かな証拠があるにもかかわらず、人々は彼が兇悪な殺人犯とは信じられなくなるのです。被害者の少女の父親さえも、彼に対し愛情を抱き、自分の娘よりも彼を愛してしまうのです。この非凡なる怪人は、人類の嗅覚を制御する者が、世界を領有できるのだ、と固く信じているのです。

マルケスの小説『百年の孤独』の登場人物には、おならの臭いで花を枯らしてしまい、暗い夜に嗅覚頼りで、曲がり曲がって自分の好きな女性を探し出す者がおります。

フォークナーの小説『響きと怒り』のある人物は、寒さの匂いを嗅ぎ分けられます。実は寒さには匂いはないのですが、フォークナーがこのように書きますと、私たちもこれが大げさだと思うどころか、たいそう真に迫っていると深い印象を受けるのです。なぜなら寒さを嗅ぎ分けられる人物とは白痴だからです。

以上の例とその簡単な分析とにより、小説には実は二種の匂いが存在している、あるいは小説の匂いには二種の書き方があることを、私たちは発見できるのです。一つは写実的手法で、作家の現実体験、特に故郷での体験に基づき、描く物体に匂いを与えるか、匂いで描写したい物体を表現するのです。もう一つの方法とは作家の想像力を頼りに、匂いのない物体に匂いを与え、匂いのある物体に別の匂いを与えるのです。寒さには匂いがない、それは寒さがそもそも物体ではないからです。しかしフォークナーは大胆にも寒さに匂いを与えたのです。死も物体ではなく、死にも匂いはありませんが、マルケスは彼の登場人物に死の匂いを嗅ぎ分けさせたのです。

もちろん、匂いだけでは一冊の小説にはなりません。作家は小説を書くときには自分のすべての感官を動員するのです――味覚、視覚、聴覚、触覚、あるいはこれらの感覚の外部へと超越したその他の不思議な感覚であります。こうすれば、あなたの小説にも生命の息吹が備わるのです。それはもはや生命力を欠いた文字の塊などではなく、匂いも、音も、温度も、形も、感情もある生体なのです。私たちは最初に創作を学ぶときにしばしば困難に陥ります――現実において真に起きた物語で、それ自体大変複雑で、感動的なのですが、事実の通りに小説に書いても、読んでみると大変嘘っぽく、人の胸を打つような力が微塵もない。しかし多くの優秀な小説は、作家の虚構だとはっきりわかっていても、私たちに強い感銘を与えるのです。なぜこのような現象が生じるのでしょうか。私が考えるに問題の鍵は、私たちは現実の真の物語を書くときに、自分が創造者であることを忘れて、自分の嗅覚、視覚、聴覚などあらゆる感覚を動員していないのです。ところが偉大な作家というものは創作に際し自分のあらゆる感覚を動員し、しかも自らの想像力も発揮し、多くの奇妙な感覚を創り出しているのです。これこそ人が甲虫に変身しないことを明白に知りながらも、私たちがカフカの『変身』という人が甲虫となる物語に感動することの根本的原因なのです。

映画が世に出て以来、人々は小説の将来を大いに心配し、五〇年前には、中国に小説の滅亡を予言する人が現れましたが、小説は今もなお生きています。テレビが各家庭に入り込むと、小説の運命はさらに具合が悪くなったようでして、確かに多くの小説読者がテレビに拉致されましたが、なおも大変多くの人が小説を読んでおり、小説の死期が短時間のうちにやって来ることはないでしょう。インターネットの開通は小説に対する挑戦でしたが、ネットは単に別の創作方式と伝統的書籍とは異なる伝播方式を提供したにすぎないと私は考えております。

小説を書くよりほかに能がない人間として、たとえ私がすでに小説のピンチを見ているとしても、私にはそれは認めがたいことであり、そもそも私は、小説は実はいかなる他の芸術や技術形式にも代替されようがないと考えているのです。匂いレコーダーはこの世に存在する匂いのみを保存するのであって、この世に存在しない匂いは保存できないのです。それはビデオカメラが現実に存在する物体しか録画できず、存在しない物体は録画できないのと同様です。しかし作家の想像力は無から有を生み出すのです。作家は不可能を知らぬ想像力に助けを借りて、存在しない匂いと存在しない事物を創造できるのです。これが私どもの職業が永久不滅であることの根拠です。

その昔、ドイツの作家トーマス・マンがカフカの小説一冊をアインシュタインに贈ったところ、翌日にアインシュタインがそれをトーマス・マンに返してこう言ったのです。「人の頭はこれほど複雑ではない」。我らがカフカが世界で最も偉大な科学者に勝ったのでして、これは私たちこの業界のご自慢なのです。

さあ大胆不敵にも我々の感覚を動員して、呼吸していて、匂いがあり、温度があり、声があり、もちろん不思議な想念もある小説を作ろうではありませんか。

もちろん、作家は言語により自らの作品を書かねばならず、匂い、色、温度、形状はみな言語によって構築すべし、あるいは言語を体裁とすると言うべきでしょう。言語がなければ、すべては存在しません。文学作品が翻訳できるのは、言語が具体的な内容を担っているからです。そのため翻訳の便宜をはかるという角度から申しますと、小説家も努めて感覚を描き出し、生の感覚に富む世界を作らねばなりません。感覚があって初めて感情が生まれるのです。生命感覚のない小説が、人に感動を与えることはありえません。

ウスリー川の鮭のように、母なる川の匂いを追い求め、勇敢に前進しましょう。

太古の地球の匂いを想像すれば、当時の地球には無数の巨大な恐竜が暮らしており、臭気が天を衝き、恐竜は己のおならが臭くて死んだと言う人もおります。

私は肝を太くしてわが国のオリンピック開会式の委員長にこんな提案をしようと思うのです――二〇〇八年オリンピック開会式では、聖火台点火の瞬間に、百種の花と、百種の樹木と、百種の美酒とを合わせて作った匂いをドッと撒布し、このオリンピックを香り高いものにしよう。

私たちの記憶の中のあらゆる匂いを動員したのち、匂いを追いかけ私たちの過去の暮らしを探し求めましょう――私たちの愛情、私たちの苦しみ、私たちの喜び、私たちの寂しさ、私たちの少年、私たちの母親……私たちのすべては、プルーストがひとかけらのマドレーヌの助けを借りて過去へと戻って行くが如しであります。

わが国の偉大な作家蒲松齢は彼の不朽の名著『聊斎志異』で不思議な盲目の僧について書いておりまして、この僧は鼻で文章の良し悪しを判断できるのです。科挙の試験に参加した多くの人は、自分の文章を持って来て僧にかいでもらいました。僧は悪文をかぎますとゲーゲーと吐き、悪文が悪臭を放っていると言うのです。しかし後日、僧に嘔吐させた文章は、みな合格し、香気漂うと彼が認めた文章は、みな不合格となるのです。

台湾のブノン族にはこんな話が伝わっています――ある村の地下に、嗅覚が特別に発達した集団が住んでいたと言うのです。この集落の人は料理が得意で、プンプンと匂いの良い料理を作るのです。ところが自分では食べず、料理ができると平台に並べ、それから全集落の者が料理を囲んで、たえず鼻をヒクヒク動かすのです。彼らは匂いで命を繋ぐことができるのです。地上の人々は、しょっちゅう地下に潜り、匂い集落の人がかいだ料理を盗んで行くのです。私はこの物語で短篇小説を書いたことがあります(「匂い族（原題「嗅味族」『山花』二〇〇〇年第九期）」。この小説では、私はしょっちゅう地下に下りて料理を盗んでくる子供でした。小説を発表したのち、私はひどく後悔し、自分は匂い集落の立場に立って書くべきであり、一般人の立場に立って書くべきではないと思いました。もしも自分が匂い集落の子供だと想像していたら、この小説はきっと大変不思議なものになったことでしょう。

外国10

巨大な寓話としての『白檀の刑』

京都大学楽友会館　二〇〇三年一〇月

二度目の京都大学講演では、当時の近作『白檀の刑』を紹介している。同作は清朝末期の山東省における義和団事件の顚末を描いており、ドイツ軍の要求を受けた袁世凱の命により、団のリーダーが研ぎ澄ました白檀の木を肛門から背骨沿いに首先まで突き刺された上で切り刻まれるという極刑に処せられている。このような残酷な描写がなぜ必要なのか、と莫言は自問自答している。

ご来場の皆様、光陰矢の如しと申します。前回の来日はつい先日のことのように思えるのですが、指折りして数えますと、すでに四年ほどが経過しております。前回日本におりましたときの私は子犬でしたが、今では堂々たる親犬に成長しており、前回愛知県知立市称念寺で植えた苗木は、今や大木に成長しております。私はこの四年間で、身長はおよそ一センチ縮み、髪の毛はおおよそ三千本減り、皺はおおよそ百本は増えました。たまに鏡を見ますと、歳月の残酷さを思い知らされまして、心中センチメンタルな感情を禁じえません。それでも多くの日本の友人にお会いしますと、四年の歳月は彼らの顔にほとんど何の痕跡も残してはいません。彼らの精神力はなおも旺盛であり、彼らの肉体はなおも強健であり、彼らはなおも人生に対し深い情熱を抱いておられるのです。そこで私の心もただちに晴れやかになるのです。

文学創作の道において、私はなおも若い学生です。執筆という方法により、私は自分の少年時代の再生が可能となります。執筆により私は歳月の車輪を引き止められるのです。執筆、それは私が時間に対抗する手段でございます。私は歳月を小説に変えて、身の回りに置くのです。時は過ぎていきますが、身辺に小説は次第に積み上がってまいります。その意味では、もの書きは自らの年齢を忘れることができるのです。もの書きの肉体は衰えるとも、その精神は永遠の若さを保てるのです。

一九九九年一一月、私は日本の大阪から中国の上海に飛びまして、飛行機を降りるや、車を一台借りまして、杭州に直行して、授賞式に参列しました。私の中篇小説「牛」がご当地である賞を得たからです。それは私の少年時代の経験に基づき子供の視点から書いた小説でございます。一九七〇年代初期、中国の農民はなおも人民公社体制の中にあり、個人に行動の自由はありませんでした。そして数千年にわたり農民の伴侶となってきた牛は、人民公社の重要な生産財となり生産隊で集団飼育されており、個人に牛飼の自由はありませんでした。そのときの牛は神聖にして屠畜は許されず、たとえ病死した牛であっても、公社の獣医がやって来て検査をしたあと、ようやく人民公社の社員に食用として分けられるのでした。飼い葉が不足するため、厳冬期には、生産隊から私を派遣し、ある老人に従って牛を河辺の荒れ地に連れて行き放牧させます。雪や氷が荒れ地を覆い、枯草が深く雪の下に埋まっています。こんな苛酷な状況に置かれると、わが牛たちは生きるために、彼らの先祖の野性を復活させて、口で積雪を押しのけ、枯草を探して腹を満たすのです。彼らは蹄で固い氷を叩き割り、氷水をたらふく飲んで渇きを癒やすのです。私は今でも牛が蹄で氷を割るときのコンコンカンカンという音が忘れられず、今でも牛が氷水を飲むときに口から吹き出す乳白色の熱い息を忘れられません。春が来て花の季節になると、氷雪は融けて、大地に緑が戻り、苦しいひと冬を過ごした牛たちも生気を回復し、次第に太り始め、活潑に動き始めます。すると牛の習性を熟知している生産隊長が私たちに厳命を下すのです――牛に交配させてはならん、と。生産隊では一〇頭の牛がいれば生産需要を満たすことができますが、牛が多くなると、飼い葉が足りず、売ることも許されず、屠畜も許されないので、却って重い負担となってしまうのです。しかし牛たちを交配させないように見張っているのはかなり難しいことです。私と例の老人とはさまざまな交配防止の方法を工夫したのですが、放牧が終わったときには、すべての雌牛のお腹には子牛が宿っていたのです。物語はこれらの子牛をめぐって展開します。時間に限りがあるので、ここではこの物語を詳しくお話しできませんが、近い将来、この小説が日本語に翻訳されて、皆さんのご高覧を得られれば幸いでございます。

そのときの授賞式で私は次のように話しました。中華人民共和国成立以来五〇年の歴史の中で、牛の運命は小説の運命にとても似ているのです。小説は牛と同様に、一度現実離れした重要な位置に担ぎ上げられ、さんざんに管理を受けました。一九八〇年代に至り、人民公社の解体に伴い、農民は自由を得て牛の数は空前の量にまで発展しまして、それはこの時期における小説の空前の繁栄に似ているかのようです。しかし農業の機械化に伴い、牛は次第に生産過程から淘汰されていき、牛を飼う農民はドンドン減っておりまして、それはこの時期の小説が次第に手軽で面白い娯楽方法、たとえばカラオケ、テレビ連続ドラマにより娯楽の空間から押し出されたのと同様です。今では、農民が、牛を飼うのは、太らせて屠畜し利益を得ようとするか、この善良な家畜に対するノスタルジーによるものです。人生の黄昏にある老人が、一頭の牛に向かいブツブツ話しかける。こんな光景には多少もの寂しさと共に、多少の温かみが感じられます。今では、もの書きは、これにより名利をむさぼる者もいれば、このような方法を借りて、胸のうちを語ろうといたします。私はもちろん後者に属します。私は胸のうちの苦しみを訴えられる真の友人が見つからないので、小説をわが友として、私の訴えを聞いてもらうことしかできませんで、執筆とは訴えであり、老いたる農夫が老いたる牛に向かい訴えるのと同様なのです。私がこちらでこんなに多くの牛のことを話すのも、私の次の小説で、精霊と化す一頭の牛が登場するからです。

二〇〇〇年の冬、私は長篇小説『白檀の刑』を完成させて、二〇〇一年の春に出版しました。この小説は私の多くの作品と同様に、激烈な論争を引き起こしました。愛読する人はこれを偉大な作品であり、二一世紀の中国小説にひと筋の道を切り拓いたと考えました。愛読しない人は犬の糞だと考えました。論争の焦点は小説の中の首切り役人である趙甲と処刑場面の細かい描写でした。私は同書の出版後、記者のインタビューを受けたので、お上品なご婦人はお読みにならぬようにと勧めたものです。ところがその後の事実が明らかにされると、多くのお上品なご婦人が同書を読んだのでした。彼女たちは悪夢にうなされなかっただけでなく、ご飯が喉を通らないということもありませんでした。多くの外観は勇ましい男性が、女の子のような悲鳴を上げて、彼らの神経を傷付けたと私を恨んだのです。こうして見ますと、女性の神経の方が男性の神経よりも強靭であるようです。ある女性は私にこのような手紙を下さいました――あなたが私の浮気性の夫に白檀の刑を執行して下さることを切望いたします。私の返事は

――親愛なる○○女史、あなたの夫の浮気性はもとより怪しからぬことですが、何卒決して夫に白檀の刑ほどのものを執行なさらぬように。しかも、この種の野蛮な刑罰はとっくに歴史的遺物となっております。また、作品中の人物イコール作者とはお考えにならぬこと。私は作品では冷酷非情なる首切り役人を書きましたが、実生活においては、善良で気の小さい人間でして、鶏を絞める場面を見るだけで、足が震えてくるのです。

『白檀の刑』の中の残酷な描写に関しては、私は必要性ありと考えております。これは小説芸術上の必要性であり、私の心理的必要性ではありません。このような描写が一部の人に不快感を覚えさせる、その原因とは、このような描写が人類史上にかつて存在した暗黒と残虐性とを公示するからだろうと思います。このような描写は人類の魂の奥深くに隠された醜い凶悪な一面をも暴露し、当然のことながら専制主義下の社会において酷刑により暗黒統治という野蛮な手段を維持している統治者をも鞭打つからなのです。

一部の批評家は『白檀の刑』が残虐な書であると考えますし、それが悲哀憐憫の精神に充ち満ちた書だと考える人もおります。後者の説の方が当然のことながら私の本意により近いものでございます。この本を書くとき、私は常に悲痛の深淵に沈み込みなかなか抜け出すことができませんでした。私は常にこう考えております――人はなぜこうなってしまうのか？　人はなぜこうしてしまうのか？　どうして自分の同類にこれほど残酷な刑を執行するのか？　誰が彼にこのように同類をなぶり殺す権力を与えたのか？　多くの見るからに善良そうな人が、なぜ芝居見物でもするかのように、この世のものとは思えぬ凄惨な執行場面を楽しんでいるのか？　統治者と首切り役人、首切り役人と罪人、罪人と観客、彼らの間にはいったいどのような関係があるのか？　これらの問題に答えるのは難しいことなのですが、私はこの困惑が私にもたらした極めて大きな苦痛を深く体験いたしました。私が思いますに、これは高密東北郷の困惑だけでなく、中国の困惑でもあり、さらには全人類の困惑でもあるのです。どのような力が、同じく神の翼で比護されている人類に、このような人を激怒させる暴行をさせるのか。しかもこの種の暴行は科学技術の進歩と文化の繁栄により消滅するわけではないのです。このため、この一見歴史をひっかき回す『白檀の刑』に、現実的な意義が備わっているのです。

『白檀の刑』は巨大な寓話、と言う人もおりまして、私はこのような見方に同感です。そうです、残酷な刑罰としての白檀の刑は消えておりますが、暗黒なる精神状態としては、一部の人の心の中に久しく存在し続けているのです。こう言ってもよいでしょう——暗黒なる意識において、他人に白檀の刑を加えたいとなおも渇望している人もいれば、甘んじて白檀の刑を受けたいと願っている人もおり、さらには興味津々と白檀の刑を見物に行く人もいるかもしれない、と。私はこの小説を書いている間、ときに刑を執行する首切り役人の趙甲となり、ときに刑を受ける猫節劇団座長の孫丙となり、ときに政治の隙間にいる高密県知事の銭丁となり、ときに激しい欲情を燃やす若奥さんの孫眉娘となっておりました。人生の道のりにおいて、誰もが異なる時間において、執行人と受刑者、あるいは見物人の役を演じえるのです。この本を読み終えて、読者がこの三役の異なる心境を実感し、これにより歴史に、現実に、人間性に対する考えをめぐらしたとしたら、私の目的は達成されたのだと思います。

『白檀の刑』において、私は初めて小説叙事芸術と私の故郷の伝統劇「茂腔《マオチアン》」とを繋げることを試みました。私は他人とは異なるだけでなく、自分の過去の小説とも異なる独特な文体を創造したかったのでありまして、自分独自の声を発したいと希望していたのです。そして小説の構造も、中国伝統小説の「序破急」の構成方法を借用しました。小説のプロット設計、人物関係もすべて高度に戯曲化いたしました。鋭い矛盾と、激しい衝突であります。家族愛と刑罰とが幾人かの主要人物を一つに結び付け、悲壮なる大芝居が展開するのです。これは戯曲化した小説であり、また小説化した戯曲でもあります。劇中人物は現実の中で暮らしていると言うよりも、芝居の中で暮らしているのです。あるときには、彼ら自身も芝居なのか現実なのか判然としないのです。

小説の中の「猫節」とは、基本的に私の虚構なのですが、私の故郷には確かに小さな芝居があります。私はこの小さな地方劇のメロディーを聞きながら育ちました。『白檀の刑』執筆の過程で、この地方劇のメロディーは常に私の耳許で響いておりました。この叙事のメロディーを探し当てたあとは、執筆は河の流れのように勢いよくなりました。しかしこのような言語、このような構造が本書を翻訳した吉田富夫教授にとっては、必ずやとても難しかったことと思います。吉田さんはどのような方法でこの転換を完成なさったのでしょうか。

『白檀の刑』執筆後に、私は「氷雪美人」「逆立ち」などの短篇小説を書いておりまして、これらの小説は、発表後に多くの雑誌に転載されております。

二〇〇〇年から二〇〇二年までの間に、私はアメリカ、フランス、スウェーデン、オーストラリアなどを訪問し、英語版とフランス語版の『酒国』と、スウェーデン語版の『天堂狂想歌』刊行のためにちょっと宣伝をいたしました。去年の年末には、台北市を再訪して一カ月の同市訪問作家となりました。この二、三年の間の私の作品は少ないのですが、何度も夢のような飛行をしております。高度一万メートルに身を置きますと、窓越しに見える翼の下の丸々とした白雲と青々として果てしない大地とは、私の胸のうちに折につけもの悲しい感情を掻き立てるのです。宇宙の大なること斯《か》くの如く、人類の小さきこと斯くの如し。時空は果てしなく広々としているのに、人生はあまりにも短い。しかしいつもこのような問題を考えているのは自ら煩悩を増やしているようなものです。私の苦悩とは小説を書いているがためであり、苦悩を除くにはやはり小説を書くしか方法はございません。こうして春節〔旧暦元旦のこと〕が過ぎたあと、私は心を静めて、三カ月の時間をかけて長篇小説『四十一炮』を完成させております。その後も一週間で、現代劇を完成させております。

以上が前回の日本訪問以後の主な仕事でして、怠け者の私は、皆さんのご厚情に対し大変申し訳なく存じております。今回帰国しましたら奮起して、可能な限り早く高密東北郷の不思議な牛により、読者の皆さんに驚き楽しんでいただけることを願うばかりです。

吉田富夫教授が『白檀の刑』を完璧な日本語に翻訳して下さったことに感謝し、日本の読者に感謝し、この本が皆さんの思索の糧となることを希望しています。

皆さんありがとうございました。

外国11

憧れの北海道を訪ねて

北海道大学　二〇〇四年一二月二七日

憧れの北海道を初めて訪れた莫言が、日本映画を通じて知った北海道の魅力から説き起こし、日中戦争中に連行されて炭鉱で労働させられたものの脱走し、一三年間、道内に潜伏していた莫言の同郷人、劉連仁との対話の思い出を語り、さらに北海道の「ハイブリッド」文化の素晴らしさを語っている。聴衆の札幌市民とのウィットに富む対話も興味深い。

第一部　講演

初めて北海道にまいりましたが、北海道を知るようになった始まりは二作の映画なのです。一九八〇年代には、多くの日本映画やテレビドラマが中国で人気番組でありまして、その中でも二作の映画が私に深い印象を与えました。一つは『君よ憤怒の河を渉れ』、もう一つは『キタキツネ物語』〔中国語訳題『狐狸的故事』〕。蔵原惟繕監督、一九七八年〕です。『君よ憤怒の河を渉れ』の主演男優は高倉健、ヒロインは中野良子でして、私は七回見ております。中国では多くの若者が私よりも何回も多く見ている、と確信しております。一時期、中野良子と高倉健は中国の若者に崇拝されるアイドルでした。多くの女の子が高倉健のようなボーイフレンドを欲しがりました（聴衆笑）。多くの若者、男性は、みな高倉健の真似をして仏頂面、まったく無表情な顔付きを装ったものです。当然のことながら、私たち男性は、高倉健のように、中野良子のようなロマンティックで冒険心に富んだ女の子を求めておりました。三〇年近くが過ぎておりますが、今でも台詞も幾つか覚えております。高倉健が扮する杜丘正人が屋上に立つと、悪人が前に踏み出すよう彼を誘惑し、飛び降り自殺に見せ掛けようと企みます。悪人は言いました。杜丘君、見たまえ。あの青い空を。歩いて行くんだ。君はあの青い空に溶け込むことができる。真っ直ぐに脇目を振らずに。いいかね、杜丘君。さあ、行くんだ。……どうした、杜丘君。さあ、歩くんだ。この映画のロケ地が北海道だったのです。私たちは映画を通じて北海道の原野を知り、そして北海道の山奥の原生林を知ったのです。私が思いますに、中国の若者の北海道に対する憧れは中野良子と密接に結び付いております。もちろん、その後さらに多くの日本映画が中国に紹介されまして、その中の多くの女優は中野良子よりもさらに艶やかでした。しかし中野良子が私たちこの年齢の中国男性の胸のうちに占める、そのような地位は取って替わることはできないのです。長い歳月が過ぎて、毛〔毛丹青〕さんが中野良子直筆サイン入りの本を私に渡して下さったとき、私は腕が震えてしまいました。もう一つの映画が『キタキツネ物語』でして、これは動物映画でありまして、物語やプロットなどはございません。この映画は北海道の自然の風景を見せながら、多くの中国の父と母とにいかにして父母となるかを教えてくれたのです。映画の中で、子ギツネが大きくなったとき、彼らは相変わらず自分の父母の許から離れようとしないので、キツネのお父さん、キツネのお母さんは、暴力で彼らを追い出し、外で独立した暮らしを過ごさせるのです。ところが中国の父母ときては自らの子供をひどく溺愛して、子供がとても大きくなってもなおも出て行かせようとはせず、手許になおも置こうとするのです。この二作の映画を見終わり、私にもわかったのです――男性が中野良子のような女性を求めて妻にしたいと思うなら、必ずや子ギツネのように、家から出て、独立生活を送り、外に出かけて世を渡り歩かねばならないのだ、と（聴衆笑）。そこで、キツネ精神に励まされて、私は家を離れ、兵士となって、ゆっくりと文学創作の道を歩き始めたのです。

私の故郷の人で、日本では私よりもずっと有名な方がおられます。それは日本の北海道の山奥の原生林で野獣と共に一三年間暮らした劉連仁〔リウ　リエンレン、りゅうれんじん。一九一三～二〇〇〇。山東省高密の人。一九四四年九月に連行され北海道雨竜郡沼田町の炭鉱で労働させられたが、一九四五年七月に脱走、山野に潜伏していたところ、一九五八年一月保護され、四月に帰国した〕です。この方の身体には非常に素晴らしい偉大なる精神が潜んでいる、という印象を私は抱いております。学生時代に、私は夏休みを利用して、彼の家までインタビューに出かけたことがあるのです。当時、彼はすでに七〇を超えた老人でしたが、身体はなおも非常に健康でした。彼に北海道のことを語ってもらうと、なおも滔々と語り続け、まるまる一昼夜もお話なさったものです。当然のことながら、彼の話の中の北海道はそれほど愛すべきものではございません。彼の目には、北海道の美しい花も醜いものとして映じたことでしょう。なぜなら彼は人目を恐れてずっと山に隠れており、昼間は身を潜め、夜になってから活動していたからです。どのような力によりこの人は世間と隔絶した状況下で一三年も暮らせたのか、私は今に至るまですべてを理解してはおりません。私はかつて短篇小説で、また長篇小説でも、彼をモデルとして数人の人物を書きました。私はこれらの小説において主にこの人の頑強な生命力に焦点をしぼりました。そこで、私が思いますに彼を支えて生き延びさせた力とは、故郷および家族への思いなのです。頑張り続ければ、いつか帰る日も来るだろう、と彼は堅く信じていたのです。そして、その願いは叶ったのです。

今年になって、久しく憧れ、また久しく想像してきた北海道にまいりました。しかし、私が見た北海道は私が想像していたのとはまったく別ものでした。ここには整然とした道路に、新鮮な空气があり、人の顔には笑顔が浮かんでおります。昨日の午後、北海道開拓記念館（札幌にあり、一九七一年開設、二〇一五年に北海道博物館と改称）を見学しまして、北海道に対する理解がさらに深まりました。北海道は長い歴史を有し、重厚な文化を有しております。その文化とは「ハイブリッド」文化です。中国の文化と西側の文化とが融合したように、北海道の文化も融合した文化なのです。中国から来た文化と、ロシアから来た文化、日本の本州から来た文化とアイヌ族の文化の融合ですので、彩り豊かで美しいのです。小説家にとって、北海道という特色豊かな土地に来ることは、宝の山に入るようなものです。このたびの北海道訪問は時間的には短いのですが、今後の私の執筆に、大きな影響を与えることでしょう。私の故郷は平原でありまして、山はなく、森もありませんが、私は今後の小説では、北海道の山と北海道の森を持ち込めるのです。私の故郷には鮭はおらず、熊もおりませんので、私も熊と鮭を私の小説世界に移すことはできませんが、熊が鮭を食べるというプロットを、馬が鯉を食べるというようなプロットに変えて私の新作に登場させることは大いにありえることでしょう。ともかくも、私の未来の小説においては、私が北海道で見たこと、感じたことが装いを改めて出現することでしょう。

第二部　会場からの質問

問　札幌の印象はいかがでしょうか。

莫言　昨夜、私たちは飛行機から札幌を鳥瞰しまして、街の灯りが煌めき、都市の輪郭をくっきりと見て取ることができました。中国にも大都市は多くございますが、空から眺めて札幌ほど明るい街はありません。飛行機が降りると、銀雪の世界に入るのですから、とてもメルヘンチックに感じました。もう一つの印象は、この街の道路が真っ直ぐなことでして、そのことから、この街が比較的若いこと、歴史はそれほど長くはないことが推定されます。

もう一つ、食事がとても美味しいことでして、こちらの魚も、蝦も、非常に新鮮です。別の印象は、札幌の女の子が非常に「抗冷」力が強いこと、特に膝や足の部分は寒さ知らずのようです。私の母が言っておりましたが、一番寒さに弱いのが膝のあたり、必ず膝を綿入れで包まなくっちゃ——ところが札幌の女の子の膝は寒さ知らずなのです。関節炎は恐くないのでしょうか。もちろん、お洒落のためなら、関節炎など恐くない（聴衆笑）。

問　私は中国からの留学生で、今は北海道大学で勉強しておりますが、あなたは温泉の体験はお持ちでしょうか。その体験を小説にお書きになることはおありでしょうか。

莫言　北海道の温泉は、何度もテレビで見ておりまして、人が湯に浸かっているだけでなく、大勢の猿も湯に浸かっておりました。私の北海道に対する憧れの中のとても大事な部分は、温泉に対する憧れなのです。二〇年前に、私は「熱い湯浴み」というエッセーを書いたことがございます。当時の中国北方の村では、大勢の人が生涯熱いお風呂に入ったことがありませんでした。私は兵隊になって村を離れてのち、軍隊で熱い風呂に入れたのです。当然のことながら、それも容易なことではなく、毎週私たちはトラックに乗って五〇キロ先の町まで行き公衆浴場に入ったのです。私たちが風呂屋に行くときには、指導者がこう言ったものです――一人二包みのビスケットを持って行け、朝出かけて、夜帰って来るんだからな。風呂屋にはなんとも巨大な三つの浴槽があって、水温がそれぞれ異なりまして、一つは三〇度、もう一つは四〇度、もう一つは五〇度でした。私たちは一番温度が低い三〇度の浴槽から入り始め、五〇度まで進みます。このエッセーを私は次のように結んだものです――もしも将来私がすごいお金持ちになったら、必ずや家に巨大な風呂場を作り、多くの文学青年や作家を呼び集め、まん中に大テーブルを置いて、風呂に入りながら、文学を語り合えたなら、なんと素晴らしいことだろう。

一九九九年、私は毛さんと一緒に日本の伊豆半島に行きまして、川端康成が入ったことのある温泉に浸かりました。そのときに私が感じたことは、日本の温泉はその昔私が入った熱いお湯の風呂屋よりも遙かに高級ということでした。先輩の川端康成は温泉に一年浸かってようやく短篇『伊豆の踊子』を書いたので、私はそのとき毛さんに言いました――もしもここで一年温泉に入ったら私なら二作の長篇が書けますよ、と。私たちの日程には温泉宿泊が手配されていますので、我らが幸わせの暮らしはまもなく始まるのです。帰ったら「猿との湯浴み」を書くかもしれません。

問　二点質問させて下さい。ご予定では北海道のどのような観光スポットにいらっしゃいますか。第二の質問は、北海道にいらっしゃる前に初歩的な印象をお持ちですが、どの面に魅力をお感じになっていますか。

莫言　以前台湾で温泉に入ったことがありますが、日本の温泉の硫黄の臭いに如かずという感じでした――北海道の印象についてお尋ねですが、私は北海道に来る前には、文字資料は読んでおりませんで、図版の資料を少し読んだだけなのです。私の小説の中における北海道の自然と景色の描写については、私は中国の長白山に基づいて書きました。地図を見ますと、北海道と中国の長白山とはほぼ同じ緯度に位置しています。私の小説の中の狼が笑話になってしまったことがありまして、登場人物が山奥で二匹の狼と長時間闘うのですが、翻訳者の吉田教授がこう尋ねたのです――どの資料に北海道には狼がいると書いてあったのですか。長白山には狼がいますが、北海道には歴史的に狼はいないのです。私は翻訳者に答えました――大自然の事物については簡単に否定してはなりません、ある日、動物学者が北海道の山奥の原生林で突然狼を発見するかもしれません。これは文学における現実と想像との関係を説明するものでもあるのですが、狼がいないとなれば、狼の想像は結局は説得力に欠けています。それでも、狼がいる地方では、人の言葉を話す狼を想像することは、問題ありません。狐がいる地方で、私たちが身体を揺さぶり美女に変身する狐を想像することも問題ないのです。今後の日程について私は存じません――日本に来てから、私はそもそもそういう問題を考えたことがなく、彼（毛丹青を指す）が替わりに考えてくれております。数日前にファックスで行程表を送ってくれましたが、私の印象は温泉から温泉へというものでした（聴衆笑）。

問　『赤い高粱』についてお話して下さいませんか。

莫言　私は、小説により過去との関係を樹立する、と申したことがございます。実は大部分のもの書きは自分の記憶を書いているのですから、自分の記憶に語らせなければなりません。あなたがおっしゃる『赤い高粱』という映画で、最も重要な点は、この物語の原型が私の故郷で起きたということです。第二点は、この物語が私のお爺さん、お婆さん、私の村の人々、彼らの言葉により伝えられ私に語られたということです。そしていかなる歴史上の事件でも数十年も言い伝えられているうちにとてつもなく誇張されていくものです。当然『赤い高粱』という小説を、中国の批評の世界では戦争小説、軍事小説として研究していますが、私の考えでは、自分が書いていたときには特に戦争を表現しようというつもりはなかったのです。執筆の最も直接的な動機とは私の先輩、祖先が私に語った過去を筆で記録しておきたいというものでした。そのため、小説の中の戦争も物語発生の一つの背景にすぎず、最も力を入れた、私の執筆の重点はやはり戦争を背景とする人類感情の変化であり、運命の変化であります。当然のことながら、『赤い高粱』がこれほど大きな影響力を持てたのは、皆さんがご覧になった鞏俐、姜文、張芸謀という人たちが大きく作用しているのです。

問　こんにちは、私は中国の瀋陽からまいりました学生で、こちらで文学を学んでおります。あなたは現代中国文学、特に最近の韓寒のような作者が——私は彼のことを変態心理と思いますが——完全に商業的投機で成功を収めていることに対し、どのようにお考えでしょうか。他には昔の老舎が『猫城記』でノーベル文学賞受賞の可能性があった他は、まだ一人として中国の作家はその栄誉を受けてはおりませんが、あなたには中国の徳望が高い作家としてその責任があるのではないでしょうか。あるいはあなたは賞などのためにではなく、純粋に興味に従い創作しているのでしょうか。

莫言　あなたの最初の問題ですが、韓寒のような八〇年代生まれの若い作家は、確かに今の中国で流行っており、多くの読者を持っており、当然のことながら、多くの印税を稼いでおります。あなたは彼のことを心理正常にあらずと言いますが、彼も中国全国に正常な人などまったくおらず、自分だけが正常だと考えているのかもしれません（聴衆笑）。彼らはとても自信があります。私たちのような作家は彼らから見れば作家かどうか疑うに値するのではないでしょうか。（聴衆笑）。もちろん、私はこの青年作家たちを褒めておりまして、しかも彼らは大いに前途有望、才能にあふれているとも思います。一つの時代にはその時代の作家がいるはずでして、あれほど多くの若者が彼を愛読しているのですから、彼にもそれだけの道理があるに違いない、と思います。彼らの将来の発展は如何《いかん》、となりますと私には判断つきかねます。私は自分の文学的基準で他人の作品を量ることはできません。この経験を私は自分の娘から学んだのです。私は娘にしばしば苦しかった時代の話をしまして、今のおまえたちはなんと幸せなんだろう、饅頭《マントウ》〔蒸しパン、餡なしの肉マン〕だっていつでも食べられる、父さんたちは昔はサツマイモだってお腹いっぱいには食べられなかった、と申しました。すると娘が申しますには、サツマイモってとっても美味しいじゃない。私が、父さんたちは昔はあれやこれやで苦しくて、ひもじくて、服も満足になくて、と申しますと、娘が申しますには、お腹いっぱいたっぷり着込んでいると思えば、苦しくなくなるでしょうが（聴衆笑）。若者のことは私たちの基準では判断できないことを娘が教えてくれたのです。ノーベル賞に関して、これはとても答えにくい問題です。ノーベル賞の受賞は責任ではなく、どの作家もこの責任を負いません。私の執筆の最も直接的な動力は、書き始めのころは大変低かったようで、原稿料を稼いで、腕時計を買い、家に帰って嫁さん探しをしようというものでした（聴衆笑）。その後は嫁さんももらい、たらふく食って、お酒落もできるようになりまして、そのときになって、小説芸術自体の追求が私の最大の原動力となったのです。

問　今の社会は不景気ですが、文学は起爆剤になれるでしょうか。私は政治学を研究しておりまして、イギリスでしばらく暮らしたことがあります。文学は経済における大きな突破口でして、シェークスピアの名前で多くの人が観光に招き寄せられております。札幌も小さな町ではありませんが、あなたのお考えではどのように描くおつもりでしょうか。

莫言　文学にそんな大きな作用がないのは確かなことでして、経済が不景気なときには、景気を上向きにできる作家など一人もおりません。社会現実の状況は作家の創作生産に直接的あるいは間接的な影響を与えています。たとえば一九六〇年代中国の貧しさを極めた経済的現実は私個人の創作や、はなはだしきは私個人の思考方法に直接的影響を与えておりまして、しかも現在に至るまでなおも作用し続けているのです。しかし、真の文学作品、真の作家は社会の現実に対し持続的、永遠に影響を与え続けるのでありまして、それは先ほどあなたが名前を挙げたシェークスピアと同様です。シェークスピアが生きていたイギリスはどのような社会状況であったのか、彼の運命はどうであったか、当時の庶民は彼をどのように見ていたのか、現在の私たちも知りません。もちろん、私はイギリスの後世の作家は知っておりまして、『息子たちと恋人たち』を書いたローレンス〔一八八五～一九三〇〕、当時は彼の故郷ノッティンガムでは郷里の人々から好ましからざる人と宣告されました。彼の郷里の人々と当地の政府役人は、彼のような作家は郷土の恥だと考えたのです。しかし、今ではローレンスは彼の故郷の大事な観光資源となっているのです。ノッティンガムの至るところでこんな標識が立っています――この先ローレンスの故郷。私の日本での印象として、日本の人々はよくこの点に注目しており、伊豆半島に来たことのある作家にはみな記念館が建てられています。札幌も同様に、多くの文学碑があるのでしょう。札幌の作家がどのように書いて札幌の現実を反映したのか、私にはわかりません。疑問の余地のないことは、いかなる作家も痕跡を残しており、それが後世の人が記念する根拠となるのです。日本と中国は似ており、現代の作家、生きている作家はあまり容易に重んじられたり、尊敬されることはありません。私がただ今、故郷に帰って、莫言を知っているかいと聞きますと、あいつかね、うちの白菜を二つ盗んだことがあったな！(聴衆大笑)。さらに百年が経つと、白菜泥棒のことは忘れられて、『赤い高粱』こそが記憶されていることでしょう。

問　このたびはこちらで滞在なさる時間も大変長いようですが、あなたの北海道の山の印象も長白山をお手本としておりますので、あなたが通りすがりのお客ではなく、まとまった時間をこちらでお過ごしになること、そして将来ノーベル文学賞を受賞なされ、こちらにも莫言文学記念館が建つことをお祈りいたします。

莫言　深く感謝いたします。

問　あなたが執筆中に想像なさる映像と映画撮影後の映像とはどのような違いがありますか。

莫言　長篇小説を映画に改編するには多くのものを棄てなくてはなりません。小説の登場人物は多く、プロットも複雑ですが、改編後の映画は九〇分しかありません。私は何度も申しておりますが、小説の映画化とは、実は選択の芸術なのです。『赤い高粱』という小説と『紅いコーリャン』という映画との場合、頭の中の本来の形象とスクリーンに現れる形象との、差には大きいものがございます。まず、私の小説の中で描かれ私の頭の中で想像される高粱は赤ですが、映画では緑です。もう一つ、私が想像する「お婆さん」は中年女性であり、ふくよかな体付きのはずなのですが、鞏俐は当時はまだ少女でした。さらに、高粱酒は透明であり、赤い高粱酒などないのです。本来赤いものが緑となり、本来透明であるべきものが、逆に赤くなったのです。当然のことながら、これはすべて細部の問題でありまして、映画は基本的に成功した方だと思います。最も重要なことは、小説の中の個性賛歌、個性解放追求という精神が伝えられていることなのです。私は映画化に協力的な作家でございまして、監督は大胆に創造すべきなのです。

問　人民元の価値上昇は日本経済の成長にとってプラス効果があるのかそれともマイナス効果があるのか、ということをお尋ねしたいのと、あなたがご覧になって、中国農村の暮らしにはどのような変化が生じているのでしょうか。

莫言　経済問題というのは、私が思いますに、実に予測が難しいという点では、博打や謎々と同様です。中国の民間の経済学者はいつも予測しておりますが、今日は、人民元は上がると申しますと、明日は、人民元は下がると申します。今年の上半期、私の大の親友が、こっそり私に言いました――日本円を持ってるかい？　持ってる、と私は答えました。早く人民元に替えた方がいい、日本円は値下がりするよ！　そこで私は銀行に飛んで行き十数年間貯めてきた数百万円をすべて人民元に替えたのです。そのときのレートは一〇〇対六・九でした。その結果、半年も経たないうちに、円高となり、一〇〇対八にまで上がったのです。私は数万元も損をしました（大笑）。しかし農村の経済改革に関しては、私にも発言権がございます。私の父と兄たちは今も農村で暮らしておりまして、この数年の実家の方の発展と変化について私もとてもよくわかっています。一九八〇年代から、中国の農村経済改革により基本的に衣食の問題は解決されました。それではこの数年の最大の問題は何かと申しますと農作物の商品化なのです。私どもの実家などでは、彼らの経済的収入は直接国際環境の影響を受けます。私の父たちがニンニクを植えて、日本に輸出しようとしていたところ、突然、要らないと言ってきまして、それではニンニクは腐ってしまいます。政府は、そちらがこちらのニンニクをいらんのなら、こちらもそちらの電気製品はいらんと言いました。その後、日本側が、それではそちらのニンニク購入を継続するので、そちらも電気製品の購入を継続して下さい、と言ってきました。こうして、ニンニクは腐りませんでした。農村経済の現実と国際経済の現実とは密接な関係があるのです。

問　あなたは金庸〔チン ヨン、きんよう。一九二五〜。浙江省の出身で戦後の香港のジャーナリズムで活躍、

『明報』グループを経営するいっぽうで、数多くの武術小説の名作を書いた）の作品は文学作品だと思いますか。張芸謀に対しては、どのように評価していますか。

莫言　私は金庸のすべての作品を読んでおります。とても魅力的だと思います。私が読んだのは、なぜこれほど多くの人が金庸を愛読するのか研究するためでした。しかし、自分も彼に魅了されていることに気付いたのです。私が思いますに、金庸は文学者として認知されるべきです。金庸の小説には筋だけあって、思想はない、と言う人がおりますが、このような言い方は正しくはないと思うのです。彼は流れ者の精神を表現しており、このような流れ者の精神は中国の儒教的倫理道徳と密接な関係があるのです。張芸謀作品に関しては、確かにあまり良くない評価もありますし、広範な張芸謀批判が行なわれています。一カ月前に、北京の数十社のメディアが張芸謀批判の大会を開きました。もちろん張芸謀は行きませんで、彼らは張芸謀に対し悪罵を浴びせたのです。彼の『英雄』と『十面埋伏』を批判したのです。私が思いますに、監督に対して過大な要求をしてはなりません。一作の映画に、少しでも人の心を捉える点があれば、それは良い作品なのです。張芸謀は『十面埋伏』を通じて中国人民を教育しようとは思っておらず、彼は賑やかなものを作って皆さんをびっくりさせただけなのです。通りがかりのアメリカ人に、中国の総理は誰かと聞いても、彼は知らないことでしょう。張芸謀を知ってますかと尋ねれば、彼はきっと知っていることでしょう。私は今年の秋にアメリカ大使館に行ってビザを申請しました。彼らが、張芸謀を知っているか、と聞くので、私は知り合いではない、と答えました。ビザは拒否されました。私はすぐにアメリカの私を招聘した方に電話して、ビザは拒否されました、張芸謀の知り合いではないなら、行かせない、と言うのです、と話しました。先方はこれを聞くと激怒し、すぐにもう一度ビザ申請に行って下さい、『紅いコーリャン』のビデオを持って行って下さい、と言うのです。二度目、私がもう一度行きますと、彼らは再び尋ねました——張芸謀の知り合いだけでなく、鞏俐の知り合いでもありますと答えました。その結果、三年有効のマルチ・ビザをくれたのです。ビザ担当官が言うには、アメリカはいつでもあなたを歓迎します（聴衆笑）。いかがです、張芸謀ほど影響力のある中国人がどこにいるでしょうか。

問　中日関係についてお尋ねしたいと思います。最近行われた調査では、中国に親近感を抱く日本人が何パーセントか、今年の数字は六パーセントちょっとで、昨年よりも一〇パーセント減りました。私が見てきた数値では、一九八〇年代のときには、八〇パーセントの日本人が中国人に親近感を抱いておりました。しかもこの二、三年は、中国側の反日ムードも特に高いようですね。

莫言　経済の問題は経済の領域で解決し、政治の問題は政治の領域で解決して、「そちらがこちらのニンニクをいらんのなら、こちらもそちらの電気製品はいらん」、となれば結構なことです。人は次第に賢くなるものです。もう一つ、私が思いますに、戦争は殺人を奨励します。この特定の環境下で、人の魂はねじ曲げられますが、戦争と庶民とは関わりなく、政治とも関わりなく、罪を負うべきは歴史の罪人であって、普通の庶民ではありません。このことを私は何度も語ってきたのです。

外国12

個性なくして共通性なし

韓国では莫言の多くの作品が翻訳されて、韓国人に親しまれている。この講演は、東アジア各国の作家に対し、「自らの故郷から出発し、広大なる世界に向かって歩み出し、積極的に外国作家に学び、その後再び自分の民間に戻り、百方手を尽くしてオリジナリティーを備えた作品を創作」しようと呼びかけている。

第二回ソウル国際文学フォーラム　二〇〇五年五月

私は外国語のわからない中国作家でして、中国語に翻訳された韓国文学と日本文学を読んだことはあり、韓国と日本の作家の友人はおりますが、「東アジア文学の共通性」を話したり、東アジア文学の過去を回顧し、東アジア文学の現在を見て、東アジア文学の将来を展望するのは、とても任に耐えないのでありまして、まさに中国のかけ言葉が言う通りです――犬が泰山に噛み付く、口に入れようがない。東アジア文学の共通性を議論するには、大量の専門知識を備え、東アジア地域の地理、歴史、言語、文化、風俗に関するかなり深い理解が必要であり、そうして初めて比較ができ共通性を発見できるのではないでしょうか。私はそうした知識を持ちあわせていませんし、その面の才能を欠いていますので、私個人の生活体験と執筆経験をめぐり、中国文学と関わる問題を幾つかお話しできるばかりなのです。中国文学は疑問の余地もなく東アジア文学ひいては世界文学の重要な一部であり、中国作家が現在の経済的一体化と文学的収斂化の世界において直面している問題とは、東アジア地域の作家仲間が共に直面している問題である、と私は考えております。もちろん、文学の歴史を語り、文学作品が表現する内容を語り、文学の継承と影響を語れば、各国の文学はそれぞれ独自性を有しておりまして、言い換えれば、東アジア地域諸国の文学は、まずは自らの個性を表現し、共通性はこの豊かな個性の中に包み込まれているのです。私たちが東アジア文学の共通性を研究するならば、各国文学の個性から始めなくてはなりません。私たちの東アジア文学共通性研究の目的とは、まさに各国文学の個性を保持し発展させるためなのです。

中国現代文学の個性は、中国近代史において生じた重大事件と密接な関係を有しております。たとえば長期にわたる戦争、驚くべき暴力、怒るべき飢餓、狂気スレスレの国民的宗教的熱狂、これらはすべて現代作家の魂に影響を与え文学作品により繰り返し表現されてきた内容なのです。その他に、いかなる国の文学でも、自らが持っている源流があります。中国の輝かしき歴史文化と文学遺産とは、たとえば我らが唐詩、宋詞、元曲、明清小説と戯曲であり、そのすべては遺伝子のように、作家と詩人の血液中に浸透し、持続的作用を発揮しており、現代文学において、鮮明なる中国的特色を呈させているのです。もちろん、真の文学とは、その誕生の日から、自然と世界文学的特性を備えており、言い換えれば、良き文学はいかなる文字で書こうとも、必ずや文学的共通性を持ち、世界文学の一部を構成するのです。

私どもは慣習的に一九四九年中華人民共和国成立から現在に至るまでの文学を「中国現代文学」と呼んでおります。中国現代文学は、長くて曲がりくねった道を歩いてきました。一九四九年から一九七九年までの三〇年間、文学は政治の付属品、宣伝道具と見なされ、偏狭な階級的立場と政党観念とが作家の創作の自由および文学表現の視野を制限し、作家の才能を圧迫していたため、この時期の文学は、世界文学との共通性を喪失し、当然のこととして東アジア文学との共通性をも喪失し、文学的価値がとても小さな宣伝品となっておりました。本当の意味での中国現代文学は一九七九年から始まったと私は考えております。この時期には、文学の解放と思想の解放は同時進行し、「文学は政治に奉仕する」という長年にわたり中国作家を縛り付けてきた鎖がついに引きちぎられて、解放を獲得した作家たちは、その作品によりタブーを一つ一つ突破し、心のうちに積もり積もった怨念を晴らすと共に、人民の心の声を代表しておりました。それは歴史の偉大なる偶然の一致であり、このような偶然が、中国現代文学に空前の栄誉をもたらしたのです。しかしこの時期の文学は、未だ相対的に幼稚であり、なおもかなり明らかな政治性を帯びており、芸術的にもかなり粗雑でした。八〇年代に入り、社会が次第に開放され、タブーが一つ一つ突破されると、作家たちは文学的芸術性に対し興味を抱きこれを探究し始めまして、この時期には、大量の西側文学作品が中国語に翻訳されたため、多くの作家が影響を受けて視野を大きく広げ、はったと悟り、それと同時に大胆な模倣を行ったのです。

私は一九八五年に「透明な人参」という小説で文壇に登場しましたが、それ以前には、私の小説は発表はできたものの、読者に歓迎されていたわけではなく、私も自分の創作をとても苦しく感じておりました。私の心の中にはお化けがおりまして、このお化けこそいわゆる「革命的リアリズムと革命的ロマンチシズムとの両結合」という創作方法でありまして、その当時、私が最大の困難と感じていたのは書くべき材料がないということでした。八〇年代初期に、私は西側文学に触れ、フォークナーの『響きと怒り』、ガルシア・マルケスの『百年の孤独』、カフカの『変身』、川端康成の『雪国』など多くの作品を読みまして、初めて夢から覚めたような気がいたしまして、それまでは小説をこんなふうに書いてもよいとは思いもよらず、もしも小説はこんなふうに書いてもよいと早くに知っていれば、ない知恵を振りしぼり題材を探すことはなかったのでして——似たような物語は、私の故郷に、私の少年時代に、いくらでもあると言えるでしょう。そこで私はこれらの本を閉じて、自分の小説を書き始めたのです。

私が中国の文壇で成功し読者に認めていただけるようになったのは、主にフォークナー、マルケスらの啓発を受けて、真実の故郷を基礎として、「文学の共和国」——「高密東北郷」を立ち上げたからなのです。それ以前の、私の最大の苦しみは書くべき物語がなかったことでして、いつも執筆材料を求めて本や新聞を手当たり次第に乱読し、農村に駆け付けたり、工場へ取材に行ったりもしましたが、帰って来ると相変わらず頭の中は空っぽで、原稿用紙に向かっても、一字も書けない有様でした。「白い犬とブランコ」という小説で無意識のうちに「高密東北郷原産の大きく白い従順な犬は、何代も続くうちに純血種はほとんど見かけなくなった」という一文を書いたあと、四〇人の盗賊が宝物を隠した洞窟の大門を開くお呪い「開けゴマ！」を知ったアリババのように、私は目の前がサッと明るく開け、故郷の彼《か》の山彼の川、風習人情、わが家の人々の不思議な体験、私自身が村で過ごした二〇年の苦しい暮らし、村人たちから聞いた不思議な昔話、それらが一つずつ、生き生きと頭の中に現れて、多くの個性際立つ人物が、先を争って目の前に飛び出してきて、私に彼らの物語を語り、自分たちを小説に書いてくれと頼むのです。このとき私はこんなふうに感じたものです——一文なしの貧乏人、巨万の富を突然得て、好き放題の使い放題。書くべき物語のない時代が終わり、書きつくせぬ物語の時代が到来したのです。私は現実の暮らしにおいては意気地なしの臆病者ですが、小説を書くときには意志強く恐れ知らずとなります。「高密東北郷」を自らの小説の舞台としたあとは、自分が乞食から国王に変身したかのように感じるのです。ここではすべてが私の言うがままとなり、ここではすべての老若男女が私の命に従って動くのです。私は生殺与奪権を握っているのです。私は作家として最高に幸せだと感じております。新天地を切り拓き、自由自在に差配する、わが「高密東北郷」は天下を収め、天下の万物はみなわが用いるところとなるのです。

二十数年来、私の文学観には多くの変化が生じましたが、一つだけ今も堅持していることは、個性的執筆と作品の個性化でございます。私はもの書きというものは、必ずや人格の独立性を堅持し、潮流や気風に対し十分な距離を保つべきだと思います。もの書きが関心を抱き執筆の素材にしようとするものは、ありふれたものではなく、豊かな個性的特徴を表現する現実であるべきなのです。もの書きが用いる言語は、彼自身のものであり、彼と他人とを区別できる言語であるべきなのです。もの書きが事物を観察する視点は、他人とは異なる独自の視点であるべきなのです。私はもの書きが作品で描く人物事件に対し好き勝手に評価してよいとは考えませんが、仮にも評価するのであれば、通俗的評価とは異なる基準を用いるべきなのです。このように執筆の個性化を強調するのは、あまりに偏っていると思われることでしょう。しかし偏りなくして文学はなく、中庸と公平は私の胸のうちでは良きもの書きが取るべき執筆態度ではないのです。大衆迎合は、人類の弱点であり、特に私たちのような強制的集団訓練を受けたもの書きは、常に個性忘るべからずと念じていても、巨大な慣性が私たちを集団という大きな流れの周縁に押しやり、私たちを大合唱の中の取るに足りない小さな声に変えてしまうかもしれません。合唱は社会現実の最も重要なる形式ではありますが、独自の価値を持つ歌い手とは、常に自分の声が群衆の声の中に埋没せぬことを願うものなのです。野心的なもの書きとは、常に自らの作品が他人の作品と区別されることを願うものなのです。

いわゆる作家の個性化とは、もちろん表面的な異端思想やバンカラのことではありません。作家の個性とは、主にその独立した思考と独立した人格に現れるのでして、この思考と人格の独立こそが、必ずや作家に多くの状況において体制に対抗する立場に立たせるのです。作家はいかなる勢力や集団にも頼ることはなく、作家に名利をもたらす集団や勢力に媚を売ってはならず、ましてや自らの著作を媚を売る手段としてはなりません。

いわゆる作品の個性化とは、作家の独立思考と独立人格の基礎に打ち立てられるのは当然のことです。創作主体の個性化なくして、作品の個性化もありません。私はザッと考えまして、作品の個性化は、まず作家の気質の個性化から始まります。これを心理学と遺伝学とに付き合わせますと奥深く、宿命的要素があるようで、ほとんど変えられません。これも、個性的な人がとても多いものの個性的でありさえすれば、作家になれるというわけではないことの原因なのでしょう。

次に、作品の個性化、その源と言いますか、それが依拠するものは作家生活の個性化です。作家の独特な成育環境、独特な境遇、独特な生存体験、それらが作品個性化の物質的基礎を構成するのです。おおよそ不朽の名作を残す作家は、みな常人とは異なる人生体験を有しており、それは運命とも言えるでしょう。これもまた天命により定められたことでして、その後のいわゆる「体験活動」は、何の役にも立ちません。もちろん乞食の恰好をして街に出て物乞いをしても、体験できるのは肉体的、表面的なことだけ、見えるものも外界の反応だけでして、内面の、奥深いところの感情は体験できない、いくらボロを着ようとも、猛犬に足を咬まれて血だらけになろうとも、心の中では、自分の作家という身分と自分が仮装体験中という真実を忘れられないからなのです。

作家の後天的暮らしにおける個性化には、文学創作にとって極めて重要な要素が含まれています。たとえばあなたが暮らしている場所の地理的環境、あなたが受けた文化教育、あなたの成長に付き添った人々、そうしたすべてが、あなたが作家となる前に、あなたが作家となったあとの基本的容貌を決めているのです。その後の境遇と努力からも影響を受けるのは当然のことですが、変えられるのは局部であって、根本は変えられません。このように申しますと、皆さんを失望させることになりますが、個性化執筆の前では、一切の努力は基本的に何の役にも立たないようなのです。これは確かに残酷な現実ですが、私たちにできることと言えば、多くの変更不能な要素を前にして、外界の事物を刺激と参考にして、極力自らの個性を保存し顕示することなのです。

私が思いますに、東アジア各国の優れた文学は、いずれも個性豊かで優秀な作家の独創性を備えた作品を有しています。このような個性化追求のために、私たちはみな自らの国、自らの民族の現実に立脚し、自らの故郷から出発し、広大なる世界に向かって歩み出し、積極的に外国作家に学び、その後再び自分の民間に戻り、百方手を尽くしてオリジナリティーを備えた作品を創作するのです。これこそが東アジア文学の創作者――東アジア諸国の作家の共通性なのです。私たちが東アジア文学の共通性を研究するには、各国の作家が書く類似の作品を避けるべきでして、個性化作品だけが真に正しい文学なのです。真正の文学は必然的に人類の魂の奥深くを見せてくれまして、人類の魂の奥深くを見せることは、東アジア文学の共通性であるばかりでなく、世界文学の共通性でもあるのです。ですから、東アジア諸国の作家の個性を強調し伸ばすことだけが、東アジア文学の共通性実現を可能とするのです。そして東アジア諸国作家が創造する個性を備えた作品は、必ずや東アジア地域の文学を、世界文学の誇りたらしめるのです。

外国13

恐怖と希望

イタリア　二〇〇五年五月一八日

莫言はイタリアでも高く評価されており、二〇〇五年にノニーノ国際文学賞を受賞した。この講演では幼少期に祖父母たちから聞いた怪談と、「小学五年まで勉強しただけで、学校から追い出されて」しまう恐怖の階級闘争体験を語り、悪人による恐怖の減少を願ういっぽう、「お化け話と童話とが作り出す恐怖は根絶してはなりません……文学と芸術の種を内に含んでいるから」とまとめている。

少年時代の私に深い印象を残したものは、飢餓と孤独を別とすれば、それは恐怖でございます。私は閉ざされた貧しい村で生まれまして、そこで二一歳を迎えたのち、ようやく村を離れたのです。その地方では一九八〇年代になってようやく電気が通りまして、電気が来る前には、照明と言えばランプとロウソクしかありませんでした。ロウソクは贅沢品で、春節〔旧暦元旦のこと〕のような大事な祭日にしか点しませんでした。とても長い期間、灯油は配給制で、しかも値段がとても高く、ランプも気やすく点けられるものではありませんでした。私は夕食時にランプを点けてと言ったことがあるのですが、祖母は怒って答えました。「点けんと、お前はご飯を鼻で食べちまうわけじゃあないだろう」。そうです、火を点さずとも、私たちはご飯を正確に口に詰め込むことができ、しかも鼻の穴に詰め込んでしまうことはありませんでした。

その当時、夜になると、村は一面漆黒の闇で、伸ばした五本の指も見えませんでした。長い長い夜を過ごすため、老人たちは子供たちに物の怪や幽霊の話をしました。そんなお話の中では、すべての植物と動物が、人に化けたり人の気持ちを操る能力を持っていたりするのです。老人たちはもっともらしく語りますので、私たちも本当だと信じ込んでしまいました。そんなお話に私たちは恐れおののき、また興奮したものです。聞くほどに恐ろしく、恐ろしいほどに聞きたくなるのです。多くの作家が、祖父母のお話から文学的インスピレーションを得ていますが、私も例外ではありませんでした。今思えば、あの老人たちのお化けの話を聞いた真っ暗な夜こそ、私の最初の文学教室だったのです。思いますに、デンマークがアンデルセンのような偉大な童話作家を生み出せたのは、あの時代にはまだ電気がなく、デンマークが特に夜の長い国であるからなのでしょう。電灯が明るく輝く部屋では美しい童話が生まれないだけでなく人を震え上がらせる恐怖のお化け物語も生まれないのです。最近故郷に戻ったところ、村の子供たちが町の子供と同様に灯りが煌々と点る部屋でテレビに向かって夜を過ごしているのを見まして、お化けの話と童話の夜は終わったのだ、私が幼少時に体験したような恐怖を、今の子供はもはや体験できないことを知ったのです。彼らの胸のうちにも同じように恐怖はあることでしょうが、彼らの恐怖と私の恐怖とは、必ずや大いに異なっていることでしょう。

私の祖父母が話す物語では、狐はしばしば美女となって貧しい男と結婚し、大木は老人となって通りを散歩し、河の中のスッポンは大男となって市場に出かけ酒を飲み肉を食らい、雄鶏は美男子となって買い主の家の娘と恋愛しました。この雄鶏が美男子となる物語が、祖母が話した物語の中で最も美しく最も恐い話でした。祖母はこう話すのです――ある家にひとり娘がおって、とってもきれいな子で、嫁入りの年ごろになると、父と母は人に頼んで嫁ぎ先を探してもらったが、どんな金持ちでも、どんな優秀な青年でも、娘はすべて断るのでした。母は胸のうちで疑いを抱き、秘かにようすを見ていました。果たして、娘の部屋から男女の楽しげな声がするのです。母が娘を折檻したので、娘もやむなく白状します。娘の話によれば、毎日夜になり、あたりが静まり返ると、美青年が密会にやって来るのです。その青年はたいそう変わった服を着ており、艶やかに輝き、絹よりもなめらかなのだと娘が言います。母は娘に策略を授けました。夜になって美青年が再びやって来ると、娘は彼の服を衣裳箱に隠したのです。夜明けが近付くと、青年は帰り支度を始めますが、服が見当たらず、切々と頼むのですが、娘は返そうとはしません。青年はやむをえず、恨み言を言いながら去っていきました。この夜は大雪が降り、北風がゴーゴーと吹いていたのです。夜が明け、鶏舎を開くと、一羽の赤裸の雄鶏が飛び出してきました。母親が娘に衣裳箱を開けさせると、その中は鶏の羽でいっぱいでした……今になって思い出すと、この物語は実はとても素晴らしく、若い男女が結婚の自由を闘い取ろうとする戯曲へと完璧に書き換えられるのですが、小さいころは、この物語を聞き終えると、鳥小屋の雄鶏が恐くなってしまいました。大通りで美男子を見かけると、雄鶏が化けているのではと疑ったものでした。祖母はこんな話もしておりました――人間の言葉を真似する小動物がいて、姿はイタチに似ており、明るい月夜には、いつも赤い綿入れの上着を着て、塀の上を走りながら歌を唱っておる。このため私は月夜にはうつむいているばかり、塀の上に目をやることができませんでした。祖父が言うには、村外れの小さな石の橋には、「ヒッヒ」幽霊がいて、夜一人で橋を渡ろうものなら、後ろから肩を叩く者がおって、しかも冷たく「ヒッヒ」と笑うんだ。急いで振り向くと、そいつはまたもや後ろから肩を叩いて冷たく「ヒッヒ」と笑うんだ。この幽霊がどんな姿形をしているかは、誰も見たことはないのですが、私が最も恐れたお化けでした。一九七〇年代に、私はある綿花工場で働いたことがありまして、夜勤を終えて帰宅する際には必ずこの小さい石橋を渡らなくてはなりません。月が出ていればまだましですが、月のない夜には、毎度橋の近くまで来ると声を出して唱ってから、飛ぶようにして橋を渡ったものです。家にたどり着くといつもゼーゼと息を切らし、冷や汗で服がベッタリと濡れていました。その小さな石橋はわが家から一キロ余り離れていました。母はおまえがうちの村に入る前から声が聞こえると言っておりました。そのころの私はちょうど変声期、嗄れ声をしていたので、私の歌声はお化けや狼が泣き喚いているようなものでした。母はこう言いました――真夜中に家に帰るのに、どうして泣き喚くんだい？　私は恐いからだと言いました。母がおまえは何が恐いんだいと言うので、私はあの「ヒッヒ」だと言いました。母の答えは「この世で一番恐いのは、人間だよ」でした。母が言うのはもっともだと思いながらも、私はやはり小さな石橋を渡るたびにその後も思わず駆け出し、叫び出したくなったものです。

私はこれほどにお化けを恐がり、物の怪を恐がったのですか。お化けを見たこともなく、お化けに痛い目に遭わされたこともありません。青少年期のお化けに対する恐怖には、実は多少の期待も潜んでいたのです。たとえば狐が化けた美女に会いたいと願ったことは何度かありまして、月夜に塀の上で唱う小動物たちを見たいと願ったこともございます。この数十年、本当に私に危害を加えたのはやはり人間でしたし、本当に私が恐れたのも人間でした。もちろん、一人の人間として、私も必ずや他人に危害を加え、他人を恐れさせたことでしょう。一九八〇年代以前の中国は、「階級闘争」ばかりの国でして、都市でも農村でも、常に一部の人が、各種の荒唐無稽な理由で、他の一部の人から圧迫と統制を受けていました。一部の子供は、祖先がかつてやや裕福な日々を過ごしたために、教育を受ける権利を奪われ、当然のことながらさらに都市に行き、ややましな暮らしを送る権利もありませんでした。しかし、一部の子供は、祖先が貧者だったため、これらの権利を持っていたのです。もしもそれだけのことでしたら、恐怖とはならなかったでしょうが、恐怖となったのはこれらの権利を持つ貧者とその子供たちが、彼らによって打倒された富者とその子供たちに対する監視と抑圧を行ったからなのです。私の祖先はかつて富者であったため（富者と言っても一ヘクタールほどの土地を持ち、役牛を一頭持っていただけのことです）、私は小学五年まで勉強しただけで、学校から追い出されてしまいました。長い長い歳月、私は小心翼々と、言行に注意し、ひと言でも拙いことを言ったら、両親に災難をもたらすのでは、と恐れていました。村の事務室から村の幹部と彼らの手下がいわゆる悪人を拷問し悪人が発する凄惨な声を私は何度も聞いており、そのたびに巨大な恐怖を覚えたものです。この恐怖はお化けが作り出すあらゆる恐怖よりも深刻でした。そのとき、私はようやく母の言葉の真意を理解したのです。私は以前は世の中の野獣もお化けも人間を恐れていると母が言ったのだと思っていたのですが、今やようやくわかったのです――この世では、どんな野獣、どんなお化けよりも、理性と良心とを失った人間の方が恐ろしい。この世には確かに虎や狼に襲われた人がおり、確かに人を襲うお化けの言い伝えがありますが、幾千幾万の人々を非業の死に追いやるのは人間であり、幾千幾万の人々が虐待を受けるのも人間のためなのです。そしてこれらの残酷な行為を合法化するのは狂気の政治であり、これらの残酷な行為を褒賞するのは病んだ社会なのです。

文化大革命のような暗黒の時代が幕を閉じてすでに二十数年となり、いわゆる「階級闘争」も廃止されましたが、私のようなあの時代を通ってきた者は、やはり恐怖を忘れられないのです。私は故郷に帰るたびに、その昔権力の手先となって横暴に振る舞った人を見かけまして、彼らは私に満面お世辞笑いを浮かべていますが、私がなおも思わず頭を低くしてしまうのは、胸のうちが恐怖でいっぱいだからなのです。その昔拷問していた建物の前を通るとき、その建物はとっくにボロボロとなって、今にも倒れそうなのですが、私はやはり鳥肌が立ち、小さな石橋にお化けなどいないことはよくわかっていても、やはり駆け出して叫びたくなるのです。

往時を顧みれば、私は確かに飢餓と孤独と恐怖との中で育った子供であり、多くの苦しみを体験し耐えてきましたが、結局は気が狂うこともなく堕落することもなく、小説家にさえなったのですが、いったい何が私を支えてくれてこの長くて暗い歳月を過ごせたのでしょうか。それは希望です。

空腹と寒さに震える日々、私は食料と衣服とを得たいと希望し、人々の友情と愛護とを得たいと希望しておりました。恐怖が私を唱いながら走らせ、恐怖が私に百方手を尽くし時代遅れの悪習に染まった村から逃げ出す力を与えたのです。私たちは人類が永遠に恐怖から抜け出すことを希望しておりますが、恐怖から抜け出すことは常に容易ではありません。恐怖の中にあって、希望とは闇の中の炎であり、私たちの進むべき道を照らし、私たちに恐怖に打ち克つ勇気を与えてくれるのです。私は未来において、悪人が作り出す恐怖がだんだんと減少することを希望しますが、お化け話と童話とが作り出す恐怖は根絶してはなりません――それというのも、お化け話と童話とは、未知の世界に対する畏敬と美しい暮らしに対する憧れに満ちており、そして文学と芸術の種を内に含んでいるからなのです。

外国14

小説と社会現実

京都大学楽友会館　二〇〇六年五月

中国では二一世紀に入ると、極大化する貧富の格差に警鐘を鳴らす「底層叙述」の文学が勃興する。これに対し莫言は「苦しみの増幅」であり「腐敗の誇張」にすぎず、「例のいわゆる『革命文学』の古いやり方に従っている」と批判している。そして自身の近作『四十一炮』を紹介して「善人と悪人、貧者と富者はみな……欲望の奴隷であり、同情に値し、また批判すべきなのです」と述べている。

ご来場の皆さん。

私がこの場で三度目の講演に立てることに関しては、まず本書『四十一炮』を出版して下さった翻訳者の吉田富夫教授に感謝するべきでして、彼の傑出した翻訳が、私の小説を、日本の読者の手に届けて下さったのであり、私を日本の読者にやや知られた中国現代作家にして下さったのです。これまでに吉田教授は私の長篇小説『豊乳肥臀』、『白檀の刑』、『四十一炮』、中短篇小説集『至福のとき』『白い犬とブランコ』を訳しておられ、目下長篇小説『転生夢現』〔原題『生死疲労』〕を翻訳中です。ここに吉田富夫教授に対し私の崇高なる敬意を表します。吉田富夫教授の他に、藤井省三教授、長堀祐造さん、井口晃さん、立松昇一さん、谷川毅さん、釜屋修教授らが、私の長篇小説『酒国』、『赤い高粱』と数十の中短篇小説を日本語に訳して下さっています。ここにおいて、彼らの貴い労力に深く感謝いたします。

小説とは本来高尚などと言えるものではありませんでした。その起源は下層社会にあり、茶屋酒楼の講談師が自分の口で、車引きや水売りの人々に語って聞かせたものなのです。そのため、小説は当初、語る芸術であって、書く芸術ではありませんでした。小説は耳で聞くものであって、目で読むものではありませんでした。もちろん、講談師のジェスチャーたっぷりで、表情豊かな語りは、それ自体が高い鑑賞性を有するパフォーマンスなのです。私が思いますに、講談師からは、実際には二種類の芸術様式が生まれたのでありまして、一つは文字に書かれた小説であり、もう一つは舞台で上演される現代劇です。これはよく言われていることでして、中国の大学でこのような話をしますと、学生たちに教壇から引きずり下ろされてしまいますが、外国でお話しする場合は、礼儀上引きずり下ろされることはなさそうです。私は生まれが遅すぎて、宋代の酒楼や明代の茶館で講談師の語りを聞いておりません。しかし故郷の市場で、農家の熱いオンドルの上で、プロの講談師とアマチュアの昔話の語り手の語りを聞いております。この人たちの手には台本はありませんでしたが、皆さん滔々と途絶えることなく語り続けていたものです。あるいは彼らは他の人が執筆した台本を暗誦していたか、語りながら自分の台本を編集していたのかもしれません。そのころは、多くの子供が偉大な人物になることを夢見ておりまして、私は自分が市場の講談師になることを夢見ていたものです。講談師になる夢を見ていただけでなく、実践と訓練も進めておりました。自分が聞いた物語をいつも他の子供に語り直して聞かせており、大人にも語っておりました。私の物語を語る能力は高かったのですが、労働技能は下手くそで、このためわが生産隊の隊長はこう批判していたものです。「兄弟、やめておけ、減らず口では暮らしちゃいけんぞ！」。その後、私は小説家となり、筆で小説を書いておりました。実家に帰った折に隊長に出会ったところ、彼はとてもすまなそうに言ったものです。「作家たる甥っ子さんよ、昔の叔父さんは目が雲っておってな、お前が減らず口を叩くのを見ても、本を書くほどの才能があろうとは思わんかった」。私はこう答えました。「叔父さんの目に狂いはないんですよ、今でも僕は減らず口なんで、ただ話したいことを筆で書き留めているだけなんだから」。

私は講談師を私のご開祖様と考えております。私が受け継いだのは講談師の伝統でした。この継承に対し、最初は意識はしていなかったのですが、『白檀の刑』を書くときに、明確に追い求めることになったのです。私は『白檀の刑』のあとがきに次のように記しています。

「猫腔が広場で働く大衆のためのみに演じられるがごとく、わたしのこの小説も民間文化に親しみを抱いているような読者によってのみ読まれるであろう。ひょっとして、この小説は、広場で声のかすれた人によって高らかに朗誦され、その周りを聴衆が取り巻いているのこそ、よりふさわしいやも知れぬ。それは耳による閲読であり、ある種の躰と心を挙げてのかかわりなのだ。広場化された耳による閲読に適合すべく、わたしはことさらに韻文を大量に使用し、戯劇化された叙事的手法を多用し、流暢でわかりやすく、誇張された華麗な叙事的効果を生もうと心がけた。民間の語り物こそ、かつては小説の基礎であった。小説というもともとは民間の俗芸であったものが、しだいに殿堂の雅言と化した今日、ヨーロッパ文学の借用が民間文学の継承を圧倒してしまった今日、『白檀の刑』はたぶん、時宜に合わぬ書物となろう。『白檀の刑』は、わが創作過程における意識的な大後退であるが、残念ながら撤退ぶりはなお十分には決まっていないようである」〔吉田富夫訳『白檀の刑』（下 三四一～三四二頁）より引用〕。

私のこの言葉は、激しい論争を呼び起こしました。私が語ったのは作家の執筆態度と小説叙事言語の問題でして、作家はいかに勤労大衆に学ぶか、いかに民間文化から創作の栄養を吸収し、創作資源を獲得するかという問題でした。多くの人が私の見方を支持して下さるいっぽうで、多くの人が私の見方に疑問を抱いたのです。しかし『白檀の刑』が多くの作家の民間に対する関心を引き起こしたものと考えて、私は誇りを感じておりまして、このような関心が最後には今まさに発展中の「底層文学」執筆ブームへと展開していったのです。

いわゆる「底層文学」とは、実は民衆の苦しい暮らしに心を寄せ、下層人民の暮らしを反映する文学です。このような文学は、当然のことながら例の花鳥風月、優雅な暮らしを賛美する貴族と準貴族たちの暇潰しの文学よりもさらに文学本来の意味に一致するのです。このような文学は浮薄喧騒たる社会現実に対する反省にして批評でありまして、それなりの社会的意義を有しているのです。しかしある種の執筆方法と執筆内容とが流行りとなってからは、事態はその反面へと逆転し始めております。最近やや集中的に「底層文学」作品を読みまして、これらの小説の多くが同じような処方箋に従って製作されていることに気付きました。これらの作品はどれも高級幹部と金持ちに対する恨みを表現し、弱者に対する同情と憐れみを表現しています。それは理屈から言えばどれも間違いなく、しかも私は少しもこれらの作家の感情的誠実さを疑ってはおりません。しかしこのような執筆方法とこのような文学作品とは、文化大革命前の「紅い経典」と軌を一にするものなのです。ただし、昔のあのような小説の中の地主、親分が今ではこのような小説においては腐敗官僚や金持ちに置き換えられているのです。昔のあのような小説の中の貧農が、今日のこれらの小説においては農民や民工（都市に出稼ぎに来た農村出身労働者、そして都市の失業労働者）に置き換えられているのです。ちょうど昔の例の小説がその鮮明な階級性のために人物のステレオタイプ化、感情の絶対化、思想の一方通行を招いてしまい、真実性と説得力を失ったのと同様です。現在のこれらの小説は、作者のこの激変する社会に対する茫然自失と高級幹部と金持ちに対する恨みのために、同じような虚偽に陥っております。これらの作品に共通する特徴とは「苦しみの増幅」でありまして、それは「腐敗の誇張」、裕福な者と高級幹部の無限の欲望をドタバタ劇の程度にまで誇張し、下層人民の苦しみを極限まで増幅したものなのであります。このような書き方は、実は例のいわゆる「革命文学」の古いやり方に従っているのでありまして、また通俗流行文学やテレビのメロドラマの真似をしたお涙頂戴の陳腐なやり方なのです。本来は現実に貼り付こうとしたのですが、結果は虚偽に向かってしまい、本来は腐敗を批判するつもりが、結果は虚偽に向かってしまったのです。このような作品は人々の高級幹部に対する恨みと弱者に対する同情を掻き立てまして、それなりの社会的意義はあるのでしょうが、文学的意義という意味から考えますと、たいした価値はないのです。

大回りをしてきましたが、今や、ようやく本日の講演題目、小説と社会現実に近付いております。

小説、あるいは文学の最も根本的な来源は社会現実でありまして、これは文学の基本常識でして、どの文学の教科書にも、そのように書かれているのです。それはもちろん嘘ではありません。しかし文学と社会現実との関係、あるいは文学はいかに社会現実を表現し反映するかという問題は、今もって未解決なのです。現在流行し、ブームとなっている「底層文学」とは、数十年にわたって中国文壇を支配し、作家思考を統制した「革命現実主義」創作思想の黄泉がえりなのです。

これまで私が強調してきたことは、真の文学でありまして、「天に替わって正道を行う」ための工具ではなく、「富者を殺して貧者を救う」武器でもなく、また貧者を煽動して造反させることでもありません。真の文学とは党派や階級の狭い利益を超越し、国家と地域の閉鎖的心理を超越し、全人類の高みに立ち、哲学的な、宗教的な解脱と寛容とにより、高みから見晴らすように社会現実の本質を概観し、人類の精神に対し分析と批判を行わねばなりません。単純化しますと、それこそが、私が思い描く良き小説であり、その中の人物は典型性も象徴性も備えており、その中の物語とプロットは、現実由来のものでありながらその豊かな寓意生により現実を超越してもいるのです。良き小説が用いる言語は大衆的口語の風格を持ちながら言語的規範に合致して鮮明な個性的特徴を有する言語であるべきなのです。良き小説は豊かな思想的内容を備えており、読者に解読の多岐にわたる可能性を提供するべきなのです。錯綜とした現実生活に向かい、写実の側面から現実のコピーに満足することがあってはならないのは、それはニュースの任務であって、小説家の任務ではないからなのです。私たちが小説を恨みを晴らしたり現実を呪うための工具にしてはならないのは、それは大字報〔文革中などに作られた壁新聞〕の役目であり、祈祷師の仕事であるからです。私たちは現実生活を概観して、人間性の観点から、複雑な社会現実の原則を理解するべく努めるべきなのです。もちろん、社会問題を解決するために答案提供を希望する小説家もいますが、私が思いますに、良き小説はこれまで答案を提供したことはない、あるいは直接答案を提供せず、良き小説家もこれまである社会問題に目を釘付けにしなかったことはないのです。良き小説家が注目するのは社会現実の中の人と人との脱けがたい欲望、および人類が欲望のコントロールから抜け出そうと試みる困難な抗いなのです。

私の『四十一炮』とは底層に注目し、さらに現実生活を反映させながらも現実生活に拘泥しない小説です。『四十一炮』の書き方は例の「底層文学」よりもやや優れていると私は考えておりまして、このように申しますと、ちょっと図々しいと思われてしまうでしょうが、私は確かにそう考えております。『四十一炮』は私の二〇〇三年の作品でして、小説に描かれている時代は、一九九〇年代から世紀末までございます。この時期は、今の中国社会と大きな差はありません。私はもちろん社会現実に存在する「欲望全開、道徳喪失」などの深刻な問題を見まして、当然のこと社会現実に存在する暗黒現象に対する敵意を漲らせ、また当然のこと弱者に対する同情を漲らせ、しかしさらに冷静になって、弱者と強者は共に同じ欲望の泥沼の中でもがいていると認識しました。弱者は必ずしも生まれついての善良ではなく、強者は必ずしも鬼畜のようなむごい心ではないのです。富への憎悪は、あるいは富を渇望する極端な反応であるやもしれず、権力蔑視は、あるいは権力願望やもしれないのです。私はこの小説を書いていたとき、慈悲深く平等な態度を取りまして、欲望の泥沼で苦しみもがく多くの俗人に対応しました。私の心の中では、善人と悪人、貧者と富者はみな明らかな区別はなく、彼らはみな欲望の奴隷であり、同情に値し、また批判すべきなのです。小説の登場人物が出遭う苦難は、すべて外部に原因するわけではなく、最も深刻な苦難は内心から来たるものであり、本能から来たるものなのです。宗教的見地に立てば、苦難はまったく無価値ではなく、苦難は人類が自らを完全なものにし、自らを救う機会なのです。地藏王菩薩は「地獄空ならざれば誓って成仏せず」の精神、イエスは十字架に身を捧げ、どちらも苦難を受け止めて苦難を超越するお手本であります。このため涙で苦難を祭る必要もなく、苦難を登場人物の身に投じて読者に対するお涙頂戴をしてこれを小説の究極の追求とする必要もございません。真に偉大深刻なる小説は、読者に大泣きさせることはありません。小説を書くときは、社会調査の報告を書いているわけではなく、告訴状を書いているわけでもないことは私も非常によくわかっておりますので、小説芸術としての追求と新基軸とを、最も重要なる位置に置いております。私は民間の、批判的色彩を帯びている「炮」を形象記号とする隠喩の体系を構築し、曲折し象徴的に社会の衆生俗人の生き様を表現し、近代化の過程における、民間の貴重な精神的資源の喪失と人間性の歪曲を暴露しました。

小説の主人公羅小通は肉と霊感が通じ合う男の子で、彼の人生には荒唐無稽と象徴的事件とが満ちあふれています。彼は特に高い言語能力と抑えがたい哀訴の欲望を抱いており、彼の哀訴には無作為の創造と誇張とが満ちており、このような子供は、私の故郷では、「大砲小僧」と呼ばれまして、これも一人の講談師なのです。彼は肉食い大王——肉と対話交流ができる男の子——から「肉神」へと進化し、彼の肉に対する欲望は、人類の食欲の象徴であり、また性欲への懸け橋でもあります。

羅小通の肉食願望は、物質欠乏時代の欲望の想像を起源とします。物質生活の改善と肉類の充足に伴い、彼の不思議な肉食能力は、次第に肉に対する崇拝へと変化していきます。ついには彼自身が民衆により肉神に奉られます。この肉神とは、欲望に接ぎ木された文化的奇形児であり、羅小通の食肉パフォーマンスは、この時代のアンチ権威、アンチ理性という荒唐無稽なる本質に迎合するものなのです。肉神ゲームが終わるのは、羅小通の母が惨死し父が逮捕されるからです。この重大なる異変により、羅小通の幼少期が基本的に終わります。しかし羅小通は成長を拒絶する、あるいは成長を恐れる男の子でして、彼は男性能力を象徴する例の五通神〔五郎神とも称され、既婚女性と姦淫する妖怪だが、これを祭ることにより禍を避け富を得られるとも称される〕の廟で、滔々として絶えることのない哀訴により、自らの少年時代を回想あるいは引き止めようとするのです。彼の肉体はすでに青年となっているのですが、彼の心はなおも男の子なのです。これは自分が使い慣れてきた児童視点の語りを延長し突破したものと私は考えておりまして、なぜそのようなことをしたかと申しますと、児童視点による世界の童話的色彩と寓意的本質とを保有し続けるためであり、現実生活に束縛されないためであり、現代社会の荒唐無稽な本質をいっそう集中的に暴露するためでございます。当然のことながら、この荒唐無稽に対しさらに深い批判を行うためでもありました。

成人後の羅小通は現実生活に対応するための能力と勇気に欠けており、彼は一人の逃亡者であります。このとき、あの少年時代の彼は、すでに柳の木に雕られた肉神の偶像となっており、強大なる性能力を象徴する五通神の廟に安置され、人々の拝跪を受けております。この廟において哀訴する羅小通とその哀訴を聞く和尚とは、まさに食欲と性欲の二大神を代表する肉体なのです。彼らは一見すると、二人ですが、実は完全に合して一となりえるのです。あの同時に四一人の女性とセックスでき、ギネスブックの記録を作った大和尚とは、人というよりも羅小通の心のうちの幻影であります。羅小通が哀訴していると言うよりも、欲望が哀訴しているのです。この哀訴により解脱を求めようとしながら、却ってさらに深い妄執へと陥るのでした。こうして見ますと羅小通の苦境であり、また欲望に統制された中国社会の苦境であり、実は全人類の世界的苦境でもあるのです。

数年前のこと、私はある老僧とお話しいたしまして、私は出家できますか、とお尋ねしました。老僧は私を見て言いました。「心中になおもこれほど多くの欲望を持ちながら、なぜ出家するんじゃ?」。私が尋ねました。「どうすれば私の心中の欲望を減らせるのでしょうか」。老僧は池の中で咲き誇る蓮の花を指差したまま、笑って答えません。それ以来私は考えております――あの蓮の花が根を張る汚泥とは、人類の欲望の象徴ではないのだろうか。老僧は私に蓮の花の如く汚泥から生えて汚泥に染まらぬようにと暗示したのだろうか。それとも大胆に自らの欲望に従い、その後に、道に迷って引き返せと暗示しているのだろうか。私は今に至るまでこの問題が解けておりませんで、そのため今に至るまで出家はしておりません。

羅小通は肉を飽食して、ついに肉神となり、大和尚は数万の女性と交合してついに出家し和尚となりました。ここで、私が申し上げたいことは、人類は貪欲の罰を受けたのちにのみ、ようやく悟りを開くのではないか、ということです。しかしこの解答には怪しいところもありまして、羅小通は始終目の前の道楽快楽に影響されて、回想と語りに専念できず、心中の幻想も、欲望の影なのです。

『四十一炮』の「炮」について、簡単にご説明いたしましょう。先ほど申しました「大砲小僧」の「炮」

の他にも、語りの節回しと視点でもあるのです。即ち小説の主人公羅小通が大砲を撃つのですから、作家莫言も大砲を撃つのです。「炮」は今の中国の社会においては、セックスの意味も持っております。性交、それは「大砲を撃つ」なのです。当然のことながら、小説の結びで、本当の大砲が現れます。しかしこの本当の大砲も、象徴でありまして、羅小通は要害の高地から、愛憎交々の権力者老蘭に向かい、四一発の砲弾を連発しまして、この四一発中、最初の四〇発は、目標に照準を合わせてはいるものの、空砲ですが、何気なく打った四一発目が、老蘭の腰に命中して彼を真っ二つにします。この一発とイタリア作家のカルヴィーノの名作小説『まっぷたつの子爵』の子爵を真っ二つにした砲弾とは似ておりまして、それは童話の中の砲弾であり、なおも想像の産物であります。これは欲望に向かって砲撃されたものであり、また欲望自身が砲撃しているのです。こうして、ドカンドカンの砲声の中で、小説の登場人物は、芝居の終わりに舞台挨拶をする俳優のように、次々と登場しまして、この小説も、幕が閉じられるのです。

私の簡単な解説をお聞きになって、皆さんも小説と社会現実の私の処理方法は、例の「底層文学」の方法より、多少は面白いとお考えになったことでしょうか。

外国15

交流によってのみ進歩する

韓国からの学生訪中団を北京で迎えた際の講演である。清朝期の朝鮮からの訪中記である朴趾源著『熱河日記』から説き起こし、北東アジア文化の共通性を語り、「アジア文化は別の文化に学び、また別の文化に学習と手本の模範例を提供すべきなのです。最終的目標は、普遍性と特殊性とを統一した人類文化の百花の園なのです」と説いている。

韓国大学生訪中団　二〇〇六年八月一五日

学生の皆さん、お早うございます。

このたびの催しの主催者側から、皆さんが韓国を発つ前に、私の小説を改編した映画『紅いコーリャン』をご覧になり、韓国作家の朴趾源〔パク チウォン、ぼくしげん。一七三七～一八〇五〕の著書『熱河日記』を読んできたとうかがいました。私は『熱河日記』は読んだことがないのですが、面白い本に違いないと思っているのは、似たような本を読んだことがあるからです。これらの作者の身分は多くが探険家、宣教師、旅行家あるいは外交官です。彼らは帰国後に、中国で見たり聞いたり自ら体験したことを回想し記録したのです。このような本が、私のような中国の読者に貴重な読書体験を与えてくれるのは、このような本が独自の視点を持っているからなのです――外国人の目のうちの中国。このような本は、それなりの史料的価値がありますが、完全に信頼できるわけではありません。作者の主観的臆測で、ときに歴史の真相を遮断してしまうからなのです。ある日、私にも『熱河日記』を読む日があるかもしれません。その中から当時の中国宮廷と庶民の日常生活の風景を読み、韓国人の中国社会に対する判断を読むことができるでしょう。

私はこの本を読んではいませんが、皆さんの通訳の金さんからおおよそのことを聞いておりまして、この本の中心的観点は、経済力の支持によってのみ倫理と道徳方面の問題は解決できる、ということです。言い換えれば、経済の発展は、必然的に社会的倫理と道徳とに巨大な、はなはだしきは決定的な影響を与えることでしょう。これもまさにマルクス主義の基礎理論、経済的基礎が上部構造を決定するであります。これこそまさに中国人が西側列強の多年にわたる圧迫と侵略を受けたのち覚悟するに至った重大な問題でした。このたびの催しの主催者がこの本を学生の皆さんに推薦したのは、中国の旅に出る前に読ませるためでして、含蓄に富んでいます。

私がこのまだ読んでいない本に今日の講演の重点を置こうと思うのは、以下の幾つかの問題を解くためなのです。

一．比較によってのみ、鑑別可能である。

私たちはみな自分が慣れ親しんだ環境で暮らしておりまして、すべて見慣れており珍しくはありません。中国古代の大詩人蘇軾が詩で描く通りであります。

横《よこ》さまに看《み》れば嶺《れい》を成《な》し　側《そば》よりは峰《みね》と成《な》る
遠近《えんきん》　高低《こうてい》　一《いつ》も同《おな》じきは無《な》し
廬山《ろざん》の真《しん》の面目《めんもく》を識《し》らざるは、
只《ただ》　身《み》の此《こ》の山《やま》の中《うち》に在《あ》るに縁《よ》る

〔「西林の壁に題す」『蘇軾　上』（岩波詩人選集二集5、小川環樹注）より引用〕

私が思いますに、朴趾源さんが二百年以上も前に今日においてもなお現実的意味を有する洞察力に富んだ見解を提示できたのは、彼が朝鮮という熟知していた環境を飛び出し、熟知していない中国にやって来たからなのです。長い旅の途中で、苦しい仕事の間に、彼は中国社会の各種の現実を見聞し、さまざまな中国人に接触し、多くの新鮮な体験をいたしました。彼は中国の事物に対し判断を下す前に、まず中国の事物を朝鮮の事物と比較し、鑑別したのち、進歩か落伍か、文明か愚昧かの価値判断をいたしました。比較がなければ、判断の下しようがないのです。

二．交流によってのみ進歩する

人類の歴史を見渡しますと、それは各国の文化交流史でもあります。経済と貿易の往来も、実は広義の文化交流であります。世界には純粋な経済貿易はなく、あらゆる経済貿易は、実は政治的文化的意義を有しているのです。最近、海上を一年間航行してきたスウェーデンの帆船が、純白の帆を上げて、広州の港に到着しました。これは二六〇年前の昔の夢を再現したものです。この船のモデルは二六〇年前にスウェーデン海域で沈没したヨーテボリ号です。その昔、この船は大清国の貨物、絹織物、陶磁器を満載しておりました。絹織物には美しい花や鳥、魚や虫が刺繍されており、陶磁器には華麗な文様が描かれておりました。これらは日用品であると共に、中国文化の結晶でした。韓国と中国とは隣同士で、両国の間には経済貿易そして文化の古代からの悠久たる交流史がございます。このような長期にわたる来往において、両国人民は互いに学び合い、影響を与え合い、共に進歩してきました。

このことは一つの重大な問題と関わっているのです。経済一体化というグローバリゼーションにおいて、各国、各民族の文化的独自性をどのように継承し保存するのか、という問題です。

最近、私は日本の福岡市が主催する福岡アジア文化賞を受賞しました。韓国の考古学者の金元龍さん、言語学者の李基文さん、民俗学者の任東権さんもそれぞれ一九九二年と一九九八年、二〇〇五年にこの賞を受賞しています。この方たちと比べると、私の業績など実に微々たるものです。私がこの賞について取り上げたのは、この賞の設立が、世界文化の同一化に対する高度な警戒心を表しているからなのです。同賞の表彰対象はアジア独自の多用な文化の保存と創造に極めて大きく貢献し、しかもその国際性、普遍性、大衆性、独創性により全世界に向かってアジア文化の意義を提示した個人と団体なのです（私はそのような水準には到達してはおりませんが、この問題についての見解は述べさせていただきたいと存じます）。

まず私たちは、私たちのアジア文化が独自のものであること、この独自性とはアジアの外の国家と地域と比べてのことである点を、しっかり認識すべきなのです。独自性とは、比較してのちに得られる結論なのです。

第二に、私たちはアジア文化自体も一つの多様性を有する全体である点を認識すべきです。言語であろうが、文学、美術、音楽、服飾、飲食、建築であろうが、多くの方面から考えても、アジア文化自体は目がくらまんばかりに多種多様なのです。韓国の娘さんが着ている美しい韓国服、日本の娘さんが着る優雅な和服、中国の娘さんが着る気高い旗袍。飲食面でも、私たちは韓国のキムチを忘れられませんし、日本の刺身を懐かしく思い出しますし、中国の各種の豪華な料理はなおのこと忘れられません。中国料理でも、広東料理、四川料理、上海料理、杭州料理、江蘇・安徽料理など多くの系統に分かれるのです。

このような例は枚挙にいとまがございません。ただし全体から見ますと、他州と比べて、アジア文化、特に私たち東北アジア文化は、特有の共通性を示している点も明らかに見て取れます。この共通性はいったいどのような方面に現れているのでしょうか。それは空気のようなもので、至るところにあるものの、把握しにくいのです。それは私たちの文化と芸術の深層に浸透しており、鮮明な東方情緒を形成しています。アジア文化の独自性を保存するとは、このような貴い「東方情緒」を保存することなのです。ただし保存とは停滞では決してなく、保存とは創造発展中の保存でありまして、保存とは密封することではないのです。アジア文化の独自性と多様性とを保存しようとするならば、アジア文化を世界文化全体の中に置いて、広く吸収学習し、大胆に手本として創造すべきだと、私は理解しております。換言すれば、アジア文化は世界文化の一部分なのです。アジア文化は別の文化に学び、また別の文化に学習と手本の模範例を提供すべきなのです。最終的目標は、普遍性と特殊性とを統一した人類文化の百花の園なのです。

皆さんは、『紅いコーリャン』という映画をご覧になったとのことですが、『紅いコーリャン』とは中国的風格が鮮明な映画であり、その特殊性はさまざまな方面に現れておりまして、たとえば、中国の特殊の社会と歴史を背景としており、中国の植物の紅いコーリャンあり、中国人の特殊の服装あり、中国人独特の酒の蒸留と飲酒の方法があり、中国人のあの特殊な時代における愛の方法があり、中国人特殊の婚姻方式がありますが、それと同時に異なる国と地域の人に心から感動を呼び起こし美的快楽を体験させる普遍的要素もあるのです。それは換言すれば、良き芸術作品とは、鮮明なる地域性と民族性とを有するほかに、芸術的共通性をも持っていなくてはならないということです。この共通性の基礎こそが人の基本的感情なのです。それは韓国の映画とテレビが激しい「韓流」となって、多くの中国人を感動させた根本的原因でもあるのです。

私が思いますに、通信が日増しに便利になり、交通が手軽で速くなり、情報を共に楽しむグローバリゼーションの時代にあって、私たちは大文化観を打ち立てるべきなのです。この大文化観は、地球全体を参照体系として比較し、自分が存在する地区と国家の文化を観察すべきなのです。私たちは胸襟を開いて、外来のものを包み込み受け入れて、外来のものを私たちの栄養分とすべきなのです。最終的な目的は私たち自身の歴史と民族伝統とを継承する斬新文化を創造することです。人類社会の最も根本的な目的は、古いものを保存することではなく、新しいものを創造することなのです。しかし新しいものは、古いものを基礎として生まれてくるのです。古いものが保護され継承されなければ、新しいものも生まれ育つ母体を失ってしまいます。文化交流の根本の目的は学習でありまして、学習の根本の目的は創造であって物真似ではありません。韓国・日本・中国はみな学び上手な国でありまして、西側文化がかつて東方の変革に対し巨大な推進作用を果たしたものの、私たちは西側の経験を物真似はせず、西側文化のクローンなどさらにせず、私たちはみな、自国文化の基礎に立って、それぞれ独特の新文化を創造したのです。

私は一人の小説作者でございまして、私が一番考えている問題はどんな物語を小説に書くかといかにこれらの物語を小説として書くかでありまして、簡単に申しますと「何を書くか」と「如何《いか》に書くか」という問題であります。小説の範囲を超えた問題への回答を求められますと、確かに意余って力足らずという思いをいたします。皆さんの今回の催しの主催者であります大山《テサン》文化財団〔生命保険会社の出資により設立。民族文化の育成と韓国文学のグローバル化を志向する文化事業を行う〕の責任者が送って下さった関係資料を拝見しますと、その文書は東アジア地域の複雑にして尖鋭な問題を取り上げておりまして、問題の中では領土問題あり、歴史問題あり、政治問題あり、さらには、一部の学術問題もございます。これらの問題は、私が考えますに、各国の政治家が大多数の人民の意志に基づき、東アジア地域の人民の普遍的意志に基づき、対話と協議の平和的方式で解決すべきなのです。東北アジアの人民の最大の共同意志は平和なのです。平和な環境においてのみ、人民の生命と財産、安全は保障されるのです。また平和な環境においてのみ、繁栄する文化を創造できるのです。学術問題に関しては、論争を展開し、歴史的事実を用いて語り、資料を用いて語るべきでして、換言すれば、科学的態度により、政治的態度によるのではなく、学術問題を解決すべきなのです。

各国人民の間、特に各国青年の間の交流は、アジアであろうが世界であろうが平和の重要な保障となると思うのです。韓国の大山文化財団は平和交流促進の面において、積極的に努力を続けており、去年、私は大山文化財団が主催した第二回ソウル国際文学フォーラムに参加しておりまして、この論壇のテーマは文学と世界平和でした。私は即席発言の中でこのような話をいたしました――文学はアメリカ軍をイラクから撤退させることもできず、イスラエルとレバノンとを停戦させることもできませんが、文学は博愛の精神をゆっくり育むことは可能なのです。人類は困難に直面してはおりますが、愛の光は果てしなき大海の中の灯台のように私たちを前方へと導いてくれるのです。

この講演原稿を書いたあとに、私は新聞で韓国の駐中国大使の金夏中さんによる韓国で巻き起こる中国語熱に対する比喩を読みました――一陣の漢風。これでちょうど恰好の対ができました。漢風一陣吹き寄せて、韓流滔々と流れ来たる。これはまさに中韓両国文化交流の生き生きとした描写であります。交流とはこれまですべて相互に行われ、学習も相互に行われるものでした。

やはりこの講演原稿を書き上げたあと、私はネットで朴趾源と彼の『熱河日記』を探しまして、ネット上に関連する情報が数千項目もあることを知ったのです。私は実に浅学菲才であったわけです。私がネットで知り得たことは、それが百科事典式の偉大な著書であり、その内容は哲学、政治、経済、天文、地理、風俗、制度、歴史、文化など多方面にわたり、多くの中国学者が『熱河日記』から貴重な資料を得ているというものでした。

朴趾源が文学者でもあり、詩歌や小説も書いており、彼の文学観の多くが、今に至るも実際的な意義を持っていることもわかりました。

彼は非常に博学な人でして、今でも承徳には彼の「音楽を談じて羊を忘れる」という物語が伝わっているのです。彼は朝鮮使節団に随行して承徳に赴き乾隆皇帝七〇歳の誕生日を祝いまして、承徳の孔子廟に宿泊しました。中国の役人の尹嘉詮と王民に付き添われて彼は孔子廟の中の楽器を見学しました。見学が終わると、尹嘉詮は一頭の羊を焼いて朴趾源を接待しました。ところが三人は音楽と楽器のことを話し始めて、時間が経つのを忘れてしまい、食事のことを思い出したときには、例の羊の丸焼きはすっかり冷めてしまっていたのです。

学生さんたちは皆さん『熱河日記』で彼と王民とが宇宙の問題について議論している記載を読んだと思います。二人は朝食から議論を始めて、夕方まで議論しております。二人は共に地球が回転し、太陽と月も回転し、太陽と月と地球との回転周期が、昼、夜、年月を決めると考えておりまして、二百年以上も前に、彼らがこのような認識しており、このような複雑な問題を議論していたとは、実に恐れ入りました。

私は必ずや皆さんに学んで、帰ったら『熱河日記』を読まなくてはいけません。

外国16

大江健三郎氏が私たちに与える啓示

中国社会科学院大江健三郎シンポジウム　二〇〇六年九月一二日

莫言がこのユニークで格調高い大江文学論を講演したのは、北京で開催された大江健三郎シンポジウムにおいてであり、同シンポには大江本人がゲストとして招かれていた。大江は自らのノーベル文学賞授賞記念講演「あいまいな日本の私」(一九九四)でも特に莫言の名前を挙げており、その後は莫言を彼の故郷(山東省高密市)まで訪ねるなど、深い交遊を続けている。

二一世紀に入って六年と経たない間に、大江健三郎氏は続けて『取り替え子』『憂い顔の童子』『二百年の子供』『さようなら、私の本よ!』を出している。これらの四作品は世界の重要な問題に熱い関心を寄せ、人類の運命を深く考え、自らの魂に無情なまでの拷問を行い、さらに芸術的に鋭く新境地を開いた輝かしき大作である。齢七〇を過ぎながら、若者も驚かんばかりの情熱をもって仕事に励んでおられるのだ。

最近の私は、いったいどんな力が大江氏のたゆまぬ創作を支えているのかと、考え続けている。おそらくそれは一人の知識人の忘れがたい良識と、「御報告いたします……私はひとりだけ逃げのびてまいりました」(『聖書』「ヨブ記 第一章一四~一五節」)という責任感と勇気であろう。大江氏は苦難から逃れようとする試みから、敢えて苦難を引き受けようとする心理的葛藤を体験しており、その葛藤の歴程は、ダンテの『神曲』にも似て難路であり壮麗であった。大江氏は苦難を引き受ける過程で苦難の意味を発見し、乱世を悲しみ人の不幸を憐れむ常人の心から、人類のために光明と救済を求める宗教的情念へと自らを昇華させたのである。彼は魯迅の「暗黒の水門を肩で支え、子供たちを広々とした光明の地へと出してやろう」という自己犠牲の精神と「子供を救え」という大いなる慈悲を受け継いでおり、このような魂とは安楽を得られぬのが定めなのである。創作、ただ創作あるのみ――これだけが彼を解脱に導くのだ。

大江氏は寓居に隠れて一人楽しむといった書生ではなく、魯迅のように悪を仇の如くに憎む魂を持っている。その創作は、たゆまず巨岩を山頂まで押し上げていくシジフォスのように見なすことができよう。時代遅れのロマンティックな騎士ドン・キホーテと見なすこともできよう。「其の不可を知りて而《しか》も之《こ》れを為《な》す」孔子の努めと見なすこともできよう。大江氏が求めるものは「絶望の中の希望」であり、「鉄の部屋に差し込む一筋の光明」なのである。この悲壮なる努力と自分の状況に対する冷静なる認識は、さらに説かざるをえぬ責任となって強化されるのだ。これは私に中国東北地方に伝わる狩人海力布〔ハイリープー、かいりきふ〕の物語を想起させる。海力布は鳥獣の言葉を理解できるが、もし鳥獣から聞いた話を人に漏らしたら、彼は岩に変じてしまうのだ。ある日、海力布は森の鳥獣が山津波が突発して、村を押しつぶしてしまうだろうと話しているのを聞いた。海力布は急いで山から下りて、村人たちに逃げるように説いた。ところが村人はこれを戯言と思って相手にしない。状況はいよいよせっぱ詰まって、海力布はやむなく自分が鳥獣の言葉を理解できるという秘密を村人に告げたので、そう語るうちにも彼の身体は岩に変じてしまった。村人たちも彼が岩に変じるのを見て、ようやく彼の言葉を信じた。人々が海力布の名前を呼びながら逃げていくと、山津波が突発し、村は土砂に埋もれてしまった——海力布のような無私の精神を抱き、自らの叡知により人類が直面する巨大な困難を洞察する人は、創作せざるをえないのだ。この「ひとりだけ逃げのびて報告する者」は口を閉ざすことはできないのだ。

大江氏は貧家に育ちながら勤勉にして学を好み、群書を博覧し、著作を志すに際しては「日本小説一般とは異なる文体を創出せん」と志を立てた。数十年来、彼は小説の文体、構造に対し膨大なる探求と実験を試み、世の注目を集める成果を得た。二一世紀に入ったのちに、彼は以下のようにも語っている。「新作小説を書くとき、私は二つの問題のみを考えます。一つはいかにして同時代に立ち向かうか。もう一つはいかにして自分独自の文体と構造を書くか、です」。この言葉からも、大江氏の小説に対する探求は、すでに狂の境地に達しており、このように芸術に没入してしまうと、筆を休ませることもできないのだ。

このところ私はいささか集中的に大江氏の作品を読み、大江氏が歩んできた文学の道を回顧して深く感じたことは、大江氏の作品には人類への愛と未来に対する憂慮と希望とがあふれていることである。このような醒めきった声に、私たちは特別の注意を払わねばならない。彼の作品と彼が歩んできた創作の道とは、私たちがまじめに学び考えるべきものである。大江氏の創作が私たちに与える啓示を、私は次の五点にまとめてみたい。

（1）周縁と中心との対立の図式

まさに大江氏は二〇〇〇年九月の清華大学における講演で次のように語っているのだ。

日本の地方の深い森のなかに生まれ育った子供の経験した周縁的な状況、文化については、私の作品が、小説においても、エッセイにおいてもそれぞれに反映しています。作家として生きる上で、私は自分の文学をあらためて理論づけようとしました。日本の文学において、創作それ自体にも、批評、研究にも、あきらかに観察されるのは、方法論を作り出すことへの意識の稀薄さです。私はラブレーを読むことから、ミハイル・バフティンの方法論研究へみちびかれました。かれの「グロテスク・リアリズムのイメージ・システム」の理論は、私がたとえば三島由紀夫を代表とする、日本の中心、東京、日本の文化の中心、天皇という考え方に対して、自分の文学を周縁のものと位置づけ、その背後にある支えになりました。バフティンの理論は、フランスやロシアの文学を根柢におくヨーロッパ的なものですが、それはわたしに中国や韓国また沖縄のアジア的な文学の特質について再発見させてくれるものでもありました。

大江氏の「周縁——中心」という対立図式に対しては、さまざまな解釈が可能であろう。私の個人的理解とは、それは実のところなおも故郷の作家に対する制約であり、ある作家の故郷に対する発見である。それは無意識から自覚へと至る過程である。大江氏は「飼育」など初期の作品で、すでに無意識に故郷という資源を動員しており、小説にはすでに素朴で原始的な農村文化および外来文化と都市文化との対峙がはっきりと表現されており、また農村文化自身が有する二重性も表現されている。彼は創作の実践において、自らの作品が自然と「周縁――中心」という対立図式を含んでいたことを、ゆっくりと発見したとも言えよう。二〇世紀の数十年にわたる創作実践において、大江氏はこの理論を自らの創作の支えとするいっぽう、自らの作品により不断にこの理論を証明し、豊かにしたのだ。彼はバフチンの理論を借りて方法論とし、あの谷の中の森に包まれた小さな村にある自らの普遍的価値を発見したのである。このような価値は民間文化と民間道徳価値の基礎の上に立てられ、御用文学と都市文化に正面から抵抗したのだ。

しかし大江氏は無批判に故郷を信仰しているわけではない。彼は故郷の民間文化と伝統的価値の発見者にして守護者であるいっぽう、故郷の愚昧な思想と保守的消極的要素に対する容赦ない批判者でもある。二一世紀になってから、この批判はさらに強化され、故郷の一員としての感情的色彩は薄くなった。このような客観的にして冷静な態度により、彼の作品には周縁と中心との共存、相互補完関係の情景、そして彼の故郷に対する愛憎交々の態度が出現した。彼は欧米理論を借用して、故郷の文化に対し批判を止揚し、最後には故郷に対する精神的超越を実現している。これもまた彼の「周縁――中心」対立構図に対する明白なる展開である。このように新たに展開された図式が「村落――国家――小宇宙」なのである。これは大江氏による重要な理論的貢献である。この理論は世界文学、とくに第三世界の文学に対し、深い意義を有している。彼は周縁と中心との対立を強調して、最終的には周縁を新しい中心に変身させるのだ。彼は故郷の森に立脚しながら、一個の文学の森を作り上げたのだ。この文学の森とは国家の縮図であり、同時に小宇宙でもある。これは文学の舞台でもあり、俳優は少なく、観衆は寥々たるものだが、演じられるものは世界に関する、人類に関する、普遍的意味を有する戯曲である。

大江氏の故郷の発見とその超越は、私ども後輩にとっては、お手本としての意味を有する。あるいは、私たちはある程度は、期せずして大江氏と同じ道を歩いているとも言えよう。私たちは自分の森を探し当てられないかもしれない。「自らの木」が見つからないかもしれないが、自らの高粱畑やトウモロコシ畑を探し当てる可能性はあるのだ。植物の森は見つからぬとも、コンクリートの森は見つかるかもしれない。「自らの木」は見つからずとも、自らのトーテム、女性、あるいは星は見つかるかもしれないのだ。重要な問題とは私たちが荒野から来たか否かではなく、私たちが自らの「血の流れる大地」から異質の文化を探しだし、異質の文化と普遍的文化との対立と共存を発見し、さらに一歩進んで、この対立と共存の状況から、特殊性と普遍性とをあわせ持つ特色ある新文化を発見し創造することなのである。

(2) 伝統の継承と伝統の突破

大江氏は青年時代にフランス文学を学び、サルトルの実存主義理論を深く研究した。彼は創作の初期段階においては、実存主義を借りて他山の石となし、彼がすでに腐敗衰退したと感じていた日本の文学伝統を粉砕せんと志を立てた。だが彼の個人的生活において発生した重大な変化と彼のラブレーやバフチンの民衆風刺文化とグロテスク・リアリズム文学理論に対する研究の深化とに伴い、彼は『源氏物語』を代表とする日本伝統文学の貴重な価値を再発見した。大学時代には、彼は日本でかつて大変盛んに行われていた「私小説」の伝統に対し激烈な批判を行ったが、彼の創作が日ごとに深まるにつれ、彼はただちに自説を修正した。不要なものを棄てて大事なものを残したのだ。多くの人は現在に至るまで大江氏は日本の文学伝統に徹底して反抗したモダニズム作家と考えているが、これは大江氏の作品を深く読み込むことなく下した武断的な結論である。私が思うに、大江氏の創作は、実は深く日本の文学伝統に根差しており、日本の伝統文化の土壌から成長した文学の森なのである。この森では外来樹木の枝葉を見出せようが、その根本は日本なのである。

大江氏の大部分の小説は、日本の「私小説」の要素を有し、当然のことながらこれらの要素は欧米文学の要素と共に密接に織りなされている。大江氏の小説は一里塚の意義を持つ『個人的な体験』であろうが、彼に巨大な名誉をもたらした『万延元年のフットボール』であろうが、あるいは最近の「子供シリーズ」であろうが、登場人物の配置と叙事の口調に「私小説」の伝統を見出すことができる。だがこれらの小説は、鬱勃《うつぼつ》たる力により、「私小説」の殻を打ち破ってもいるのだ。彼は個人的な家庭生活と自らのプライベートな感情とを、悠久たる森の歴史と民間文化伝統の広大なる背景と国内外の錯綜とした現実に置いて展示し演繹しており、これにより個人的家庭的苦悩を、人類の未来と命運に対する深い関心へと昇華しているのだ。

大江氏自身、次のように語っている。

しかし私は、いわば私小説の題材、私小説の語り方を逆転する、という手法で、普遍的な小説を考えようとしたのでした……また、障害児との共生が私と私の家庭にもたらした、神秘的な、あるいは霊的な経験を、私はウイリアム・ブレイクやイエーツ、さらにダンテを通過する——本質的に引用する——ことで、普遍化することができた、とも考えています。

実はいわゆる「私小説」は日本文学にのみ見られる独自の現象ではなく、現在の中国文学にも類似した作品が大量に存在するのである。いかにして個人的苦痛を頑なに味わおうとする態度から抜け出すか、いかにして個人のプライベートな生活を頑なに開示せんとする罠から飛び出すか、いかにして個人の苦痛と民衆の苦痛さらには人類の苦難との間に関係性を打ち立てるか、いかにして自己の関心を庶民に対する関心へと昇華して自らの小説に普遍的意味を与えるか、大江氏の創作は私たちに大いに学ぶべき規範を提供している。実にある意味ではあらゆる小説はすべて「私小説」であり、問題はこの「私」とはあらゆる人々、少なくとも一部の人々の内面奥深くの「私」を感動させねばならないのである。

（3）社会への関心と政治への参加

一九年前に『怒りのニンニク』を書いたとき、私は名人語録を捏造して次のように書いたことがある。「小説家は常に政治から遠く離れようと願うが、小説は自ら政治に近付いていく。小説家は常に『人間の運命』に関心を寄せるが、自らの運命は忘れてしまう。ここにこそ彼らの悲劇が生まれる」。政治と文学の関係とは、実は中国文芸界だけが苛まされている問題ではなく、世界文学における一つの問題でもあるのだ。私たちは花鳥風月式の文学が独自の審美的価値を有することを認めるが、さらに古今東西の積極的に社会に関与し、勇敢に政治に介入してきた作品群が、その強烈な批判精神と人間性尊重により、ある時代の鮮やかな文学的座標となりえたこと、数千万読者の熱い共感を呼び起こして巨大な感化作用を発揮してきたことをも認めねばならない。文学の社会性と批判性とは文学が本来持っている性格であるが、いかにして文学という方法により社会に参与するか、政治に介入するかは私たちが直面している重大な課題である。

この面でも、大江氏はその作品により私たちに有益な啓示を与えている。大江氏の鮮明な政治的態度と闘士のような批判精神は誰もが認めるところであり、彼の社会と政治の問題に対する鋭敏なる関心も誰もが認めるところである。しかし彼の小説は決して浅薄で紋切り型の政治小説に堕落することはなく、人から嫌われる説経臭さを帯びることもない。大江氏は自らの政治的態度と批判精神を人物形象に仮託する。彼は教えを説くことなく考えるのである。彼の近作小説には巨大な思考量が存在し、登場人物はしばしば激烈な思想的抗争の中に置かれ、まさにドストエフスキー的風格を帯びた復古的小説である。大江氏自身、次のように語っている。

私はこれらの小説を書く間、日本と世界のアクチュアルな課題を、その障害児を中心に生きてゆく、日本の一知識人の家庭に具体的な影をおとすもの、として把握するエッセイを書き続けてきました。

彼は自らの小説の舞台を彼の谷間の森に設営し、現代の社会的現実と過去の歴史的事件とを比較し対照したのである。彼は世界各地から来た人物と小説の主人公の家族とを同じ舞台に乗せて、まさに私がすでに述べたように、文化的意味において、この場を世界の中心へと変じさせたのだ——もしも世界に一個の中心が存在することが許されるならば。

（4）広く取材し、全体を理解する

民族の伝統を継承し外来の影響を受容することは、永遠に文化の本質であり、文学のみならずあらゆる芸術の発展過程における不可欠の二大任務である。大江氏は西欧文学を学んでおり、西欧文学に対する理解と研究の深さに、私どもは遠く及ばない。だが彼は消化不良を起こすことはない。『取り替え子』でのランボーの引用、『憂い顔の童子』でのドン・キホーテ像の活用、『さようなら、私の本よ！』でのエリオットの引用はすべて彼の著書に学者の小説という品格を与えている。逆に、まさにこのような学者の品格を有する小説だけが、これほど多く異質なる思想と芸術様式を包み込み、有機的全体を形成しうるのだ。大江氏は彼の小説、エッセー、講演と手紙の中で言及する外国作家、詩人、哲学者は数百人に上り、しかもすべて適切にして自然であるのは、彼の深く広い知識と広大な文化的精神の上に樹立されているからだ。まさにこのような学識と精神とを有するからこそ、大江氏は世界的高みに立って、私たちアジアの作家に「世界文学の一環としてのアジア文学」を創造しよう、と呼びかけえるのである。

(5) 子供を思い、未来を思う

昨年、私は比較文学を学ぶ娘のために「世界文学の中の子供という現象」という論文テーマを考えてあげたことがある。一九六〇年代から現在に至るまで、世界文学には多くの子供を主人公とする、あるいは児童の視点から書かれた小説が現れている、と私は娘に語ったのだ。これらの小説は『ライ麦畑でつかまえて』のような成人していく小説ではなく、広い社会背景と複雑な文化背景を有し、独自の児童イメージを作り上げてきた。たとえばドイツ作家ギュンター・グラスの『ブリキの太鼓』のオスカル、ナイジェリア作家ベン・オクリの『満たされぬ道』のあの精霊アビクであるアザロ少年、イギリス国籍のインド系作家サルマン・ラシュディの『真夜中の子供たち』のサリーム・シナイ、中国作家韓少功〔ハン シャオコン、かんしょうこう。一九五三〜〕の「爸爸爸《パーパーパー》」の丙崽や阿来〔アーライ、あらい。

一九五九〜〕の『塵埃落定』〔一九九四年作の長編小説〕のあの精神障害児。さらには私の小説『四十一炮』〔二〇〇三〕の「肉神」に祭り上げられる少年羅小通と「透明な人参」のあの終始沈黙し続ける黒ん子〔原文は「黒孩《ヘイハイ》」、色黒の少年という意味〕らを挙げられよう。私は娘に対し特に大江氏の最近の「子供シリーズ」小説を勧めた。『取り替え子』のゴブリンの赤ん坊、『憂い顔の童子』の過去と現在の時空を自由に行き来できる神童亀井銘助らである。

私は娘にこう問うた――どうしてこんなに多くの異なる国家、異なる文化を背景とする作家が、期せずして同じように小説で子供を描くのだろうか。どうしてこれらの子供は霊験あらたかな超能力を持つのだろうか。どうしてこんなに多くの作家が児童の視点を好んで用いて、児童に滔々と絶えることのない物語の語り手を担当させるのだろうか。どうして年配の作家になればなるほど児童の視点から書くのを好むのだろうか。小説の中の語り手の児童と作家とはどのような関係にあるのだろうか。娘は私の質問の途中で逃げ出してしまった。しばらくしてから娘が私に言うに、指導教授がこれは博士論文のテーマであって、修士論文にはこんなややこしいテーマを取り上げるものではない、とおっしゃったそうだ。

私は浅学非才で、大江氏が「子供シリーズ」で描いた子供のイメージが真に意味するものとは何か、は理解しがたい。だが幸いにも大江氏はご自分で簡単に説明なさって、理解のための鍵を私たちに提供して下さったことがある。

大江氏は『取り換え子』の中で、ヨーロッパの民話物語である「ゴブリンの赤ちゃん」を引用しており、ゴブリンというのは地下に住む妖精で、人間が注意を怠ると、顔中皺だらけの妖精の子か氷から変えられた子供を使って、人間の美しい赤ちゃんと取り替えてしまう。大江氏は自分自身も、息子の大江光そして妻の兄の伊丹十三もみな妖精に取り替えられた子供だと考える。これは広く豊かな象徴的意味に富む芸術的発想であり、大きな力が漲っている。実は大江氏と大江光、伊丹十三のみならず、私たちもまた取り替えられた子供ではないのだろうか。私たちの中で、汚されていない赤子の心を持ち続けている者などいるだろうか。それでは私たちを取り替えたゴブリンとは誰か。私たちは現代社会を、さまざまな邪悪な勢力を、ゴブリンの象徴と見なすことができるが、その社会もまた多くの取り替え子により構成されているのではないか。私たちをこっそり取り替えた者たちとは、当人もまたかつてひそかに取り替えられた子供だったのではあるまいか。このように考えると、私たちは必ずや大江氏に従い自己批判を行うこととなり、私たちはみな取り替え子であると共に、他人を取り替えたゴブリンでもあるのだ。

大江氏はその小説とエッセーの中で、しばしば幼年期の母との対話に触れている。彼が自分が病気で夭折するのではないかと心配すると、母は次のように語ったというのである。「もしあなたが死んでも、私がもう一度、生んであげるから、大丈夫。……あなたが私から生まれて、いままでに見たり聞いたりしたこと、読んだこと、自分でしてきたこと、それを全部新しいあなたに話してあげます。それから、いまのあなたの知っている言葉を、新しいあなたも話すことになるのだから、ふたりの子供はすっかり同じですよ」〔『取り替え子』三二八頁〕。私が思うに、これは大江氏が私たちのために考え出して下さった自分を取り替えて元に戻す方法ではあるまいか。大江氏はさらに自己取り替え取り戻しの第二の方法を提示している。物語の中の妹のお守りをしているときにその妹を亡くしてしまった娘アイダは、ホルンで感動的な曲をずっと吹き続けると、ゴブリンたちは頭がクラクラしてきて、本当の赤ちゃんを隠しきれなくなる。まさにこれが第二の方法なのである。

私たちは希望する――大江氏が母上のように休むことなく語り続けることを。さらに私たちは希望する――大江氏が物語の中の小さな娘アイダのように休むことなくホルンを吹き続けることを。あなたの物語と吹奏とは数多くの取り替え子を取り替え取り戻すばかりでなく、あなた自身をも赤子に変えることであろう。

大江健三郎氏の二〇〇〇年清華大学における講演に関しては、中国社会科学院の許金龍教授にご教示いただいた。（訳者付記）

［日本語訳初出　『東方』三一三・三一四号、二〇〇七年三月・四月］

外国17

食べ物の昔話

福岡アジア文化賞を受賞して九州を訪問した際の講演である。魔術的リアリズムの作家は小学生たちに向かい、自らの幼少期の飢餓体験を語り、「私たちに食べ物と居住環境を提供してくれる大自然への敬意」を「皆さんも抱くようになり、労働は栄誉であり、節約は人類の貴い品性であることがおわかり」になることを希望していると述べている。

福岡市飯倉小学校　二〇〇六年九月一五日

先生方、生徒の皆さん、こんにちは！

ひと月半前に、福岡アジア文化賞審査委員会が北京で記者会見を開いた際に、福岡市総務企画局長の鹿野至さんが私にお尋ねになりました——あなたのような高名な作家が、一一、二歳の子供向け講演を頼まれますと、ご面倒に思われますか。私はこうお答えしました——一九九九年に初めて日本に行ったとき、愛知県知立市徳風保育園の四、五歳の子供たちのために講演したことがありまして、今、一一、二歳の子供たちのために講演できるとは、この数年で、私の講演の水準が大幅に向上したということになるのです！

七年前の講演に際しまして、私は徳風幼稚園の子供たちに二つのお話をしました。これから、この二つのお話を皆さんに聞かせてあげようと思います。一つ目のお話は私のお婆さんから聞いたものです。お婆さんは言いました。昔々、冬が来るたびに、天から真っ白な小麦粉が降ってきたもんで、それは雪じゃあなかった。そのころの人がまったく畑を耕すこともなかったのは、食べきれないほどの小麦粉があったからさ。あるとき、天の神さまがこの世に使いを送って視察させたんだ。天の使いは人の心を試そうと思い、乞食に化けることにして、身にはボロ服を纏い、手には杖を持ち、歳をとって足腰も立たぬようすで、ひどく汚い姿となった。天の使いが一軒の家まで来ると、その家では焼餅《シャオピン》〔小麦粉を捏ねて発酵させ丸く焼いたもの〕を焼いており、焼いていたのは意地悪婆さん。婆さんの隣には小さな子供が座っておった。天の使いは婆さんに泣きついたんじゃ。「哀れみ下されお婆さん、何日ご飯を抜いてるか、ひもじい私はフーラフラ、白い麦粉の焼餅を、一枚私に下さいな！」。婆さんはカンカンに怒って言いました。「乞食なんぞは、とっとと失せろ、プンプン臭くてたまらんぞ！　さもなきゃ犬をけしかける」。このとき、木の下に繋がれていた犬が天の使いに向かって吠えました。お婆さんは焼餅一枚を取ると、犬の前に投げてやりました。「ワンちゃん、お食べ」。天の使いはなおも泣きつきました。「哀れみ下されお婆さん、犬に焼餅あげるなら、一枚私に下さいな」。お婆さんは言いました。「黙れ乞食の分際で、犬はわが家の番をする、おまえに何ができるんだい？」。このとき、竈のかたわらにいた例の子供が、オシッコをしておしめを濡らし、大泣きしたのです。お婆さんはおしめを子供の尻の下から抜き取ると、焼き立ての焼餅をおしめ替わりに尻の下へと突っ込みました。そしてオシッコで濡れたおむつを――実はこれも焼餅なのですが――天の使いに向かって投げて言いました――プンプン臭い乞食には、ションベン焼餅くれてやる。天の使いは溜め息をつくと、去って行きました。

天上に帰った天の使いが、人の世で見てきたようすを神様に報告したので、神様はたいそう立腹しました。それからというものは、天は二度と小麦粉を降らすことがなくなりまして、替わって冷たい雪を降らすようになったのでした。人は白い焼餅が食べたければ、苦しくとも働かなくてはならなくなったのでした。

二つ目のお話は台湾のブノン族の伝説です。

昔々のこと、地の下に住む部族がおりまして、その顔立ちは我々人類によく似ておりましたが、唯一異なる点は彼らには長い尻尾が生えていたのです。この地の下に住む人は、口でものを食べることなどなく、お腹が空くと、食べ物の匂いをかぐとお腹いっぱいになるのです。そのようなわけで、彼らが食べ物を煮るときには、大小の人たちが鍋の回りを囲んで、匂いをかぎます。匂いをかぐと食べ物はいらなくなります。この人々の上の地の上に住むのがブノン族でして、頃合いを見計らって、地の下に出かけて行き、まだ温かい食べ物を持ち帰るのでした。ブノン族と長い尾の人たちとの間には掟があり、ブノン族の人が地の下の住みかに近付くと、トゥプズ〔原文は「tu-pu-zu」〕という声を出さねばならず、この声を聞いた地の下の人は、自分の尻尾を隠すのです――それというのも、外の人に自分の尻尾を見られたくないからです。こうして、ブノン族は地の下の人たちと長年付き合い、彼らのところから数え切れないほどの食べ物をもらっていましたが、掟をしっかり守っていたので、地の下の人たちの長い尻尾の秘密に気付きませんでした。

その後、一人の物好きが、地の下の人たちのところへ食べ物を取りに行ったとき、わざとトゥプズの声を立てなかったので、地の下の人たちは大あわてで逃げ惑い、ある者は尻尾が切れてしまいました。それからというものは、地の下の人たちは岩で自分の入り口を塞いで、ブノン族との付き合いを断ってしまいました。こうしてブノン族はもはやあの美味しい食べ物がもらえなくなったのでした。

私がこのようなお話をしたのは、この二つのお話には深い道理が込められているからなのです。私が思いますに、最初のお話は、人は憐れみの心を持たねばならない、善良な心を持たねばならない、と教えています。また人は、節約を心がけ、たとえ簡単に手に入れたものでも、無駄に浪費してはいけないのです。私の祖母がその昔このお話を私にしてくれたのは、例の意地悪婆さんが食べ物を浪費することを批難する気持ちがより強かったからでして、祖母のような老人にとって、食べ物を無駄に浪費する者は、天罰を受けなければならないのです。

二つめのお話は私たちに、約束は守れ、破ってはならないということを語っています。このようなお話は大変多く、日本にもきっと似たような民話があることでしょう。

社会がどのように変わろうとも、同情する心と憐れみの心、友情に忠実で、約束を守り、友だちを裏切らない、ということは人の大切な品性なのです。もしも人がこのような品性を失えば、恐ろしい世の中になってしまうことでしょう。

この二つのお話は、共に食べ物と関わりがあります。民話の中で食べ物と関わりのある物語はかなり多くの割合を占めておりまして、それは祖先が食べ物の確保に苦労していたことを物語っております。

私は二〇歳になるまでは、いつもお腹を空かしていたものですから、食べ物に対し特別な関心を持つようになりました。飢えた人が、食べ物に最も関心を寄せるのは当然のことです。私の小説にも食べ物と飢えに関する描写がとても多く、浪費や腐敗、贅沢に対する風刺と批判がとても多いのは、私が飢餓の道を一歩ずつ歩んできたからなのです。私には食べ物の大切さと食べ物を手に入れることの難しさがよくわかっているのです。

私が五、六歳のころ、つまり一九六〇年代の初めですが、それは中国では最も困難な時代でした。この時期には、私たちの村の子供は皆さんが写真で見るアフリカの子供と大差なく、骨と皮ばかりなのに、お腹が膨らんでいるのです。私たちは子犬のように村の中、野原の中を歩き回っては、食べ物を探しておりました。草の根、木の皮、昆虫は、すべて私たちの食べ物でした。あるとき、村の小学校に荷車一台の石炭が運ばれてきましたが、ひとりの子供がまずひとかけらの石炭を口に頬ばりまして、ガリガリ食べ始めたのです。すると私たちもワッと群がり、石炭を拾って食べ始めました。石炭を食べる感覚を私は今でもハッキリ覚えております。こんなお話をしますと、皆さんは私が小説を書いているのだと思うでしょうが、これは本当に起きたことなのです。

私が皆さんぐらいの歳のころ、中国ではいわゆる文化大革命が起きまして、私は本当の話をしたものですから、学校から追い出されてしまいました（そのころは、本当の話はできませんでした。皆が嘘をついていたのです）。私はひとりで草地まで牛の放牧に行き、一日の間、牛と一緒、誰も話す人はおりません。私は空の鳥と話し、牛と話しておりました。この時期に、あれこれ詰まらぬことを考える習慣が身に付き、大自然との密接な関係が結ばれたのです。牛はもちろん話せませんが、私はとても上手に牛の気持ちを察してあげました。幸いにもこのような暮らしは長くは続きませんで、さもなければ私は牛になっていたかもしれません。

幼年期の暮らしは、私が小説創作の道を歩み始めたあとは、貴重な資源となりました。私の小説には多くの植物が描かれ、多くの動物も描かれており、童話的色彩に満ちています。しかし私の小説で最も多く描かれているのはやはり牛でして、これもきっと私が牛を放牧していたことと関係があるのでしょう。

前に記者が私にインタビューで次のように尋ねました――莫言さん、もしも過去に戻ることが可能で、誰でもが自由に自分の暮らしを選べるとしたら、あなたは飢餓・孤独の少年時代を続けて選び、成長後に作家となる準備といたしますか。それとも幸せな幼少期を選びますか？　私は少しの迷いもなく答えました――もちろん幸せな幼少期を選ぶでしょう。作家になるかならないかは、大事なことではありません。しかも幼少期に不幸だった人だけが作家になれるというわけではないのでして、中国には今では一九八〇年代以後に生まれた子供が多くおりまして、彼らはみな一人っ子でありまして、小さいときから衣食に困ったことはなく、溺愛されておりますが、この子供たちの間から多くの若い作家が登場しています。当然のことながら、彼らが書く小説は、私のような出身の者が書く小説とは大きく異なっています。各世代にはその世代の現実があり、各世代にはその世代の幸福と苦悩がありますので、各世代はみな自らの文学を持つのです。ただし良き文学は、必ずや共通する本質を備えておりまして、つまり憐憫同情の心、人の運命に対し関心を寄せることであります。

私の今日の講演は、一九六〇年代から七〇年代にかけて中国で非常に流行した「思い出せ昔の苦しみ、感謝せよ今日の幸せ」運動のようでして、それは過去の苦しみを引き立て役として今日の幸せを際立たせ、人々に今日の暮らしを大事にさせるものです。ただし私にはこのような報告にはたいした効果がないことはわかっておりまして、そのわけは今の子供は衣食は足りてはいても、やはり苦悩があることを私は知っているからなのです。それでも私が思いますに、数十年前には、多くの子供が、皆さんには想像もできないような厳しい環境の中で生きていたことを、皆さんが知ることは、皆さんが自分の暮らしを理解する際に参考になるだろう、そうしてこそ私たちのために今日の暮らしを創造してくれた先輩たちに対する敬意と、私たちに食べ物と居住環境を提供してくれる大自然への敬意とを皆さんも抱くようになり、労働は栄誉であり、節約は人類の貴い品性であることがおわかりになり、そうであれば私も嬉しい限りであります。

外国18

わが文学の歩み

第一七回福岡アジア文化賞市民フォーラム　二〇〇六年九月一七日

この年、中国語圏の文化人としては、巴金、張芸謀、侯孝賢らに続いて莫言が福岡アジア文化賞を受賞した（香港の映画監督アン・ホイ（許鞍華）は二〇〇八年受賞）。この講演では、かつて大江健三郎が提起した「世界文学の一環としてのアジア文学を創造するという構想」に対する深い共感が語られている。

ご来場の皆様、こんにちは！

このような厳粛なる壇上に立つことができまして、非常に光栄に存じますと共に、福岡アジア文化賞審査委員会とこの文化賞を支持なさっている福岡市人民に心から感謝と崇高なる敬意を表します。

私は一九五五年に中国山東省高密の辺鄙で後進的な村に生まれました。今年でもはや五一歳となります。村人の考え方では、五〇歳は老人と言わねばなりませんが、私自身は常にまだ成長していない、人生の道はまだ長く、文学の道は始まったばかり、と思っております。これは非常におかしなことですが、小説家が童心を保てることは、良いことなのかもしれません。

私は以前アメリカで講演した際に、飢餓と孤独はわが創作の源泉と申しましたが、ここでも、この観点を繰り返さねばなりません。こちらにまいります前に、私の妻がこんな忠告をしてくれました——日本に行っても、子供のころにお腹を空かせていたことなんか言わないでね、他人様に笑われてしまうんだから。しかし再三迷った末に、やはりこの問題を話すことに決めたのは、この問題が私の作品を解読する鍵であるかもしれないからなのです。

私が五歳のとき、一九六〇年はまさに中国史に残る苦難の歳月でした。私の人生最初の記憶とは母が白い花が咲き誇る梨の木の下に座って、洗濯用の赤紫の棒を振るい、白い石の上の野草を叩いている光景なのです。緑の汁が地面に流れ落ち、母の胸のあたりに飛び散りまして、空中には野草の汁の苦い味が広がっておりました。あの棒が野草を叩くときに鳴る音は、くぐもっており湿っぽく、私の心は聞こえるたびに縮みあがったものです――それは音があり、色があり、匂いがある画像でして、私の人生における記憶の原点であり、私の文学の道の原点でもあるのです。私は耳と鼻と目と身体とにより現実を理解し、事物を体験したのです。私の頭の中の記憶は、すべてこのような音があり、色があり、匂いがあり、形がある立体的な記憶であり、生き生きとした総合的イメージなのです。このような生活体験と事物の記憶の方法は、あるところまで私の小説の姿と特徴とを決定しました。この記憶の画像の中で忘れがたきは、満面愁いを浮かべた母が、辛い仕事の最中に、ふと口ずさむ歌でした。当時は、私どものように人が多い大家族では、最も辛い仕事をしていたのは母でして、飢餓に最も苦しんだのも母でした。母が野草を叩きながら泣いたとしても無理からぬことですが、母は泣くのではなく歌を唱っていたのでして、このディテールは今日に至るも、私にはその意味することがよく理解できないのです。私の母は学校に行ったことがなく、文字も知らず、生涯出遭った苦難は、誠に言いつくせないものがございます。戦争、飢餓、疾病、そのような苦難にあって、どのような力が母の命を支え、空っぽのお腹をグーグー鳴らしながら、病に苦しめられながら、なおも歌を唱えたのはどのような力によるのでしょうか。母の生前に、私はこの問題を聞いて見たいと思い続けておりましたが、いつもそんなことを聞く資格は私にはないと感じておりました。あるときには、村で数人の女性が続けて自殺したことがあったので、私はわけもなく巨大な恐怖を覚えたものです。そのときはわが家が最大の困難を迎えていた時期でありまして、父は無実の罪に落とされ、家の貯蓄食料は残り少なく、母は昔の病が再発したのに医者に見てもらうお金がありませんでした。私はいつも母が自殺の道に走るのではないかと、心配でなりませんでした。私は仕事から帰るたびに、門を入るなり大声で母を呼び、母の返事が聞こえると、岩が地面に落ちたような感覚を覚えたものです。あるとき、仕事を終えて帰宅するとすでに夕暮れ時で、母を呼ぶ私の声に返事がなく、私は大急ぎで牛小屋から粉挽き場、トイレを探しましたが、母の姿は見当たらないのです。私は最も恐れていたことが起きたかと思い、思わず大泣きしました。このとき、母が外から戻って来たのです。母は私の大泣きに大いに不満で、人とりわけ男というものは簡単に泣くもんじゃないという考えなのです。そして母は何を泣いているのかと尋ねました。私は言葉を濁し、とても母には自分の恐れを話せません。母は私の心がわかって、こう言いました。――息子や、安心しな、閻魔様がお呼びでない限り逝ったりはしないからね。

母は静かな口調で語りましたが、私は急に安心感と未来に対する希望を手にしたのです。何年かののち、私は母のこの言葉を思い出したとき、胸は感動でいっぱい、それは心配で気が気でない息子に対する母の荘厳なる約束であったのです。生きる、どんな苦難があろうとも生きるのだ！　今では、母はすでに閻魔様に呼ばれて逝ってしまいましたが、母のこの言葉に含まれる苦難を面前にしても必死で生きて行く勇気が、永遠に私と共にあり、私を励ましてくれるのです。

この講演原稿を書く合間に、テレビをつけたところ、ちょうどイスラエルの重砲がベイルートを砲撃している画面が現れました。硝煙が立ち込める中、やつれた顔立ちの、身体中泥だらけの老婦人が小屋から小さな箱を運び出してきまして、箱には緑のキュウリ数本と緑のセロリ数株が入っています。彼女は道のかたわらに立って野菜売りの声を挙げます。記者がカメラを向けると、彼女は高く腕を挙げ、しゃがれた声ながら異常にしっかりした声で語りました。

私たちは先祖代々この土地で暮らしてきたんだ、ここの砂土を食べてでも、私たちは生きていけるんだ！

老婦人の言葉は私の心を揺り動かして、女性、母親、土地、生命、これらの偉大な概念が沸騰する私の頭の中でグラグラと煮え立ち、私は消すことのできない精神的力を感じたのでして、このような砂土を食べてでも生き続けるという信念こそが、まさに人類が次々と苦難に遭いながらも生き抜いてきたことを根本において保証しているのです。このような生命に対する愛惜と尊重とは、まさに文学の魂でもあるのです。

一九六〇年代初期のあの飢餓の歳月において、私は飢餓のために人格の尊厳が失われた多くの情景を見ておりまして、たとえば一切れの豆糟玉〔肥料・飼料用〕欲しさに、子供たちが村の食糧保管係を囲んで犬の鳴き真似をいたしました。保管係が、真似が一番上手な者に豆糟玉を褒美にやると言うのです。私も犬の鳴き真似をした子供の一人でした。みなが上手に真似ました。すると保管係はその豆糟玉を遠くに放り投げたので、子供たちは一斉に駆け出し豆糟玉を奪い合ったのです。この情景が父に見られてしまったのです。帰宅すると、父は厳しく私を叱りました。お爺さんも厳しく私を叱りました。お爺さんはこう言ったのです――口は一つの通り道、山海の珍味だろうが、草の根や木の皮だろうが、腹に入れば同じこと、何で豆糟一玉のために犬の泣き真似なんぞするんだ。気骨を確かにに持つんだ！　二人の言葉に、当時の私が納得しなかったのは、山海の珍味と草の根や木の皮は腹に入っても異なることを私は知っていたからなのです。それでも私には二人の言葉に尊厳があるように感じられた、それは人の尊厳であり、また人の品格でもあるのです。人は犬のようには生きられないのです。

私の母の教育は、苦難を耐え忍び、挫けることなく生きていけ、というものでした。父とお爺さんの教育はは尊厳を失うことなく生きていけ、というものでした。彼らの教えを、当時の私はよく理解はできませんでしたが、私が重大事件に直面した際の判断の基準となりました。

飢餓の歳月は人間性の複雑さと単純さとを体験させ洞察させ、私に人間性の最低基準を教えてくれたほか、私に人の本質のある面を見させてくれまして、何年ものちに、私が筆を執って書き始めたとき、これらの体験は、私の貴重な資源となりまして、私の小説にはそのため残酷な現実描写と暗い人間性に対する情け容赦ない解剖がこれほど多いのでありまして、それは過去の生活体験とは切っても切れない関係があるのです。もちろん、暗黒な社会と残忍な人間性を暴露するとき、私は人間性中の気高い尊厳を有する一面も忘れてはいない、それは私の両親、祖父母と彼らのような人々が私のために立派なお手本を示してくれたからなのです。このような普通の人の貴き品性は、民族が苦難の中にあっても堕落しない根本的な保障なのです。

私が小学五年生になったとき、言ってはならないことを言ったために、学校から追い出されました。そのときの私はわずか一一歳でしたので、重い労働には加われず、荒地に牛や羊の放牧に行くしかありませんでした。牛や羊を追いながら学校の門の前を通ると、私と同年齢の子供たちが校内で楽しそうに騒いでいるのを見るとき、胸のうちは名状しがたい苦しみであふれていました。私はとても強く勉強したいと望んでいましたが、すでに就学の権利を奪われていたのです。荒地に着くと、私は牛を放ち、牛たちに草を食べさせます。青空は海のよう、草地は果てなく広がり、回りには人っ子一人もおりません。人の声も聞こえず、ただ鳥が天上で鳴いているだけなのです。私はとても孤独で、とても寂しく、胸の中は空っぽでした。あるとき草地に寝転んで、ゆっくり流れる天上の雲を眺めていると、頭の中には次々と不思議な幻影が浮かんできました。私たちの地方には狐が美女に化けるという伝説がたくさんありまして、私は一匹の狐が美女となり私の放牧の連れ合いになってくれればよいと願いました。しかし彼女が現れることはついぞありませんでした。ときには私は牛のかたわらにしゃがみ込み、真っ青な牛の目と牛の目の中の自分の逆さ影を見ていました。ときに牛が私を押しのけたのは、草を食べるのに私が邪魔だったからです。ときには私は鳥の鳴き声の真似をして天上の鳥と話そうとしましたし、ときにはなおも草を食べている牛と話そうとしましたが、鳥は私には応えず、牛も私には応えません。私は幻想を続けるしかありませんでした。何年もあとに、私が小説家となると、当時の多くの幻想は、すべて小説の中に書き込まれたのです。大勢の方が想像力豊かと私を褒めて下さり、中国で最も想像力のある作家と大げさなことを言う人まで現れまして、文学愛好家には、想像力培養の秘訣を教えて欲しい、と頼む方たちもおられますが、これに対し、私は苦笑をお返しするばかりなのです。

以上飢餓と孤独と私の創作との関わりについて簡単に述べましたので、次に、なぜ私が執筆するのかという問題についてお話ししましょう。前にもお話ししたことがございます。

私の最初の創作の動機は、高尚でもなく厳粛でもありませんで、前にも申しましたように、私が創作せんとした理由は、一日三度餃子を食べる幸せな暮らしを送りたかったためなのです。申し訳ありません、またもや飢餓と食べ物の話になってしまいました。やはり前にも申しましたように、創作の理由は、ちょっとばっかり原稿料稼ぎをして、革靴を買い、腕時計を買って、故郷に帰ったら娘さんたちに注目してもらおうと思ったのです。相変わらず通俗的、功利的で申し訳ありません。しかし時の経過と共に、私はすでに一日三度餃子を食べる夢を実現する条件を備えておりますし、革靴を履きたいとか腕時計をはめたいとかは思いませんが、私の執筆は今に至るまで続いておるのですから、やはり、いったい何が私の真の執筆目的か、をまじめにじっくり考えなくてはいけません。私は数十年来の創作経歴を回想して、目下の創作と心理状態とを観察しますと、次のような結論を得られます。私の真の創作動機は、心に言いたい話があり、小説の方法を使って、私の内心奥深くの社会と人生に対する真の考えを表現したいことにあり、これは第一回福岡アジア文化賞を受賞した中国作家の巴金〔パーチン、はきんまたはぱきん。一九〇四～二〇〇五）さんが晩年に大いに提唱した「真実を語って、心を読者に渡す」ことでもあります。他に私が思いますに、小説という芸術ジャンルに惚れこんで探険家のように実験と新基軸を繰り返すことも、私が絶えざる創作を支える力の源泉でございます。

私は幼少期から真実を語る勇気は少なくなく、真実を語るのが私の天性とさえ言えるでしょう。しかし私の勇気と天性とは少年時代に挫折し抑圧を受けました。それはひと言でも言い間違えれば災難に見舞われる時代でしたので、私の母は私の話し好きの天性をとても心配したもので、何度も言葉を謹むようにと注意していたものです。これもその後に私が「莫言」（言う莫《な》かれ）と名前を改めた理由なのです。私は名前を改めましたが、天性は改まっておらず、一度筆を執れば、言葉は堤を決壊させた河のように滔々と流れ出て来るのです。私が思いますに、少年時代に減らした言葉は、すべてその後の創作で、元を取っただけでなく、利息までもらっている、と思っています。

私の少年時代から、社会には、そして各家庭も含めて、二つの言語体系があると、私は感じております。この現象は数十年続いており、今に至るまで完全には消去されてはおりません。人々は公開で話すことは、体裁のよい嘘でありまして、明らかに身を包む服がなくとも、お腹いっぱい食べられずとも、美しく幸福な暮らしであると賛美し、明らかにある人たちに対し感激で胸がいっぱいでも皆の前では畜生にも及ばぬと罵り、明らかにある人たちに対し恨み骨髄に入るほどでも恩徳に感謝するのです。家の中に入り、自分の家族と向き合ってから、人々は事物の真実の面貌と一致する真の言葉を語り始めるのです。相当長期間、はなはだしきは現在に至るまで、嘘、中味のない話、法螺話が奨励され激励されてきたのです。そして真実を語ると圧制や打撃、残酷な迫害を受けるのです。そのためたとえば一畝《ほ》〔六・六六七アール即ち一五分の一ヘクタール〕の水田で六〇トンの米が取れるというようなデタラメを全社会にあふれさせ、多くの人から真実を語る勇気と能力を奪い、このため社会全体をペテンだらけにしてしまい、事実の真相は歪曲され、遮蔽され、このような社会環境で生じる文学も、ただ虚偽の文学だけなのです。そしてこの現実扮飾の虚偽文学は、長期にわたり文学の中心的地位を占めており、一九八〇年代に至り、私どもこの一団の作家が頭角を現したのち、この現象はようやく次第に是正されたのです。

私が一九八五年に中篇小説「透明な人参」を発表して文壇に登場してから、今年長篇小説『転生夢現』を発表するまで、二十余年来、私の創作に対し、常に激しい論争がございます。賛美する方は私が中国文学の新時代を切り拓いたと考えますが、批判する方は私の作品は残酷さを描き醜悪さを暴露している、そして美と理想を欠いていると考えます。私は批判を歓迎しますが、無闇に従うことはございません。私が思いますに、残酷さを描き醜悪さを暴露するのは作家の良識と勇気の表現でありまして、現実と人間性の中の暗黒を正視してこそ、光明と美とを明示でき、人々に現実の暗い雲霧を通して理想の光芒を見せることができるのです。

当然のことながら、私の小説が賛美と批判とを引き起こす原因は私が恐れ知らずに社会と人生との真相を描くためだけではなく、私が大胆に欧米あるいは日本の文学の技巧を参考にし学んでいることもございまして、夏目漱石、川端康成、谷崎潤一郎、三島由紀夫ら日本文学者の作品は、それぞれ私の創作に対し積極的な、さらには啓蒙的な影響を与えております。何度もお話したように、川端康成の小説『雪国』の一文が私のインスピレーションを強く刺激して、私に「白い犬とブランコ」という小説を書かせたのでして、まさにこの小説の中で、初めて「高密東北郷」という文学的地名が現れたのです。それ以来、私は役者が広い舞台に上がった如く、貧しい子供が宝の蔵を開く鍵を手に入れた如く、でございました。書きつくせぬ物語は、わが文学の里である高密東北郷から河の流れのようにほとばしります。私と私の同伴者たちの気合いの入った新基軸は、一九八〇年代中国の文学革命を引き起こしたのです。多くの批評家が私の創作に注目し、私の創作を研究しては、私を「ルーツ文学派」に分類する者、「アヴァンギャルド派」と規定する者、中国の「新感覚派」と考える者、そして中国の「魔術的リアリズム」と考える者、さらには中国の「意識の流れ」〔ジェイムズ・ジョイス、フォークナーらが用いた内的独白の手法〕と考える者もいますが、私は絶えず変わり続けておりまして、彼らの定義を不完全なものにしてしまうのです。私は彼らの網には捕らわれたくない魚なのです。

西側文学に広く学びこれを参照する段階を経たのち、私は意識的に目を中国の民間文化と伝統文化に向け始めましたが、それは西側に学ぶことの否定ではなく、さらに一歩踏み込んだ肯定なのです。広く深く西側文学の歴史と現状とを理解して初めて、改めて中国文学の参照体系を認識できるのであり、比較の中から東西両方の文学の共通性と特殊性とを発見できるのであり、創意性に富んだ中国的でもありアジア的世界的でもある文学を書けるのです。

大江健三郎さんは十数年も前に世界文学の一環としてのアジア文学を創造するという構想を提起しました。これは世界的高みの文学的視点を備えており、その内部は豊かな弁証法に満ちております。大江健三郎さんの観点と福岡アジア文化賞の趣旨とは期せずして一致しており、共に広範な交流を基礎として民族と地域との文化的独自性・多様性を保存継承した、そして世界文化の共同性と普遍性を備えたアジア文化の建設を提唱しているのです。これは保存と創造、継承と発展との統一であります。私が思いますに、人類社会の根本的目的とは、単に古きものを保存するだけではなく、さらに大事なことは新しいものを創造することでございます。十分に交流し、学び合うことにより、初めて新しい文化と芸術を創造できるのです。今世紀において、アジア文化は必ずやさらに大きな影響力を備えるに違いなく、アジア文学の重要な一部分であります中国文学も、必ずや世界文学の重要な一部分となりまして、中国文学の繁栄は、世界文学の構造を改変するものと、私は信じております。

ご来場の皆様、現在多くの矛盾を抱え、危機に囲まれた世界において、文学の影響力は日ごとに衰えておりまして、それは痛ましくそして変えようのない事実です。文学にはイスラエルとアラブ世界との衝突を解決できず、テロを制止することもできず、アメリカをイラクから撤退させることもできず、朝鮮とイランとの核兵器実験を停止させることもできません。世界の数多くの問題に対し、文学は無力でありますが、文学は自分から退席すべきではなく、文学者は洞窟に退去して自らを守ることはできず、文学者はこの世界で発生するすべてのことに積極的に注目し、さらに文学の方法により自らの見方を発表していくべきなのです。文学者は全人類的な高みと立場とに立ち、人類の前途と運命を考え、そして自らの声を発するべきなのです。当然のことながら、この声は非常に小さく、人に嘲笑されることさえあるでしょうが、もしもこの声が消えてしまえば、この世界はさらに単調なものへと変わってしまうことでしょう。

外国19

ディアスポラと文学

韓国全州アジア・アフリカ文学祭　二〇〇七年一一月九日

この講演で莫言は、自分たちは「物質的に相対的に後進の国に暮らしておりますが、それと同時に独自のぶ厚い文化的資源を占有してもおります」「世界文化からも栄養を吸収し、わが頭脳を豊かにすることができる」ことを述べて、「ディアスポラというテーマから、理解と尊重、寛容とを得て、全人類のものである文学を創作」しようと呼びかけている。

友人の皆さん、今回のアジア・アフリカ文学祭に参加できましたことを、大変光栄に存じます。英米文学を学んでいる私の娘が申しますには。diaspora の本来の意味は外地に離散したユダヤ人でしたが、その後広く国家あるいは民族の外地に散居する人も意味するようになったとのことです。このため、単に「離散」という言葉を使いますと、完璧に diaspora の原義を代表できるわけではございません。diaspora は確かに今日の世界に普遍的に存在する現象であり、この現象と文学との関係という研究は、確かに重要なテーマです。

この講演原稿を用意するために、私は特に『聖書』を読んでみたところ、その中の詩句に感動いたしました。

「われらバビロンの河のほとりにすわり　シオンをおもひいでて涙をながしぬ／……われら外邦にありていかでヱホバの歌をうたはんや／ヱルサレムよもし我なんぢをわすれなばわが右の手にその巧をわすれしめたまへ／……もしわれヱルサレムをわがすべての歓喜の極みとなさずばわが舌をわが腭につかしめたまへ」〔『旧約聖書』詩篇一三七篇〕。

これは最も早い、最も古典的なディアスポラ文学に違いなく、涙で浸した詩句であり、母国に対する最も深い思いなのです。

今年の九月、私は中国を訪問したイスラエル作家のアモス・オズ（Amos Oz）と対談しまして、二人で互いの作品を読んだ感想を話し合いました。彼が申しますには私の作品から中国農村生活の画を読み、中国下層民の苦悩と歓びを感じたとのことでした。私が申しましたのは彼の作品からイスラエルというこの国の今日の世界における困難な状況とユダヤ民族の災難の多い歴史を読み、柳絮のように世界各地に飛散したユダヤ人の悲劇的運命を読んだというものです。もちろん私は彼が小説で表現している理知と寛容も読んでおります。アモス・オズのような作家は数千年来終始ディアスポラにあったユダヤ民族の文学的代言者の一人であり、彼の文学とは、典型的なディアスポラ文学なのだと思うのです。

ディアスポラは永い年月続いてきた人類の苦境です。この苦境とはある民族の苦境であり、ある家、ある人の苦境でもありえます。このような苦境を作り出す原因は戦争、天災飢饉、疫病などの抵抗できない外的な力であるのかもしれませんし、ある家、あるいは個人の主体的な選択であるのかもしれません。しかしいかなる原因で引き起こされたディアスポラであろうとも、それはすべて文学の一つの永遠の主題であり、文学的感情を育てる温床であり、世界を観察する文学という目なのです。

今日の世界文学の版図において、ディアスポラの境遇に身を置く一群の作家は綺羅星のように輝いております。インド・パキスタンを原籍とし、現在はイギリスに住むサルマン・ラシュディー、トリニダード・トバゴを原籍とし、現在はイギリスに住むV・S・ナイポール、日本を原籍とし、現在はイギリスに住むカズオ・イシグロ、ロシアを原籍とし、現在はフランスに住むアンドレイ・マキーヌ、ナイジェリアを原籍とし、現在はアメリカに住むチヌア・アチェベ、南アフリカを原籍とし、現在はオーストラリアに住むクッツェー、中国を原籍とし、現在はアメリカに住む哈金《ハジン》、アフガニスタンを原籍とし、現在はアメリカに住むカーレド・ホッセイニ等々です。

これらの作家は、世界文壇において巨大なる名声を得ております。彼らはディアスポラの境遇により、怒濤の創作エネルギーと豊富な創作資源を得まして、世界にその名を轟かせる文学作品を書いたのです。彼らは身を異国他郷に置きながら、描くものは自らの母国の過去であり、用いるのもやはりほとんどが彼らの母国の歴史的文化的資源でありまして、これにより彼らの作品は、西側作家とはまったく異なる個性的特徴と民族的特色とを備えており、読者の興味と批評界の関心とを引き起こしたのです。このような作家とこのような創作とが、すでに世界的な文学現象となっていることは、真剣に考察し研究すべきでしょう。

人類に一般的な感情から申しますと、ディアスポラの境遇が最も容易に生み出す感情とは懐かしさです。世界文学の浩瀚な大洋にありまして、懐郷、家族への思い、別れを悲しむ作品は、相当大きな比重を占めています。中国にせよ韓国にせよその古典作品は、濃厚な郷愁にあふれています。人々はディアスポラの境遇において、常に故郷の理想化を願い、常にかつて存在し自分を傷付けんばかりであった醜悪を忘れ、理想の花輪で、自らの懐郷の思いを飾らんと願うのです。

文学の発展と人間社会の変化に伴い、人々は、特にディアスポラの境遇に身を置く作家たちは、すでに熱い涙を浮かべて自らの母国と郷里とを見つめることには満足できず、すでに母国と郷里とに対する描写を浅はかな賛美に留め置くことには満足できないのです。これらのディアスポラの境遇に身を置く作家たちは、二つの文化の比較において、視野を広げ、精神的領域を切り拓いているのです。これらの作家の父母の国は基本的にアジアとアフリカの発展途上国でありまして、はなはだしきは前近代的で後進的な状況にあります。しかし彼らは西側先進国で近代的教育を受け、西側言語による会話と執筆に熟達しており、西側社会に対しご当地の人に劣らず、はなはだしきはご当地の人よりもさらに深く理解しているのです。しかし彼らのルーツはここにはありませんで、西側の人と比べて、彼らは永遠に精神的外来者なのです。彼らの血の中をめぐる文化的遺伝子は彼らのアジアあるいはアフリカにある母国に由来するものであり、彼らの深層心理の構造と文化的記憶は彼らの民族に由来するのです。このような文化的心理的矛盾が彼らを動かして時々刻々と比較を行わせるのであります。比較において彼らは西側文明と母国の後進性を発見し、また西側の偽善と母国の純朴とを発見するのです。彼らは実は永遠に二つの文化の圧力と衝突との間にあり、このために真新しい眼差しを獲得できるのです。この眼差しはすでに単純な郷愁でウルウルした眼差しではなく、冷静で批判的な眼差しなのです。これにより、彼らの創作は真新しい気概を見せているのです。このような文学はすでに安易に東方や西方に帰属できる文学ではなく、それは越境した文学であり、境界を跨ぐ文学であり、周縁の文学にして中心の文学でもあり、新しいタイプの世界文学なのです。このような文学においては、母国あるいは郷里に対する描写は、すでに賛美や懐郷を超えておりまして、グローバルな文化的視点による醒めた観察なのです。ここには西側社会に対する描写は多くはありませんが、西側文化の影響は行間から滲み出ているのです。ここでの批判は母国に向けられているだけではなく、西側にも向けられているのです。実は、これらのディアスポラ作家は、相対的中立の立場に立ちながら、相対的客観的に二つの文化、二つの価値体系の対立と衝突、浸透と融合を描いているのです。このため、このような文学は必然的に歴史的政治的意味を含んでおり、必然的にグローバリゼーションの状況において、文化的植民と反植民との闘争状況を反映しているのです。しかしここでは明らかな価値判断はないようで、これらの作家が完成するものは描写と明示にすぎず、したがって文化的意味においては、先進と後進との境目は常に明確ではありません。

現在の世界文壇において大いに異彩を放つディアスポラ文学が表現する母国と郷里とは、実はほとんどが作者の母国と郷里とに対する想像であります。幼少期の記憶と先輩の口頭叙述を基礎とする想像もあれば、作者の自らの記憶に対する故意の「歪曲」もあり、このような故意の「歪曲」は民族主義者批判を免れがたく、作家がこのようにするのは西側のご機嫌取りのためであると見なされてしまうのですが、私たちはこのような母国と郷里とに対する「歪曲」を文学的必要性と見なしたいものでして、その読書効果も積極的、正面的となることでしょう。

新しいディアスポラ文学の中の母国と郷里とは、作者の芸術創造であるべきでして、作者の真実の父母の国との間には巨大なる差異があるのです。これは真の超越であり、文学の革命であり、このような文学を通じて、ディアスポラ作家たちは西側の読者に対してだけでなく、全人類に向けて、広大な真新しい大陸を献げることができるのです。このような大陸は現実の地球において占めるべき場を持ちませんが、文学の世界においてのみ、存在が可能となるのです。

科学技術が日進月歩し、グローバリゼーションの波が荒れ狂う今日、母国と郷里との意味にも深い変化が生じています。ある意味において、私たちはみなディアスポラの民でありまして、いつまでも変わらぬ郷里はもはや存在しませんでして、いわゆる永遠の郷里とは、幻想にすぎず、帰郷とは、もはや実現しえぬ夢なのです。私たちの郷里は想像の中にあり、また私たちの追求の道の上にあるのです。このため、私たちはみなディアスポラ作家と言えるのでして、私たちが描く作品は、ディアスポラ文学の大きな範疇に入れられるのです。私たちは自らの想像と情熱とにより、私たちの郷里を虚構しております。私たちも母国と郷里のテーマを借りて、人生と社会とに対する考えを表現しているのです。

私たちアジアとアフリカの作家は、物質的に相対的に後進の国に暮らしておりますが、それと同時に独自のぶ厚い文化的資源を占有してもおります。私たち中国の前の指導者であった毛沢東は世界の国を「三つの世界」に分けましたが、文学の版図には、一つの世界しかないのです。私たちは西側先進国で暮らすディアスポラ作家のように「身は西側にあれど、心は祖国を思う」ことはできませんが、情報化時代は、すでに私たちが「身は祖国にあれど、心は世界を思う」ことを可能としているのです。私たちはわが祖国とわが民族の現実から創作資源を得られるだけでなく、世界文化からも栄養を吸収し、わが頭脳を豊かにすることができるのです。作家は国籍を持ちますが、文学には国境はありません。私たちはディアスポラというテーマから、理解と尊重、寛容とを得て、全人類のものである文学を創作できるのです。

外国20

『韓国小説集』私の読み方

第一回韓日中　東アジア文学フォーラム　二〇〇八年一〇月一一日

この講演より一八年前のこと、莫言は露店の古本屋で偶然にも『南朝鮮小説集』を手に入れていた。それは一九八三年上海訳文出版社刊行の現代韓国文学アンソロジーで、一七篇の作品が収録されていた。これが莫言の韓国文学との初めての出会いである。韓国と日本の作家たちを前にして、莫言は同書の作品を一篇ずつ読み解きながら、韓国庶民の戦後史をたどり、小説創作の方法を語っている。

一九八三年二月、上海訳文出版社が四七万字もの長篇『南朝鮮小説集』を刊行、その中には一六人の作家の一七篇の作品が収録されていました。これはおそらく韓国文学の中国における最初の集中的紹介でございます。奥付からは、この本が三万九千冊印刷されたことがわかります。これは今日でも、大変な部数です。同書の奥付には「内部発行」という言葉も注記されております。それが意味することは、同書が新華書店で社会大衆向けに発売されたのではなく、いわゆる「内部書店」を通じて、一部の機関の図書館と一部の特殊な身分を持つ読者とそれなりの等級の官僚向けに発売されたということです。このような現象は中国では長年続きまして、「文革」中であっても、一部の専門スタッフが、外国で反響の大きい作品を中国語に翻訳し、内部発行の形式で一部の人の「批判的閲覧」に供していたのです。もっともこのようないわゆる「批判的閲覧」がその時代に特権と見なされた「内部映画鑑賞」と同様に、結局はどのような効果を発揮していたのか、知るよしもございません。

あらゆる「内部発行」書籍と同様に、同書の巻末には長ったらしい「翻訳後記」が付されており、それは実は訳者が当局の意志に従い、たとえこれら特権的読者であっても安心してはならないという案内ふうの解説で、これには当然のこと訳者と出版側の保身の意味も込められています。そのころ、中国はなおも韓国を「南朝鮮」と称していました。この翻訳後記はまず簡単に朝鮮半島の近代史を紹介し、南朝鮮人民のアメリカと南朝鮮政府との統治下における苦しい暮らしを描き、さらに慣例に従い「圧迫あれば反抗あり」と南朝鮮人民が革命に立ち上がることに希望を寄せているのです。そのあとに、訳者はようやく南朝鮮の文学的状況の紹介を始めています。全頁にあの時期の中国で流行っていた政治的批判の術語が充満していますが、それでも読者はなおもその中から南朝鮮文学発展のおおよその輪郭を理解できるのです。

私は一九九〇年にある露店の古本屋でこの本を買いました。本の扉の頁にはある機関の図書館の紅鮮やかな印章が押されていました。この本を買ったのは私が南朝鮮文学に関心を抱いていたからではありませんで、同書表紙のデザインがとてもお洒落でしかも値段もとても安かったからでした。同書購入後、私はパラパラとめくるつもりで読み始めたのですが、たちまち引き込まれていくとは思いもよらず、思わず一気呵成に読み終えてしまったのです。この本が私に、韓国文学は非常に豊富という印象を与えましたのは、老世代作家の作品は生活の息吹が濃厚であり、人生と現実に関心を寄せ、深い批判の力量を備えていたからです。やや若い韓国作家は六、七〇年代の創作で、すでになかなかアヴァンギャルドでありまして、彼らがすでに西側文学に学びこれを参照したことが見て取れました。中国作家が一九八〇年代に努力したことは、実は韓国作家たちがすでに歩いた路をたどり直すことだった、とも言えるでしょう。

本書の巻頭作品は「船歌」で、作者は金東仁、もしもこの方が健在でしたら、一〇八歳のご高齢のことでしょう。たとえ彼がすでに逝去なさっていたとしても、中国から来た作家が彼の作品について語っていると知ったら、お喜びのことでしょう。良い作品さえ書けば、人は死んでも、本は生き続ける――これもおそらく作家という職業の者が自らを慰める言い方なのです。作家の命は、本の中で生き延びる、とも言えるでしょう。これはなかなか優美な小説でして、冒頭からたっぷりと抒情と風景描写が続き、その後もの悲しい歌声により、船頭が彼の悲惨な物語を語り始めます。彼は自分で自分の暮らしを破壊してしまったのです。本来は美しい妻を持ち、家庭も裕福で、夫婦は仲むつまじかったのです。しかし愛するが故に嫉妬し、彼はなんと妻と弟との不倫を疑い、何度も妻を苦しめ、殴っては、そのたびに後悔し、懺悔しますが、ついに彼の妻は耐えきれず、海に飛び込み自殺してしまうのです。この人はそれ以来苦悩と悔恨の中、酒で憂さを晴らし、船歌を唱いながら、各地を流浪するのです。この小説は、朝鮮文学の古典的美学の風格を備えており、古典的文学の『春香伝』と「パンソリ」の上演形式と血縁関係があり、私に中国の幾つもの似たような民間伝説を連想させます。そのような物語では、美しく善良な女性が、常に男性の嫉妬のために犠牲となるのです。そして女性を滅亡させた男性も、いつまでも後悔しながら余生を送るのです。これはどの民族にもある物語の原型です。この一九二〇年発表の小説は、今に至るまでその純正で優雅な古典美により、私のような読者を感動させているのです。

「白痴のアダダ」は本書の第二作目として収録された小説でして、作者は桂鎔黙です。この小説は同情の筆致にあふれており、一人の女性の悲惨な境遇を描いております。アダダは口の不自由な女性ですが、心は純潔善良です。彼女はまず貧乏人に嫁いだところ、その後夫がお金儲けして他の女性を囲い、それからというもの彼女は夫とその家族に虐待され、ひどく殴られ、ついに実家へと追い払われてしまいます。実家に帰ると、母も彼女を罵り続け、ひどく殴るのです。その後、水龍という年老いた独身男が彼女を引き取ります。水龍は小金を貯めており、幾らかの水田を購入し、アダダと仲よく暮らそうと思います。ところがアダダは、まさにお金のために夫が悪くなったことに考えが及びます。そこで彼女は水龍のお金を海に棄ててしまいます。怒った水龍はアダダを海に蹴り落とし溺死させてしまうのでした……この小説も、原型的意味あいを持つ小説でして、世界各国どこも文学の代表作中には、アダダのような人物がおります。

「碑名のない墓碑」は本書収録の第三作目の小説で、作者は金利錫です。本作は徳求という名の人力車夫を描いております。マラソン大会で三位となると、賞品は三枚の大きな布。思いもよらず妻が亡くなり、この布は妻の遺体を包む布となります。妻の死後、徳求は七歳の娘の桃花と一緒に暮らします。毎年、中秋節がめぐってくると、徳求は娘を連れて妻の墓参りに出かけます。彼はいつも妻の墓前で焼酎を一瓶飲み干します。帰るときにはいつも桃花が片手に焼酎の瓶を持ち、片手で酔っ払ったお父さんの手を引くのです。父と娘とは助け合って暮らし、苦しい生活を送ります。その後、徳求は人力車に娘を乗せて雪の上を走るうちに、不幸にも交通事故を起こしてしまい、徳求は亡くなり、桃花は重傷を負ってしまうのでした。これも無名の人の悲惨な暮らしを描く物語です。しかし徳求は困窮していても、心のうちの善良さを保ち、気高い気品は黄金のように輝いております。小説で徳求が娘を乗せて雪の中を走り回る場面と桃花が父の墓前で松の木を叩く描写とは、特に優れており、読者の胸を打つだけの力を備えているのです。

「母屋の客とお母さん」と「誠の愛」は共に朱耀燮さんの作品です。朱さんは昔、上海の滬江大学を卒業し、北京の輔仁大学で一〇年ほど教えていたので、彼の小説の多くは中国の日常生活を舞台としています。「母屋の客とお母さん」は六歳の女の子の口ぶりで書かれています。女の子が見たり聞いたり感じたことを通じて、美しい寡婦が封建的な閉塞した社会で、重圧を背負い、霊と肉との衝突の中で最後に失敗する物語です。このような物語はやや紋切り型ですが、暮らしの気配を色濃く漂わせておりま す。お母さんが月明かりの中で琴を弾く場面は大変美しい描写です。「誠の愛」は明らかにオーストリアの作家ツヴァイクの名作「見知らぬ女の手紙」の影響を受けておりまして、作品の構成、登場人物の人生と運命の結末は、みなツヴァイクの例の作品によく似ています。名作の模倣、あるいは無意識のうちに名作の影響を受けることは、明らかに文学交流において必然的に生まれる現象なのです。私が読んだ範囲でも、ツヴァイクのこの小説を模倣した小説は実にたくさんございます。中国にもあり外国にもあります。私自身の処女作「春の雨降る夜に」もこの小説の影響を受けております。なぜツヴァイクの小説にはこれほど模倣する人が多いのでしょうか。私が思いますに、一つにはこの小説は深い感動を呼び起こすからであり、二つにはこの小説が書簡体を用いているからです。書簡体は胸のうちを率直に描けますし、書簡体ですと構成に縛られず、書簡体によれば自由に展開できるのです。小説が書けない人は幾らでもおりますが、手紙を書けない人はほとんどおりません。そのため、手紙を書くように小説を書くというのは、初心者にとっては最も容易に事柄の感覚をつかみやすいのだ、と思います。このため、皆がツヴァイクを模倣するのは必然的なことなのです。しかし朱さんのこの小説にはやはり独自の価値がございます。この小説は韓国の現実に基づき、本当の韓国の物語を語り、あの不穏な歳月において、俗世に迷う韓国女性の感情と運命とが、いかに国家と民族の運命と入り交じるかを描いているのです。

一八九七年生まれの廉想渉さんは、一九六三年にすでに逝去されました。しかし彼の小説「両者の破算」は今も読まれているのです。この小説は小さな文具店の店主が、高利貸しの圧迫によりついに破算するという物語です。小説は決まりに従い、世故にたけている零細商人の貞礼媽と高利貸しの金玉仁のイメージを生き生きと描いておりまして、技量の高さがよくわかります。作者は世情に精通しており、拝金主義の横行を批判し、経済的には破産するものの、人格的には光栄ある勝利を得る貞礼媽を力を入れて描いております。達観した態度で現実を見つめ、絶望の中に希望を見出す、これこそ真のリアリズムなのです。次の作品は「古壷」という題名で、作者は朴栄濬、一九一一年生まれです。訳者による紹介は、本作を朴さんの短篇代表作としています。高麗磁器への賛美を通じて、世間の古代文化に対する軽視を悲嘆しておりまして、同時に報道界の低俗な投機主義、虚偽を暴露しています。本作が暴露する問題は、数十年前の韓国だけでなく、今日の中国にも普遍的に存在しているのです。このため読み始めると大いに共鳴しました。

「第三のタイプの人」の作者は安寿吉。彼は日本留学経験がありまして、さらに長期にわたり中国東北地方で働いておりました。本作は一九五〇年代に書かれたものです。小説は正直な知識人の精神的苦悶と退屈な暮らしを描いております。作中の主人公が酒に酔ったあとの描写が大変生き生きとしています。この人物は最初酔っ払って狂ったふりをして大騒ぎして、家族や隣人の反感を招きます。その後変わって酔うと黙って涙を流し、むしろ広く同情を勝ち取るのです。このような描写には、大いに風刺的意味があります。最後に、困難に直面しながらもなお人格の尊厳を保つ、若い女性のお手本となるような啓示を受けて、彼はついに覚醒し、たとえ乱世に身を処しながらも、真理の追求さえ放棄しなければ、なお良い人になれるのであり、そうすれば何一つせぬ酒狂いではなくなることを思い知ります。彼はもう一度酔っ払いますが、大騒ぎすることもなくて、黙って涙することもなく、静かに寝床に潜り込んで真面目に考えるのでした——重い圧力に屈服し、自らの使命を棄て、時流に乗って快楽に耽る人もいる。敢えて抵抗して、勇敢に時代の要求に答える人もいる。しかし僕はなんだ？　小説の主人公の思索は自己拷問のようでとても興味深いものがあります。

次の三作品は、どれも戦争が人の肉体と精神とにもたらした傷を描いており、明らかに反戦的傾向を示しています。金東里の「鵲《かささぎ》が鳴く」は奉守という青年が軍隊に入って戦場に行く物語です。戦闘の英勇で負傷したことがないのですが、そうであればあるほど彼は次々と戦場に送られます。彼が自ら傷つけるという不名誉な手段で軍隊を離れ郷里に帰ると、恋人の貞順はすでに同じ村の青年相浩と結婚しています。その後、奉守は彼に一途に同情し彼のために身を献げる覚悟をしていた相浩の妹英淑を殺し、自分も死刑判決を受けるのでした。

徐基源は韓国戦後文学の代表的作家の一人です。空軍大尉となったこともあります。本書収録作品は彼の力作短篇の「深夜の抱擁」です。同作は意識の流れの手法を用いて、戦争が普通の将兵の心に作り出す巨大な傷を描いております。小説の主人公は逃亡兵です。彼が逃亡した理由は一つに戦争に対する嫌悪であり、二つには恋人に対する思いでした。逃亡の過程で、彼の精神は常に恍惚状態にあります。過去と現実とが交錯し、幻想と回想とは判別できません。多くの殺戮場面のディテール描写は映画のクローズアップの如く忘れがたき恐怖を感じさせますし、多くの眩暈がするような省察には実に深いものがあります――「前線では俺たち朝鮮人が同族同士で殺し合い、都会には食欲と性欲、虚栄しか残っていない」。

「受難の二世代」は河瑾灿の作品です。小説が描いているのは前の戦争で左手を失った父が、陸軍病院から帰って来た息子を駅まで迎えに行く物語です。父親は戦争で左腕を失い、息子は戦争で右足を失いました。親子二人が交わす足一本を失うのがよいのか腕一本を失うのがよいのかという議論には目頭が熱くなります。片腕の父が片足の息子を背負って丸木橋を渡る描写は感動的であり象徴的意味に富んでおります。同作はその前の二篇と同じような題材の小説ではありますが、第一篇のように残酷ではなく、また第二篇のように陰鬱でもありません。それは感傷的にして温かく、悲観的にして絶望的ではなく、親子二人合わせて一人の完全な人という考え方は、韓国人民の戦争の廃虚から立ち上がり精神的物質的に郷里を再建した勇気と力とを明示しております。

戦争小説は文学の一大ジャンルでありますが、戦争賛美の文学は、永遠に文学における二級品でありまして、戦争が人間に与える精神的傷を描く文学、戦争を省察し戦争に反対する文学だけが、文学の一級品になれるのでしょう。この三作の韓国作家による戦争文学は私のように当時軍隊で服役していた作家に深い共感を呼び起こしました。

「ソウル一九六四年冬」の作者金承鈺は、短篇小説「生命の演習」で文壇に登場しました。本作は出身、経歴、生活環境の異なる三人が出会って生じる物語を描いています。これまで紹介してきた小説と比べて、本作は鮮明なるモダニズムの息吹を備えております。小説の物語性は減少し、登場人物の性格は曖昧で、その行動理由も謎です。しかしこのような小説は、私のような読者のさらなる感動を呼び起こすのです。おそらく国際性の要素をさらに多く帯びているからでしょう。このような小説は当然のことその現実的基盤を有しております。この基盤とは産業化、近代化の過程において、物質化した社会における、人間の感情の冷淡さと貧困化です。

「暴熱」の作者は千勝世。同作は失業した男性が、海辺の漁村に息抜きに行き、ある小さな飲み屋でサングラスを掛けた男と帽子を被った男とに偶然出会い、並んで酒を飲む物語です。小説には多くの仕掛けが設けられており、大変ドラマチックでありまして、作者の戯曲家としての力量がうかがえます。小説は鋭い現実批判性を備えており、主人公の境遇とサングラスの男の境遇とを通じて、社会の暗黒と不当性を暴露しておりますが、警察が最後に殺人犯の一馬を逃がすので、人の心における正義と真情の在りか示されるのです。小説の環境に対する描写からは作者の技量のほどがよく見て取れまして、あのうら寂しい浜辺、荒れ果てた漁村が、目の前に浮かぶかのようです。

金廷漢の「人畜の間」が描いているのはやはり彼の〝洛東江文学物語〟です。小説は滅多にない大干魃から書き始められ、美しく善良な若妻憤児の悲惨な境遇を描いております。しかし小説の中で村人が憤児の姑を責めることと憤児の意気地なしの夫が目を覚ますことが、読者の苦痛を軽減しています。最後に、獣医が憤児のために行う手術が成功し、憤児の命が救われることで、読者の気持ちは慰められます。悪い姑が登場するものの、結局は温情あふれる小説です。

劉賢鍾の「巨人」は本当の話とのことです。この小説は西門石と称される汽車の運転士の不幸な境遇と他人を救うために壮烈な犠牲死を遂げる感動的な事件を描いております。西門石は剛直で阿《おもね》らないため、人に陥れられ解雇されてしまいます。彼は運転士という仕事に非常な愛着を持っており、解雇されても、列車にたいそう未練があり、毎日駅の回りを彷徨っています。とうとう、彼は他人の替わりに一日列車を運転する機会を得ます。小説は彼が汽車に乗り込んだあとの、運転室での一連の行動や心理の動きを描いており、非常に正確で、深い感動を呼び起こします。最後に、列車は長いトンネルで事故を起こし、車内の乗客数千名を救うために、彼は危険を顧みず、各車輌を飛び回りながら乗客に後方に撤退して煙で窒息死せぬよう呼び掛け、それから運転室に飛び込み、爆発の危険がある竃を解除し、最後にトンネルから駆け出し、前からやって来る急行列車を止めようとして、壮烈な犠牲を遂げるのです。小説は深い感銘を与えますが、結末は明らかに作為的です。これも一つの問題を説明しているのです——現実において実際に起きた事件でも、小説に書くと、ときに却って嘘っぽく見えてしまう。このため、このような本当の事件と本当の人物を材料とする小説に特別な名称を与えるべきであり、それはルポルタージュ文学あるいはドキュメンタリー小説であり、こうしてプロットがあまりにできすぎていて嘘っぽく見えてしまう事態を排除するのです。

「亡命の沼」は李炳注の小説です。同作はポストモダン的でして、自嘲的筆致にあふれ、滑稽ではあってもずる賢くはなく、悲痛ではあってもユーモアに不足はありません。小説は大会社が揉め事で破算したのち妻を殺し子供を失い、自殺に失敗した一人の小人物が、女性の家に住んでヒモとなり、罪の意識により苦しい精神状態に陥り、もがき苦しむようすを描いております。彼はしばしばお上さんに家から追い出され、電話ボックスの中に身を潜めて夜を過ごします。そのような状態であっても、彼はなおも良心を残しており、かつて自分を助けてくれた人のために募金を集めるのでした。

本書の最後に収められているのが全光墉の長篇小説『裸身』です。まさに訳者が紹介している通り、作者はスケッチの方法で小市民の暮らしを描くのが得意なのです。彼の作品には、奇跡はなく、英雄はおらず、波瀾曲折も生じず、すべてが現実の奴隷なのです。『裸身』はこの作者の一九六〇年代の作品でして、経済的テイクオフを社会的背景として、下層民衆が背負う重荷、なめつくす苦労、生きていくためのもがきという情景を描いております。小説の主人公は一人は呉恩愛という少女で、父は亡くなり、母は重病、弟と妹は学校に通っており、彼女一人で家計の重荷を背負い、学校を退学してレストランのウェイトレスとなります。贅沢三昧の環境にあって、彼女は最初は固く身を守っていましたが、最後には抵抗しきれず、韓植という男性に誘惑されしかも妊娠してしまいます。小説は呉恩愛が名刺を持って韓植に会いに行くところから始まります。韓植は前線でアメリカ軍キャンプの廃品を買い入れる投機商人なのです。彼は非合法の商売に手を出し、妓楼で遊んでおりますが、良心はまだ残っております。身を寄せてきた呉恩愛を、彼は受け入れ、そして結婚します。最後に、韓植は逮捕され投獄されます。呉恩愛は韓植を救うため、米軍キャンプに忍び込み、肩を銃撃されて負傷し、流産してしまいます。彼女と共に働いていた昔の同僚の美淑は夫が彼女の女性の友人と駆け落ちしたため服毒自殺をいたします。韓植が出獄すると、暮らしは再びすべて仕切り直しとなり……。

この長篇は悠然たる筆致で書かれており、内容豊富にして詳細正確であり、ディテールも多彩でして、明らかに現実に根差したものです。この作品と中国の最近の「底層文学」とは相通じるところが多くございます。

この講演原稿を書くために、私はこの本を改めて通読しまして、十数年前に読んだときと比べて、さらに多くの印象を抱いた次第です。

第一の印象は、真の文学作品は、時間の試練に耐えうる、ということ。

第二の印象は、真の文学作品は、民族や国境を越える、ということ。

第三の印象は、韓国の文学は光り輝いているということです。一九一七年の李光洙の長篇小説『無情』以来、九十余年にわたり、韓国は無数の作家と詩人とを輩出して、素晴らしい成果をあげてきました。そして韓国作家が歩んできた道は、まさに中国作家がこれまで歩みそして今も歩んでいる道なのです。

第四の印象は、韓国と中国・日本とは、長い歴史の中で、多くの共通する文化遺産を蓄積しており、三国の文学作品は、共通した人文と美学の理想を追い求めてきました。昔に溯るほどに、このような共通するものは、増えるのです。

第五の印象は、韓国作家は皆さん小説の中で酒のことを書くのがお好きということでして、この小説集でも、各篇すべてにお酒に関する描写がございまして、酒を飲み、酒に酔い、酒を借りて憂いを忘れ、酒を借りて志を語り、酒を借りて物語を進める……韓国小説と酒とは、一篇の大学院生の論文題目となりえるのです。

この二六年前に出版された小説集により、私は韓国文学の一端を垣間見ることができましたが、これは一部にすぎないとは言え、私にとっては大変有益でした。今後はさらに多くの韓国文学が中国語に翻訳されることを願うばかりです――そうなれば、私も積極的に読みますので。

外国21

ドイツ文学から学んだこと

ベルリン　フランクフルト・ブックフェア「中国感知」フォーラム　二〇〇九年九月一三日

二〇〇九年は人民共和国建国五〇周年であり、ドイツのフランクフルト・ブックフェアはこの年のテーマ国を中国と定めた。前夜祭のフォーラムに招かれた莫言は、ユーモアたっぷりにドイツ・メディアによる莫言に関する誤報を指摘しながら、ゲーテからギュンター・グラスに至るドイツ文学が現代中国作家に与えてきた影響に感謝しつつ、中国独自の文学創造の意欲を語っている。

ご来場の皆様、こんにちは！

二日間の会議を開いて、ついに文学の話となりました。先月、私は胃出血のため入院しまして、退院後は身体が弱くなったので、本来は関係方面にご挨拶して、自宅療養のために、この会議には参加しないつもりでおりました。ところが妻が申しますには——引き受けたからには、約束は守りなさい、階段を登るだけでも冷や汗をかくとは言っても、やっぱり行った方がよいと思う。行かなかったら、主催者に対しとっても失礼よ。そこで妻の言う通りに、私はやってまいりました。家を出るとき、妻が私にこう言いました——ドイツの圧力鍋ってとってもよいんだって、一つ買ってきてね。これでようやく妻の本当の目的がドイツ土産の鍋にあることがわかったのです。私は一昨日の午後にすでに任務を果たしてまして、買った圧力鍋は枕元に置いてあります。このたびまいりまして、ドイツのあるメディアが私に黒い鍋を背負わせていることを知りました――申し訳ございません、通訳さんの面倒を増やしてしまうのですが、中国人は無実の罪を負わされることを「黒鍋を背負う」と称しまして、中国の一部のゴシップ紙はしょっちゅうそんなことをしており、いつも私についてデマを飛ばしております。ドイツのような謹厳実直で知られる国のメディアもこんなとは思いもよりませんでした。こうして見ますと、全世界のニュースメディアというのは大差ないようでございます。このたびのフランクフルト訪問は、私にとっては大収獲でして、ピカピカ銀色に光る圧力鍋を買えたばかりか、背負っていた黒い鍋までおろせたのです。私は山東人でして、山東人は亭主関白、男性が女房の言いなりになるとバカにされかねないのですが、今回の訪問で女房の話は必ず従うべし、と実感いたした次第です。もしも来なかったら、第一に圧力鍋のお土産は買えませんし、第二に私は黒鍋をいつまでも背負わなくてはなりません。女房の話は二つの貴重な原則を体現しております。一つは引き受けたことは遣り遂げる、約束は必ず実行する、というものです。もう一つは他人の良い品は受け入れることです。ドイツの鍋が良ければ、私たちはドイツの鍋を買うのです。私の女房のこの二点の優れた資質は多くの人が学ぶに値します。一昨日の夜に私は妻にショート・メッセージを送りまして、このたびの活動報告をいたしました。すると妻は、圧力鍋をもう一個買って、と返信してきたのです。圧力鍋が二個なんて重すぎます。そこで私は妻にデタラメを申しました――ドイツ税関の規定では一人一個の圧力鍋しか買えないんだ。もしもわがドイツの友人たちが反対なさらなければ、中国人による買い物が圧力鍋の値段高騰を招くのではとご心配でなければ、私は帰国しましたら、私の中国における影響力を行使しまして、文章を書きドイツ鍋の素晴らしさを宣伝し、全中国の専業主婦をして彼女らが夫にお鍋を買わせるようにいたしたく存じます。

お鍋の話だけしていてはいけませんで、私たちは文学も語らねばなりません。私が思いますに、優れた文学作品は党派を超え、階級を超え、政治を超え、国境を越えなくては行けません。作家には国籍がある、これには疑問の余地はありませんが、優れた文学には国境はありません。優れた文学作品は人間的文学であり、人の感情を描き、人の運命を描くものです。それは全人類の立場に立つべきであり、世界普遍の価値を備えるべきなのです。それはドイツの作家のように——ゲーテの作品、トーマス・マンの作品、ハインリヒ・ベル〔一九一七～八五。一九七二年ノーベル文学賞受賞〕の作品、ギュンター・グラス〔一九二七～二〇一五。一九九九年ノーベル文学賞受賞〕の作品、マルティン・ヴァルザー〔一九二七～〕の作品、他にもジークフリート・レンツ〔一九二六～二〇一四〕の作品もございまして、これらの作品を私はたいていは読んでおります。私が思いますに彼らの作品こそ世界普遍の価値を備え、国境を越えた文学なのです。彼らが描くものは中国の読者にとっては馴染みのないドイツの現実でありまして、語っているのはドイツの物語ではありますが、彼らの作品がドイツの現実の特殊性を描くと同時に、共通する人間の感情も表現しておりますので、彼らの作品は世界に向かう通行証を獲得しているのでありまして、そのために彼らの文学はドイツの文学にして世界の文学でもあるのです。私は率直に認めなくてはなりません——中国現代文学、換言すれば一九四九年から現在に至る文学のうちの一部の作品は、世界文学の素養を備えてはいないことを。なぜならこれらの作品の作者が時代の制約を受けているためでありまして、作者の胸のうちの真の感情を表現することを願わないからなのです。このような状況は一九八〇年代から変化を生じております。多くの方の中国最近三〇年来の文学に対する評価は高くはございませんーーそれにはドイツの著名なサイノロジストのクービン〔顧彬、Wolfgang Kubin　一九四五〜〕さんも含まれまして、彼の私ども最近三〇年来の現代文学に対する評価はとても低いのでございます。クービンさんには多くの大変な名文句があるのですが、ここで改めてのご紹介はやめておきましょう。私の個人的な意見では、最近三〇年来の中国現代文学は大きな成果をあげております。私どもは多くの世界文学の水準に達する優秀な作品を書いております。中国現代文学がこの三〇年の間に顕著な進歩と巨大なる成果をあげてきた原因は、私ども中国作家が三〇年にわたり大胆かつ謙虚にドイツ作家を含む西側文学の作品に学んできたからなのです。しかし西側文学に学ぶことは西側文学の様式をクローンして私たち自身の小説・詩歌を製造するという意味ではございません。一九八〇年代中期、私たちは確かに単純模倣の段階を経ておりますが、この段階はあっという間に過ぎてしまいまして、それというのもこのような模倣では展望が開けないと私どもが素速く認識したからなのです。ギュンター・グラスさんをバッチリ模倣したとて、それが何だと言うのでしょうか。それはせいぜい中国のギュンター・グラスとなるだけなのです。マルティン・ヴァルザーさんをバッチリ模倣したとて、それも何だと言うのでしょうか。それはせいぜい中国のマルティン・ヴァルザーとなるだけなのです。自らの文学的地位を得ようとするなら、自らに属して他人とは異なるものを書かねばならず、ある国家の文学が世界文学における地位を得ようとすれば、同様に自らの鮮明なる風格を備えねばならず、他の文学とは基本において共通するものを持ちながら、ある特徴は十分に鮮明であるべきなのです。ですから私が思いますに、中国文学は世界文学の一構成部分でありながら、中国自身のものでもある、これこそが正しいのです。それではどのようにしてこの目標を実現するのか、それには私たちが中国古典文学とドイツ文学を含む西側文学に学ぶと同時に、わが中国の庶民の日常生活に潜んでいる創作資源――それには私たち一人一人の他人とは異なる自らの経験が含まれますが――を発掘しなくてはならないのです。その後私たち独自の経験を基礎として、私たち自身の人物シリーズを作り出し、私たち自身に属する文学言語を用いてあるいは磨きをかけて、鮮明なる個性を備えた小説あるいは詩歌を創作するのです。このようにしてこそ、一人の作家として初めて文壇における自らの地位を得られるのでありまして、一つの国の文学として世界文壇における地位を得られるのですが、この目標は遙か彼方にあって未だ実現してはおりません。私たちは大きな成果をあげたとは言え、私たちが考える偉大な文学からはなおも大きな距離があるのです。このために私どもは確かになおもあらゆる国、あらゆる民族の優秀な文学作品に謙虚に学び、わが中国の伝統文学作品に学び、さらに日常の最も普遍的現実の中に深く入り、自ら体験し、自らの最も深い感触、心に最も突き刺さる感覚を書くべきであり、そうしてこそ私たちの作品は初めて世界文学的価値を備えることが可能となるのでありまして、さもなければ私たちが書くものはいったいどんなものなのか、とても判断しがたいのです。

他に、文学の多様化をめぐるお話をしたいと思います。圧力鍋は大量生産できまして、しかも標準化すればするほどよく、修理も便利ですね。ところが文学が最も恐れるのが大量生産なのです。私などには中国現代文学の進行について評価する資格などございませんが、この三〇年間に大量の文芸作家が現れており、厖大な文学作品と言われるものが現れております。大量に文学作品を読みませんと、これに対し全体的な評価をするのは危険でありまた無責任でもあります。私は他人の作品に対し余計な批評をするような趣味はございませんが、文学に関しては私なりの基準がございまして、この基準に従い作家を良いものと比較的良いものとに分けているのです。私にはある作家を好きになれないこともありますが、その人の創作方法に干渉する権利はございません。もしも私が批評家でしたら、もちろん可能な限り私個人の審美的偏向を排しまして、可能な限り客観的に他人を評価いたします。しかし私は一人の作家として、とても個性的に私が好きなものを選び、好きでないものは読まないことでしょう。先ほど一人の方が作家と社会現実との関係、特に政治との関係を提起なさりました。良い文学、良い作家は当然のことながら社会現実から離れられません。一人の中国作家として必ずや中国社会に発生するすべてのことに高度な興味を抱き、しかも深く掘り下げた理解と体験を持たねばなりません。社会に発生するさまざまな問題に対し自らの見方を持たねばなりませんが、その見方はあらゆる人と異なっているかもしれないのです。一人の作家にとって、文学にとって、最も貴いことはそれがあらゆる人と異なる点にあるのです。もしも私たちあらゆる作家の見方が同じであるのなら、これほど多くの作家が存在することの価値を疑うべきでしょう。社会において、ときに私たちは共通性を強調しますが、文学においては個性を高度に強調すべきなのです。中国で、私は多くの講演をしておりましてみな文学の個性化と作家の個性化を題目としております。これも三〇年来中国作家が行った巨大なる努力でありまして、様式化・

公式化・重複した決まりきった作品からの脱却でございます。作家は社会に存在する暗黒なる現象に対し、人間性の醜くさ悪辣さに対し当然のこと強い義憤と批判を抱かねばなりませんが、私たちはすべての作家に統一された方法で正義感を表明させることはできません。ある作家は大通りに立ってスローガンを叫んで、社会における不公正な現象に対する見方を表現するでしょうが、ある作家が小部屋に隠れて小説あるいは詩歌あるいはその他の文学形式で社会における不公正な暗黒なことに対する批判を表現することも容認されなくてはならず、加えて文学にとっての巨大なタブーとは過剰に自らの政治的観点を吐露することでして、作家の政治的観点は文学的な形象化の方法により提示されるべきなのです。もしも形象化された文学的方法を用いるのでなければ、私たちの小説はスローガンへと変質し、宣伝品へと変質することでしょう。そのようなわけで私が思いますに、作家の政治的態度は、彼の社会におけるホットな問題への関心は確かに政治家や社会学者の表現方法とは異なるのでありまして、作家の隊列にあっても多くの差異があるべきなのです。私たちは確かにすべての人にみなが同じであるように強く要求する必要はないのです。最終的に、結局のところ、作家はやはり作品で語るべきだと私は思っておりまして、それは作家がその職業により執筆こそ彼の最も神聖なる職責であると定められているからなのです。もしも人が作家という名称のみを持ち、小説も詩歌もなく、その他の文学作品もなければ、それはいったいどんな作家なのでしょうか。何を作家と称するのか？　それは彼が作品を書くからなのです。何を著名作家と称するのか？　それは彼が巨大なる影響を生み出す作品を書くからなのです。偉大な作家とは何か？　それは彼が全人類に影響を与えうる作品を書くからなのです。そのために作家の名称は作品を基礎としているのです。作品がなければ、その人の作家という身分は大いに疑うに値するのです。当然のこと私は誰もがみな不徹底だと思いますし、私も不徹底でございます。もしも私が徹底していたとすれば、私は自分の名前の如くに話をしてはいけないのです。そのようなわけで私も不徹底、私も話をしたいのであります。

最後に私は演題から外れる話をしたいのでして、それはドイツの新聞が報じた某々が会議に参加したことへの私の見方でございます。ある新聞はたいそう具体的に語っており、私は「彼とは同じ部屋にいたくなかった」等々とのことです。これらの報道を読んでも私にはちょっとわけがわかりません。私は一一日午後に飛行機を降りてから初めてこの一件を知ったというのに、私のこの一件に対する見方が一一日よりも前にすでにメディアで公表されているとは、どういうことでしょうか。誰か私をインタビューしたというのでしょうか。この件については私はやはり妻に本当に感謝しなくてはなりません――彼女が参加するようにと勧めてくれたことに感謝するわけでして、もしも来なかったら、私は本当にはっきり語れなかったのです。私が思いますに、論壇なんですから、誰もが話をして結構なのです。もはや二一世紀なのですから、誰も人の発言権を剥脱などできません。誰もが話をして結構、誰もが他人の自由を邪魔せぬ状況下で自らのあらゆる問題に対する見解を発表して結構なのです。もちろん、誰もが発言しなくともよいのです。もしも誰かが強制的手段により他人のこの権利を奪おうと思うとしたら、これは最も基本的なルール違反なのです。私は五〇代の人間でして、多くの小説を書いたいわゆる「著名作家」でもありますので、最も基本的な常識さえなく、そんなデタラメな話をする、そのようなことはございません。

最後に短い物語をお話ししましょう。フランクフルトはゲーテ誕生の地とのこと。中国ではゲーテに関するとても有名な物語が広まっています。あるとき、ゲーテとベートーベンとが通りを肩を並べて歩いていました。突然、向かい側から国王の儀仗隊がやって来たのです。ベートーベンは頭を挙げ胸を張り、国王の儀仗隊の前を身を挺して通り過ぎました。ゲーテは道を譲って道端に寄り、帽子を脱いで、儀仗隊の前で恭しく立っておりました。私が思いますに、この物語は私たちにベートーベンへの敬意とゲーテへの軽蔑とを伝えるものです。若いときには、私もベートーベンはものすごくて、ゲーテは話にならないと思っていました。しかし歳をとると共に、私は次第に気付いていったのです——ある意味では、ベートーベンのようにするのは難しくはない。だがゲーテのように、道端に寄り、帽子を脱いで、世俗を尊重し、国王の儀仗隊に対し恭しく敬礼する方が却って巨大なる勇気を必要とするのだ、と。

ご清聴ありがとうございました。

外国22

文学による越境と対話

フランクフルト　フランクフルト・ブックフェア開幕式　二〇〇九年一〇月一三日

莫言はゲーテとベートーベンが皇室の隊列に出会った際の逸話を紹介しつつ「芸術家にとって、大事なことは彼の皇族に対する態度ではなく、彼がどのような作品を創造するかなのです。……良き文学は国境を越え……政治よりも大きい」と語り、「誤解を打ち消し、相手を正確に知る最も有効的な方法」として交流と対話を呼びかけている。なお習近平はこの前年に国家副主席に選出されていた。

尊敬する習近平副主席、尊敬するメルケル首相。

中国人は多い、これは中国の国情の一つでございます。

人が多ければ、作家も多い、これもおそらく中国の国情の一つであることでしょう。

フランクフルト・ブックフェアの歴史において、これまで中国のように一気に百余名もの作家を送りこんできたテーマ国はなかったようすで、これは中国作家のこのたびのブックフェアに対する深い関心と憧憬とを示しておりますし、中国作家がこの機会を借りて世界文学の仲間、特にドイツの仲間に学びたいという謙虚さを示すものでもございます。当然のことながら、これは中国作家が国際的出版界、世界文学の仲間たち、国際的読者たちに向かい自らの創作成果を展示する機会でもあります。その他、私が知るところでは、多くの中国作家がゲーテの旧居を参観して、この偉大なる精神を育てた文化地理的環境を体験し、この偉大な作家の成長の歴史を理解したいと考えております。

先月、やはりこの場で、私は広く流布しております、ゲーテとベートーベンが路上でオーストリア皇室の方に出会ったというエピソードをお話しし私の感想を述べました。エピソードによれば、ゲーテとベートーベンとが通りを一緒に歩いていると、皇室の方の儀仗隊に出会いました。ゲーテは道を譲って道端に寄り、帽子を脱いで敬礼しましたが、ベートーベンは見て見ぬ振りをして、胸を張り通り過ぎて行ったのです。しかもベートーベンは豪快にもこのように公言したということです。——国王は大勢いるが、ベートーベンは我ひとり！　私は昔は皇室を恐れぬベートーベンを誰よりも尊敬し、皇室に敬意を表したゲーテをひどく軽蔑したものです。しかし歳をとると共に、このエピソードにおけるゲーテに対し多少理解を深めました。ベートーベンのように豪快に放言し意気揚々と進むのはひどく難しいわけではないが、ゲーテのように、身を屈め、世俗を尊重するのは容易ではない、と思うのです。帽子を脱いで敬意を表したのは皇室に対し媚を売ったことを意味するのではなく、ベートーベンが意気揚々と歩み続けたのは富貴に阿《おもね》る心理が彼にはまったくなかったことを物語るのではないのです。しかも私はこれまでこのエピソードの真実性を疑ってきました。広く伝わる有名人のエピソード、その信憑性はどれも疑うに値します。偉大な芸術家は生前には大衆を自らの創作の材料といたしますが、死後には、大衆が創作する際の材料となるのです。私が思いますに、芸術家のほとんどは二つの世界で暮らしていまして、一つは正常な人として平常の世界で暮らしております。一つは常人を超えた人として想像の、虚偽の、芸術的世界で暮らしているのです。もしもこの想像の、虚偽の芸術的世界に入り込んで出てこられなくなったら、それは天才ではなく狂人です。

ひとりの芸術家にとって、大事なことは彼の皇族に対する態度ではなく、彼がどのような作品を創造するかなのです。作家はみな自らの国籍を持ちますが、良き文学は国境を越えております。文学は政治から離脱はできませんが、良き文学は政治よりも大きいのです。

一七六三年には、中国の偉大な作家曹雪芹が逝去しております。そのとき、フランクフルトのゲーテは一四歳でした。一〇年後に、このドイツ青年が自らの一部の体験を上辺だけ変えて世界的名作『若きウェルテルの悩み』を書き上げたとき、彼の作品にあふれる封建的統治に反抗し、個性自由を求める精神が、曹雪芹の『紅楼夢』の精神と相通じているとは思いもよらなかったに違いありません。ゲーテの『若きウェルテルの悩み』と曹雪芹の『紅楼夢』の両作は様式的にはまったく異なる小説ですが、どちらも世界文学の古典的名著です。このことから、私たちは悟りを得られるのです——文学とは個性と共通性との統一である、と。一つの民族の文学は一つの民族の文学的個性を有しており、この個性はその国その民族の文学と彼《か》の国の彼の民族の文学とを差異化いたします。しかし文学が国家・民族の障壁を突破し、別の国家・民族の読者に受け入れられ、しかも情感における共鳴を引き起こす理由は、良き文学作品が必然的に人間の情感に共通する神秘を描き、明示し、人種と国境を越えた普遍的価値を提示するからなのです。

ゲーテは晩年に、何度も「世界文学」の概念に触れておりまして、「世界文学」を直接定義することはありませんでしたが、友人との通信および対話の記録を通じて、ゲーテの胸のうちの「世界文学」とは、まずは「文化を跨がる対話と交流」を指していたことを証明できるのです。ゲーテは広範な学術的読書、テクスト翻訳を通じて世界の各種文化の観点を理解し、寛容に向き合い、平静に受け入れ、すべての生命体が異なる中で体現している統一と調和とを理解したいと希望していたのです。

今日に至りまして、私たちは発見しました――ゲーテの「世界文学」に関する豊かな内容、その意義はつとに文学の範疇を突破しておりまして、彼の相い同じきところを求めて相い異なるところを残す、相互理解、互相包容、多様性尊重、多様性保護という思想は、すでに国際関係において普遍的に尊重される基本原則となっております。

先月、私はヨーロッパの新聞のインタビューを受けた際に、外国の読者がいかに中国現代文学を愛読しているかという問題を語りました。最初に、私は外国の読者が人間的な角度から私たちの作品を読んで下さることを希望いたしました――私たちの作品ではどのような人物形象が創り出されているか、人間の感情のどのような謎が提示されているか、どのような豊かな個性が描かれているか、歴史的現実において人のどのような境遇と運命が展開されているか、という点を読んでいただきたいのです。次に、私は外国の読者が芸術技巧の角度から私たちの小説を読んで下さることを希望いたしました――たとえば、私たちの小説の構成を読み、私たちの作品における象徴的意味を感じ取り、当然のことながら、優れた翻訳であれば、言語変換のメカニズムを通して、私たちの原作の文体を想像なさるのもよいでしょう。

この交流が提唱され、対話が提唱される時代にあって、作家の間の対話と交流も欠かせないものです。

向かい合って座り共にする対話が交流であれば、互いの作品を読み合うのも交流でして、それはさらに重要な交流と言えるでしょう。中国現代作家にとってドイツの現代作家は見知らぬ人々ではございませんで、ギュンター・グラス、ハインリヒ・ベル、ジークフリート・レンツ、マルティン・ヴァルザー、ペーター・ハントケ〔Peter Handke 一九四二〜〕……この方たちのお名前を私たちはよく存じておりまして、彼らの代表作を私たちは真剣に読んでおります。他の方のことは存じませんが、私自身にとって、これらのドイツ作家の作品は私の創作に対し積極的な影響を与えております。このように学ぶことにより私たちの個性は減されるどころか、むしろ強化されていることでしょう。もちろん、このような影響により私たちの小説において人間に共通する価値も増強しているのです。

およそ百年前のこと、私の故郷では、ドイツ人に関する二つの言い方ありました。一つの言い方は——ドイツ人には膝がない、地面に倒されたら、起きられない。もう一つの言い方は——ドイツ人は二股舌、ドイツ語話したけりゃ、鋏で舌を切り裂きな。当時、ドイツ人は私の故郷で膠済鉄道を建設しており、子供を集めてドイツ語を勉強させようとしたところ、ほとんどの家長が、自分の息子を隠したのは、息子の舌が鋏で切られると恐れたからなのです。一九八〇年代に山東大学に留学した数名のドイツの学生が私の故郷に来ましたが、私のお爺さんはじっくり彼らの膝と舌とを見つめておりました。お爺さんはこっそり私に尋ねたものです。彼らの膝はちゃんとあるじゃないか、舌も左右に分かれちゃいないし、本当にドイツ人なのかい？　私がお爺さんの疑問をこの数名の留学生に伝えたとき、彼らの顔にはなんとも困ったような表情が浮かびました。私は彼らに尋ねました——百年前、村から出たことのないドイツの老人は、中国人のことをどんなふうに想像していたのか、と。彼らは知りませんと答えました。私はイタリアのシシリー島で百年以上前の壁画を見たことがあると話しました――それには中国人が描かれていて、首の後ろに長い弁髪を垂らし、木の上で蹲っており、長くて尖った口をしていて、鳥のような顔つきでした。その当時のドイツ人の胸のうちの中国人も、さほど変わらないものだったのかもしれません。私がこのエピソードをお話ししたのはこれを借りてこのような説明をするためなのです――百年以上前に、私の故郷の人のドイツ人に対する想像とヨーロッパ人の中国人に対する想像とは、実はどちらも相手を化け物のようにしていた、という説明を。もしもその当時にゲーテの小説を中国語に訳す人がおり、そして曹雪芹の小説をドイツ語に訳す人がいたならば、これらの作品を読んだ人には、こんな奇怪な想像が生まれることはありえなかったことでしょう。交流し、対話することは、誤解を打ち消し、相手を正確に知る最も有効的な方法なのです。私が思いますに、これがおそらくフランクフルト・ブックフェアの最も根本的な目的であり、私たちがこちらにまいりました大事な目的でございます。

それでは、文学をして国家と国家、民族と民族、人と人との交流の中でそれが発揮すべき作用を発揮させるといたしましょう。そうしてこそこの私たち作家をして、この対話と交流の時代において、自らが演じるべき役割を演じさせるのであります。

ご清聴ありがとうございました。

外国23

物語る人——ノーベル文学賞受賞講演

幼少期からの特異な文学修業を語った講演。莫言は貧しい農村で飢餓と差別とに苦しめられるいっぽう、母親の献身的な愛に守られ、村人が語る厖大な物語を聞いて育った。二〇代になると自らの物語を語る方法を学び、作家デビューを果たしノーベル賞受賞に至るが、政治的ゴシップを流された。それでも莫言は「今後の歳月においても、私は私の物語を語り続けることでしょう」と断言している。

ストックホルム　スウェーデン・アカデミー　二〇一二年一二月七日

スウェーデン・アカデミー会員の皆様、ご来場の皆様。

テレビやネットを通して、ご来席の皆様は、あの遠き高密東北郷を、多かれ少なかれすでにご存じのことと存じます。私の九〇歳の老父をご覧になったり、私の兄や姉、妻や娘に一歳半になる孫をご覧になった方もいらっしゃるかもしれません。でも私が今最も会いたいのは、私の母であり、皆様は永遠にご覧になれません。受賞後に、私は多くの方と自らの光栄を分かち合いましたが、母とは分かち合おうにもそれは許されませんでした。

私の母は一九二二年に生まれ、一九九四年に亡くなりました。母の骨は村の東側の桃畑に埋葬されました。昨年、鉄道がそこを通るというので、私たちはやむなく母の墓を村からさらに離れたところに移しました。墓を掘り起こしますと、棺桶はすでに腐っており、遺骨も土と混ざっていることがわかりました。私たちは印として少しばかりの土を掘り出し、新しい墓穴に移しました。その瞬間から、母は大地の一部であること、私の大地に立っての訴えとは、母に対する訴えであると思うようになりました。

私は末っ子でした。

私の最初の記憶とは、わが家に一本しかない魔法瓶を提げて公共食堂にお湯を汲みに行ったことです。飢えのため力が入らず、うっかり魔法瓶を落として割ってしまった私は、ひどく驚いて、干し藁の山の中に潜り込み、一日中隠れていたのです。夕方になって、母の呼ぶ声が聞こえました。藁塚から抜け出た私は、叱られて叩かれると思っていましたが、母は叩きもせず怒鳴りもせず、ただ私の頭を撫でながら、長い長い溜め息を吐くだけでした。

私の最も辛い記憶は、母に付いて人民公社の畑に落ち穂拾いに行ったことで、麦畑の番人が来ると、落ち穂拾いの人々は一斉に逃げ出しましたが、私の母は纏足していたので、早くは走れず、捕まってしまい、大男の番人にビンタを張られてしまいました。母はバランスを崩し地面に倒れました。番人は私たちが拾い集めた落ち穂を没収すると、口笛を吹きながら得意気に去って行きました。口から血を流し、地面に座り込んだ母の、あの絶望的な表情を、私は生涯忘れられません。それから長い歳月が過ぎたのち、白髪の老人となった麦畑の番人が、村の定期市で私と再会したとき、私が仕返しのため飛び掛かろうとしたところ、母は私を引き止め、静かにこう言ったのです。「息子や、私を殴ったあの男は、この老人とは、別人だよ」。

私の最も印象深い記憶はある中秋節の昼のこと、わが家ではようやくのこと餃子のご馳走を作ったものの、一人一碗ずつしかありませんでした。さあ食べようというとき、物乞いの老人が、わが家の戸口に立ったのです。私が飯茶碗に半分ほどの干しイモを恵んであげたところ、老人はぷりぷり怒ってこう言うのです。「わしは老人だというのに芋を寄越し、自分たちは餃子を食べるとは、何を考えておるんだ」。私は思わずこう言いかえしました。「餃子なんて家《うち》じゃあ年に二、三回しか食べられない、それも一人一碗もなくて、腹半分も食えないんだ！　干しイモをやるんだから十分だろう、欲しくないなら、とっとと消えうせろ！」。しかし母は私を叱り付け、自分のお椀から半分の餃子を老人のお椀に入れてあげたのです。

私が最も後悔していることは、母に付いて白菜を売りに行ったとき、何の気なしに一人の老人に一銭高く売り付けたことです。代金を受け取ると学校に行きました。放課後に帰宅すると、滅多に涙を見せない母が大泣きしているのです。母は私を叱ることなく、静かに言いました。「息子や、おまえは母ちゃんの顔に泥を塗ったね」。私が一〇代のとき、母は重い肺病にかかり、飢えと病苦と疲労とで、わが家は困り果て、光りも希望も見失いました。私は、母が短気を起こすのではないかと、心配でなりませんでした。私は仕事から帰るたびに、門を入るなり大声で母を呼び、母の返事が聞こえると、岩が地面に落ちたような感覚を覚え、もしも返事が聞こえないと、居ても立ってもおられず、脇部屋や粉挽き場を捜しまわりました。あるとき、家中探しても母の姿が見当たらないのです。私は中庭に座り込んで、大泣きしました。このとき、母が柴を背負って外から戻ってきたのです。母は私の大泣きに大いに気分を害しましたが、私は母に自分の恐れを話せません。母は私の心を見透かして、こう言いました。「息子や、安心しな、生きてたってこれっぽちの楽しみもないけど、閻魔様がお呼びでない限り、逝ったりはしないからね」。

私は生まれながらに醜く、村では皆からバカにされ、学校でも乱暴な生徒二、三人から殴られることもありました。私が家に帰って大泣きすると、母はこう言ったのです。「息子や、おまえは醜くなんかない。鼻も目も揃っていて、五体満足、どうして醜いもんかね。それにおまえは心根がやさしく、良いことをたくさんしているんだから、たとえ醜かろうが、きっときれいになるよ」。その後私が都会に出て行くと、教養高い人々がやはり影で、ときには面と向かって私の容貌をバカにするので、私は母の言葉を思い出しては、彼らに心穏やかに詫びたものです。

母は字が読めませんでしたが、字を読める人をたいへん尊敬していました。わが家の暮らしは苦しく、一日三度のご飯にも事欠くありさまでしたが、本や文房具を買いたいという私の願いを、母は必ず適えてくれました。母は働き者で、怠け者の子供は大嫌いでしたが、読書で仕事が遅れたときには、一度も私を叱ったことはありません。

あるとき、村の市場に講談師が来ました。私はこっそり講談を聞きに行き、母に言いつけられた仕事を忘れてしまったのです。このことで、母は私を叱りました。夜になって、母が小さなランプの下で家族のため急いで綿入れの服を縫い始めると、私は我慢できず昼間に講談師から聞いた話を母に復誦してあげたところ、最初は面倒くさそうにしていました——母にすれば、講談師というのはならず者、舌先三寸で人をまるめこむ、そんな連中の講談なんぞ、碌な話じゃない、と思っていたのです。しかし私が復誦するにつれて、母も次第に話に引き込まれていきました。その後は市の立つ日には、母は私には仕事を割り当てず、講談を聞きに行くのを黙認してくれるようになりました。そこで私は母の恩情に応えるため、そして母に自分の記憶力の良さを自慢したいがため、昼間に聞いた物語を、声色表情もたっぷりに復誦してあげたのです。

まもなく、私は講談復誦では満足できなくなり、復誦の途中に、次々と脚色を加え始めたのです。私は母の好みに従って、筋を幾つか編み出し、物語の結末を変えてしまうことさえありました。聞き手も、母だけでなく、私の姉やおば、お婆ちゃんまで聞き手に加わったのです。母は私の講談を聞き終わると、ときどき私に言い聞かせるような、独り言のような、ひどく心配そうな口調で、こう言ったものです。「息子や、大きくなったらどんな人になるんだね？　まさかこの減らず口で暮らすってわけじゃあないだろうね」。

私にも母の心配が良くわかったのは、村ではお喋りな子供は、人に嫌われ、自分の家に面倒をもたらすこともあったからです。私が小説「牛」で描いたお喋りで村人たちから嫌われる男の子は、私の童年時代の影を引きずっています。母はいつも私にあまり話すなと注意しており、私に寡黙で、おとなしくおっとりした子供になって欲しかったのです。しかし私の身体からは、強度な物語りの能力と強大な物語りの欲望とが見え見えで、これは疑いもなく非常に危険なことでしたが、私の講談語りの能力は、母の楽しみともなっており、このことは母を深い矛盾の中に突き落としたのです。

俗に「山河は改めやすく、人の本性は変えがたい」と言いますが、両親が諄々《じゅんじゅん》と諭そうとも、私は自分の話好きの天性を改めきれず、こうして私の名前が「莫言」（言う莫《な》かれ）となったのは、誠に自分にとっては皮肉なことです。

私は小学校を卒業することなく退学しましたが、歳も幼く身体も虚弱であったため、重労働は無理で、できることと言えば河原の雑草地で牛や羊を放牧することでした。牛や羊を連れて小学校門前の道を過ぎるとき、元の同級生が校庭でふざけあっているのを見ると、私の胸は悲しみでいっぱいとなり、群からひとり離れることの苦しみ――たとえ子供であっても――を深く味わされました。

河原に着くと、私は牛や羊を放ち、牛たちに草を食べさせます。青空は海のよう、草地は果てなく広がり、回りには人っ子一人もおらず、人の声も聞こえず、ただ鳥が天上で鳴いているだけなのです。私はとても孤独で、とても寂しく、胸の中は空っぽでした。あるとき草地に寝転んで、ゆっくり流れる天上の雲を眺めていると、頭の中には次々と不思議な幻影が浮かんできました。私たちの地方には狐が美女に化けるという伝説がたくさんあります。私は一匹の狐が美女となり私の放牧の連れ合いになってくれればよいと願いましたが、彼女が現れることはついぞありませんでした。それでもあるとき、火の玉のように赤い狐が目の前の草むらから飛び出してきたので、驚いた私は腰を抜かしてしまいました。狐が走り去って姿を消してしまっても、私は腰を抜かしたまま震えていたものです。ときに私は牛のかたわらにしゃがみ込み、真っ青な牛の目と牛の目の中の自分の逆さ影を見ていました。ときには私は鳥の鳴き声の真似をして天上の鳥と話そうとしましたし、ときには一本の木に向かい胸のうちを訴えました。しかし鳥は私には応えず、木も私には応えません。――何年もあとに、私が小説家となると、当時の多くの幻想は、すべて小説の中に書き込まれたのです。大勢の方が想像力豊かと私を褒めて下さり、文学愛好家には、想像力培養の秘訣を教えて欲しい、と頼む方たちもおられますが、これに対し、私は苦笑をお返しするばかりなのです。

中国古代の賢人老子が申しましたように「福《ふく》は禍《わざわい》の伏《ふ》す所《ところ》、禍《わざわい》は福《ふく》の倚《よ》る所《ところ》」（『老子』第五八章に「禍は福の倚る所、福は禍いの伏す所」という一句がある）であり、私は幼少期に退学し、飢えと孤独と読むべき本のない苦しみを味わい続けましたが、まさにそのために私たちの先輩作家である沈従文（シェン ツォンウェン、しんじゅうぶん。一九〇二〜八八。湖南省辺境の軍人の家に生まれ、辛亥革命後に父が袁世凱暗殺に失敗して逃亡し沈家が没落したため、小学校卒業後に地元軍閥軍に入隊、匪賊掃討と称して良民の村を焼き払い逃亡兵狩りを行うという荒くれた軍隊生活を送った）のように、早期から社会と人生というこの大長篇の書を読むことになったのです。先ほど触れた村の市場で講談師の話を聞いたというのは、この大長篇の一頁にすぎません。

退学後の私は、大人の間に混じって、「耳学問」の長い生涯を始めました。二百年以上も前に、私の故郷からは物語の大天才――蒲松齢《ほしょうれい》（一六四〇〜一七一五。清代の文学者、科挙の試験に終生及第できず、怪談奇談の文語文短篇小説集の『聊斎志異《りょうさいしい》』を著した）が現れましたが、私の村の多くの人が――私も含めて――彼の後継ぎなのです。私は人民公社集団労働の畑で、人民公社の牛小屋馬小屋で、お爺ちゃんお婆ちゃんの熱いオンドルの上で、さらにはユラユラ揺れて進む牛車の上で、数多くのお化けの話や、歴史物語、逸話を聞いており、これらの物語は故郷の自然環境や家族史と密接に関わっており、私に強い現実感を覚えさせました。

これらの物語が私の創作の材料となる日が来るとは夢にも思わず、当時の私は物語に夢中の子供にすぎず、皆が話すことにウットリと聞き惚れていたのです。当時の私は絶対的な有神論者で、万物すべてに霊があると信じており、大木を見れば粛然として尊敬の念を抱いたものです。一羽の鳥を見てもそれが今にも人に変わるだろうと思い、見知らぬ人に会えば、その人は動物から変じて人になったかと疑うのです。毎晩人民公社の労働点数記録室から帰宅するときには、果てしない恐怖が私を包むので、肝っ玉を太くしようと、走りながら大声で唱っていました。ちょうど声変わりの時期で、嗄れた声の調子っぱずれ、私の歌は近所迷惑でした。

私が故郷で暮らした二一年の間に、家から最も遠く離れたのは汽車に乗り青島《チンタオ》へ行ったときのこと、材木工場の巨大な木材の間で迷子になりかけ、母から青島でどんな風景を見てきたのと聞かれた私は、意気消沈してこう答えたものです――何も見なかったけど、材木の山だけは見てきた。それでもこの青島行きが、私に故郷を離れて外地に行き世界を見たいという強い願望を抱かせたのです。

一九七六年二月、私は応召入隊、母が結婚記念の首飾りを売って購入してくれた四巻本の『中国通史簡編』〔范文瀾著、北京・人民出版社、一九四九～六五〕を背負って、高密東北郷という私が愛しまた憎む場所を出て行きまして、わが人生の重大時期を歩み始めたのです。もしも三十数年来の中国社会の巨大な発展と進歩がなければ、もしも改革・開放政策がなければ、私のような作家はありえなかったであろうことを、私は認めねばなりません。

軍営の味気ない暮らしの中で、私は八〇年代の思想解放と文学ブームを迎えまして、物語で耳学問し、減らず口で物語を語る子供から、筆による物語の語り手になろうと努め始めたのです。最初の道は平坦ではなく、二十余年の農村暮らしの経験が文学の豊かな鉱脈だということに気付いておらず、当時の私は文学とは善人慶事を書くこと、即ち英雄的模範的人物を書くことだと思っておりまして、何作かは発表しましたが、文学的価値は大変低いものでした。

一九八四年の秋、私は解放軍芸術学院文学部に入学しました。私の恩師で著名な作家である徐懐中〔シュイ ホワイチョン、じょかいちゅう。一九二九〜。軍人作家で解放軍芸術学院文学部主任、総政治部文化部副部長などを務め、一九八八年少将となる。代表作『われら愛情の種をまく』〕の指導下で、私は「秋の水」「枯れた河」「透明な人参」『赤い高粱』など一連の中篇短篇小説を書きました。「秋の水」という小説に、初めて「高密東北郷」という言葉が出現し、それ以来、各地を遊び歩いた農民が土地を得たかのように、この文学的放浪者であった私は、ついに身を落ち着ける場を得たのです。私の文学的領土である「高密東北郷」創建の過程で、アメリカのウィリアム・フォークナーとコロンビアのガルシア・マルケスから大いに啓発されたことを、私は認めねばなりません。私の両作家の読書はまじめなものではありませんが、両作家は天地開闢《かいびゃく》以来の豪快な精神で私を激励し、作家には自らに属する場が必要であることを教えてくれたのです。人は日常生活においては謙虚であるべきですが、文学創作においては、大威張りして、独断専行すべきなのです。私はこの二人の大先生のあとを追うこと二、三年にして、すぐにでも二人から逃げ出すべきだと考えるようになり、あるエッセーで次のように書きました。二人は二台の灼熱したストーブだが、私は氷、近付きすぎると、溶けて蒸発してしまう。私の経験によれば、ある作家が別の作家の影響を受けるその根本は、影響する側と影響される側とが魂の深いところで似ているからなのです。まさに「以心伝心」です。そのため、私は二人の本をきちんと読んでおらず、数頁読んだだけなのですが、二人が何をしたかがわかり、二人がどのようにしたかもわかり、そして私は何をすべきか、どのようにすべきかがわかったのです。

私がすべきことは実は大変簡単でして、自分の方法で、自分の物語を語るということでした。私の方法とは、私がよく知っている村の市場の講談師の方法であり、私のお爺ちゃんお婆ちゃんや、村の老人たちが物語する方法なのです。正直申しまして、物語しているときに、私は聴衆は誰かということは考えず、私の聴衆とは私の母のような人かもしれないし、私の聴衆とは私自身であるかもしれず、私自身の物語とは、当初は私自身の体験、たとえば「枯れた河」でひどく殴り付けられるあの男の子、たとえば「透明な人参」で最初から最後までひと言も話さない男の子なのです。私は確かに間違いをして父親にひどく殴られたことがあり、確かに橋梁工事現場で鍛治屋の親方のために鞴《ふいご》を押したこともあります。もちろん、個人的体験はどれほど不思議であろうともそのまま小説に書き込むことはできず、小説は虚構であるべきであり、想像であるべきなのです。多くの友人が「透明な人参」は私の最上の小説だと言うのに対し、私は反論もせず、同意もしませんが、「透明な人参」は私の作品の中で象徴性が最も高い、最も意味深長な作品であると考えています。あの全身真っ黒で、超人的な痛みに耐える力と超人的な感受性を備えた男の子が、私のすべての小説の魂であり、その後の小説で数多くの人物を書いてはみたものの、あの子ほど私の魂に近い人物はおりません。あるいはこうも言えるでしょう――作家が描き出す何人かの人物の中には、やはり一人のリーダーがいるもので、この沈黙の少年こそリーダーであり、彼はひと言も話さずとも、さまざまな人物を力強く導き、高密東北郷というこの舞台で、思う存分に演じるのです。

自分の物語にはやはり限界があり、自分の物語を語り終えたなら、他人の物語を語らねばなりません。そこで私の家族の物語、私の村の人々の物語、そして老人たちから聞いたことのある祖先たちの物語が、集合命令を受けた将兵のように、私の記憶の奥深くから湧き出てきたのです。彼らは待ちわびた視線で私を見つめ、私が彼らを書き出すのを待っているのです。私のお爺さん、お婆さん、父、母、兄、姉、おばさん、おじさん、妻、娘、みなが私の作品に登場しており、さらに多くの我らが高密東北郷の村人たちも、みな私の小説に顔を出しているのです。もちろん、私は彼らに対して、文学的処理をしており、彼らをして彼ら自身を超越させて、文学中の人物としています。

私の最新の小説『蛙鳴』には、私のおばさんのイメージが登場します。私がノーベル賞を受賞したので、大勢の記者がおばさんの家に押し掛けてインタビューしまして、最初はおばさんも我慢強く質問に答えていましたが、すぐに耐えきれなくなって、町の息子の家まで逃げて行き隠れてしまいました。おばさんは確かに私が『蛙鳴』を書いたときのモデルではありますが、小説の中のおばさんと、現実生活の中のおばさんとの間には天地の差があります。小説の中のおばさんは横暴極まりなく、ときにはまるで女山賊のようですが、現実のおばさんは善良で明るく、標準的な良妻賢母なのです。現実のおばさんの晩年は幸福で円満な暮らしですが、小説の中のおばさんは晩年に至るや魂の巨大な苦しみのため不眠症となり、全身を黒衣で覆い、幽霊のように暗夜を彷徨っているのです。私は寛大なるおばさんに感謝いたします——私が小説で彼女をあんなふうに書いてしまったのに怒りもしないのですから。私はまたおばさんの明智に深い敬意を表します——彼女が小説中の人物と現実の人物との複雑な関係を正しく理解してくれたのですから。

母が亡くなると、私は非常に悲しく、一冊の本を書いて母に献呈することに決めました。それが例の『豊乳肥臀』です。すでに胸に成算があり、感極まってもいたので、わずか八三日で、私はこの五〇万字に達する長篇小説の初稿を書き上げたのです。

『豊乳肥臀』という本で、私は何の憚りもなく母自身の体験と関係する材料を使いましたが、本の中の母の感情面での履歴とは、虚構あるいは高密東北郷に大勢いる母たちの履歴なのです。同書の巻頭言として、私は「天にある母の霊に捧ぐ」という言葉を書きましたが、実はこの本は、ところ天下の母たちに献じたものであり、これは私の身のほど知らずの野心であり、私はちっぽけな「高密東北郷」を中国ひいては世界の縮図として書きたいと思っていたのです。

作家の創作過程にはそれぞれ特色がありまして、私の各作品の構想と霊感の働きも必ずしもすべて同じとは限りません。ある小説――たとえば「透明な人参」――は夢を起源とし、ある小説――たとえば『怒りのニンニク』――は現実社会で発生した事件を発端とします。しかし夢を起源としようが、現実を発端としようが、最後には必ず個人的経験と結合してこそ、鮮やかな個性を備え、無数の生き生きとした細部により典型的人物を描き出す、豊かで多彩な言語により構造的にも独自の境地に達した作品へと変わりえるのです。特に触れなくてはならないのは、『怒りのニンニク』において、私は本当の講談師を登場させて、しかも本の中で大変重要な役を演じてもらいました。この講談師の本当の姓名を使ったことについては私はとても申し訳なく思いますが、もちろん、彼の作中における行為はすべて虚構であります。私の作品には、このような現象が何度も出現しておりまして、執筆当初には、私は彼らの本当の姓名を使い、これにより親近感を得ようと望むのですが、作品完成後に、彼らの姓名を書き換えようと思うもののすでに不可能だと感じる、そのために私の小説中の人物と同名の方が私の父を訪ねてきて苦情を述べるということが起きたことがありまして、父は私に代わって皆さんにお詫びするのですが、同時に皆さんに本気にしなさんなと諭すのです。父が言うには「息子は『赤い高粱』の初めの一句で、『僕の父親は山賊〔原文は「土匪」。土着の武装違法集団のこと〕で』と書いておるが、わしは気にせんのだからおたくらも気にせんように」。

私が『怒りのニンニク』のような現実社会に迫る小説を書く際、直面した最大の問題は、実は社会的暗黒現象を批判するかどうかということではなく、燃え上がる激情と憤怒のために政治が文学を圧倒し、小説を社会的事件に関するドキュメンタリーに変えてしまうのではないか、という点でした。小説家は社会の一員であり、彼には当然自らの立場と観点とがありますが、小説家が執筆するときには、必ずや人間的立場に立つべきであり、あらゆる人を人として描くべきなのです。こうしてこそ、文学は事件から始まって事件を超え、政治に関心を抱きつつ政治よりも大きいものとなれるのです。

あるいは私が長期間にわたり経験した厳しい暮らしのためでしょうか、私は人間というものに対しやや深い理解を抱いております。本当の勇気とは何かを知っていますし、本当の同情とは何かもわかっています。一人一人の心の中には是非や善悪で正確には判断できない曖昧な部分があり、この部分こそが、文学者の才能が展開する広大な天地であることも知っております。正確に、生き生きとこの矛盾に満ちた曖昧な部分を描いた作品でありさえすれば、必ずや政治を超えており優秀な文学の品格を備えているのです。

ベラベラと自作について話し続ければ人に嫌われますが、私の人生は私の作品と緊密に結び付いており、作品を語らずには、私はお話のしようもないのですから、ご来席の皆様もお許し下さい。

初期作品において、私は現代の講談師として、テクストの背後に隠れておりましたが、『白檀の刑』という小説から、私はついに舞台裏から表舞台へと飛び出したのです。私の初期作品を独り言であり、読者は眼中になかったと言うのでしたら、この本から、私は自分が広場に立ち、多くの聴衆に向かい、声色表情もたっぷりに語りかけていると感じ始めているのです。これは世界の小説の伝統であり、さらには中国小説の伝統なのです。私も積極的に欧米のモダニズム小説を学び、さまざまな叙事形式を弄しましたが、ついに伝統に回帰したのです。もちろん、この回帰とは、一定不変の回帰ではなく、『白檀の刑』とその後の小説は、中国古典小説の伝統を継承しつつ欧米小説技法を借用した混合文体なのです。小説という領域におけるいわゆる革新性とは、基本的にすべてこのような混合の産物なのです。本国の文学伝統と外国の小説技法との混合であるだけでなく、小説とその他の芸術ジャンルとの混合でもありまして、『白檀の刑』が民間戯曲との混合であり、私の初期の一群の小説が美術・音楽さらには雑技から栄養分を吸収していたのと同じことなのです。

最後に、自作の『転生夢現』〔原題『生死疲労』〕についてお話しさせて下さい。この書名は仏教の経典に由来しており、この書名の翻訳は、各国翻訳家の頭痛の種になっている、と聞いております。私は仏典について深い研究をしたことはなく、仏教に対する理解も当然とても浅いものでして、これを書名としたのは、仏教の多くの基本的思想とは、真の宇宙意識であり、人の世の多くの紛争は、仏教徒から見れば、何の意味もないからです。このような至高の視界の下に広がる浮世とは、実に悲しいものに見えてきます。もちろん、私はこの本を布教の言葉として書いたわけではなく、人の命運と人の情感、人の限界と人の寛容、そして人が幸福を追求し、自らの信念を守り通すために払う努力と犠牲を書いたのです。小説の中の一人だけで時代の潮流に立ち向かう藍臉《ランリエン》とは、私の心の中では本当の英雄なのです。この人物のモデルは、私たちの隣村の農民でして、私の幼少期には、しばしば彼がギーギー音を立てて木輪の荷車を押して、わが家の前の道を通り過ぎていくのを見かけました。荷車を引くのは足の悪い小さなロバ、このロバを引くのは彼の纏足の妻です。この奇妙な労働の組合わせは、当時の人民公社化されていく社会にあって、とても奇妙で時代遅れに見えまして、私たちのような子供の目にも、彼らは歴史の流れに逆行するピエロに見えたので、彼らが通りを進んで行くときには、私たちは義憤にかられて石を投げつけたものです。時代が変わって、私が筆を執って小説を書こうとすると、この人物、この画面が、私の脳裡に浮かんでくるのです。いつかはきっと彼について本を一冊書く、遅かれ早かれ彼の物語を天下の人に聞かせるのだ、と私にはわかっていましたが、二〇〇五年に至って、私があるお寺で「六道輪廻《りくどうりんね》」の壁画を見たとき、ようやくこの物語を語るべき正しい方法がわかったのです。

私がノーベル文学賞を受賞しますと、論争が起きました。当初、私は皆さんの議論の対象は私かと思っていたのですが、次第に、論じられている対象とは、私とはまったく無関係な人である、と感じるようになりました。私は芝居の見物人のように、人々の演技を見ておりました。私はその受賞者の身体が舞い落ちる花びらに覆われ、石をも投げつけられ、汚水もぶっかけられるのを見ました。彼が殴り倒されるのではないかとひやひやしましたが、彼は微笑を浮かべ花弁と石ころの中から現れると、身に注がれた汚水を拭き浄め、その脇に平然として立ち、人々に向かってこう言ったのです。

作家にとって、もの言う最上の方法は執筆です。私が語るべき言葉はすべて私の作品に書きました。口で語る言葉は風と共に散り、筆で書いた言葉は不滅です。皆さんが我慢強く私の本を読んで下さることを望みますが、もちろん私の本を読みなさいと強制する資格など私にはありません。たとえ私の本を読んだとしても、皆さんが私に対する見方を変えるとは期待していません——この世に、すべての読者に好まれる作家はこれまでもいなかったのです。このような時代にあっては、なおさらのことです。

私は何も話したくないのですが、今日のようなときには話さなくてはなりませんので、簡単に再度ひと言申します。

私は一人の物語る人なのですから、やはり皆さんには物語りをいたしましょう。

一九六〇年代、私が小学三年生になったとき、学校が私たちを苦難の展覧会〔人民共和国建国以前の民衆の苛酷な暮らしに関する展覧会〕に連れて行ったので、私たちは先生の引率のもと、大声を挙げて泣きました。先生に私の態度の良さを見せようとして、私はわざと涙を拭きませんでした。数人の生徒がコッソリと唾を顔に着けて涙がわりにしているのが見えました。本気で泣いたり嘘泣きしたりする生徒たちの中で、一人の生徒は、一滴の涙も流さず、泣き声一つ立てず、手で顔を覆うこともしないのに、私は気付きました。その男の子は目を見開いて私たちを見つめており、目には驚きというか困惑の色を浮かべていました。参観後、私は先生にこの生徒の行為を報告しました。このため、学校はこの生徒に対し警告処分を行いました。何年も経ってから、私が自分の密告について先生に懺悔すると、先生は、あの日その事件のことで報告に来た生徒は十数人もいた、と言うのです。処分された生徒は十数年前に亡くなりましたが、彼のことを思い出すたびに、私は大変申し訳なく思うのです。この事件で私は次のような道理を悟ったのです——皆が泣いているときでも、泣かない人は許されるべきだ。泣くことが演技であるときには、なおさら泣かない人は許されるべきだ。

もう一つ物語をいたしましょう。三〇数年前のこと、私はまだ解放軍で仕事をしていました。ある晩、私が事務室で本を読んでいると、一人の老齢の上官がドアを開いて入ってきて、チラッと目の前の私を見てから、「ああ、誰もいないのか」と独り言を言ったのです。私はすぐさま立ち上がり、大声でこう聞き返しました。「私は人ではないのですか」。その上官は私に面と向かって抗議され耳まで真っ赤にして、気まずそうに出て行きました。この一件で、私は長いこと自分が英雄的な闘士だと得意になっていましたが、何年も経ってから、このことを私は深く悔やむようになりました。

最後にもう一つ物語をさせて下さい——それは大昔にお爺さんが聞かせてくれたものです。八人の出稼ぎの左官が、嵐を避けようとして、壊れかけた神社に逃げ込みました。外では雷鳴がますます激しくなり、たくさんの火の玉が、神社の外で転げ回り、空中にはガオガオーという龍のような鳴き声が響いているのです。皆は恐ろしさのあまり、土気色の顔となりました。そこで一人が言うには「俺たち八人の中に、きっと天理に背く悪事を働いた奴がいるのだ、悪事を働いた奴は、進んで神社から出て行き、善人を巻き添えにするんじゃない」。当然、誰も出ていこうとはしません。すると別の者が提案しました。「誰も出て行かないのなら、皆で自分の麦わら帽を外に放ろう、帽子が神社の門外まで吹き飛ばされた奴こそ、悪事を働いた奴なのだから、其奴《そいつ》に出て行ってもらい罰を受けてもらおう」。こうして皆が自分の麦わら帽を門に向かって投げたところ、七人の帽子は門内に吹き返されましたが、一人の帽子だけが風に吹かれて持っていかれてしまいました。皆はこの人に罰を受けるべく出て行くようにと催促しますが、もちろん彼は出たがらないため、皆は彼を担ぎ上げて、門の外へと放り出したのです。物語の結末はすでに皆さんにもおわかりでしょう——その人が神社の門外へと放り出されるや、この神社は大音声を立てて崩れたのでした。

私は一人の物語る人です。

物語をしたので私はノーベル文学賞を受賞しました。

私の受賞後には多くの素晴らしい物語が生まれましたが、これらの物語によって、私は真理と正義の存在を固く信じるのです。

今後の歳月においても、私は私の物語を語り続けることでしょう。

皆様ありがとうございました。

[日本語訳初出　『透明な人参——莫言珠玉集』朝日出版社、二〇一三年二月]

講演原題（年月日）一覧

外国1　〔無題〕　一九九九年一〇月二三日
外国2　二十一世纪的中日关系　一九九九年一〇月
外国3　神秘的日本与我的文学历程　一九九九年一〇月二八日
外国4　福克纳大叔，你好吗？　二〇〇〇年三月
外国5　我的《丰乳肥臀》　二〇〇〇年三月
外国6　饥饿和孤独是我创作的财富　二〇〇〇年三月
外国7　我在美国出版的三本书　二〇〇〇年三月
外国8　用耳朵阅读　二〇〇一年五月一七日
外国9　小说的气味　二〇〇一年一二月一四日
外国10　〔無題〕　二〇〇三年一〇月
外国11　〔無題〕　二〇〇四年一二月二七日
外国12　没有个性就没有共性　二〇〇五年五月
外国13　恐惧与希望　二〇〇五年五月一八日
外国14　小说与社会生活　二〇〇六年五月

外国15　只有交流，才能进步　二〇〇六年八月一五日
外国16　大江健三郎先生给我们的启示　二〇〇六年九月一二日
外国17　〔無題〕　二〇〇六年九月一五日
外国18　我的文学历程　二〇〇六年九月一七日
外国19　离散与文学　二〇〇七年一一月九日
外国20　我读《韩国小说集》　二〇〇八年一〇月一一日
外国21　〔無題〕　二〇〇九年九月一三日
外国22　在法兰克福书展开幕式上的演讲　二〇〇九年一〇月一三日
外国23　讲故事的人　二〇一二年一二月七日

莫言とその文学——あとがき

林　敏潔

二〇一二年のノーベル文学賞受賞者は中国作家の莫言でした。中国では近年莫言に言及する文章は三万篇近くを数え、そのうち学術論文は二〇〇〇篇余に達し、諸説紛々、定説なりがたく、書見は追い付かず、という状況です。歳月は流れ、莫言の作品が国際的認知を得た現在では、彼に対する理論的論評はさらに百家争鳴の状態を呈しており、その論調には魔術的リアリズムのほかにも、ロマン主義、新感覚主義などの指摘、さらにはアヴァンギャルド的作風から伝統的描写への形態的転換、現実的郷土への回帰による郷土の厚い人情描写への評価等々、多彩です。実は莫言本人が自らの文学理念についてすでに十分に論述しており、本書の講演集は莫言文学の思想的精髄および創作の核心的テーマを集めたものと言えるでしょう。

本書の内容は主に二つに分けられ、一つは莫言自らの創作経験に対する総括、もう一つは世界文学とその理念をめぐる自由闊達な発言です。莫言はまず自らの創作の歩みを振り返り、自らが一九六〇年代の民間文学から受けた啓蒙を整理し、七〇年代には政治に迎合して習作を執筆したこと、八〇年代に至り西側作家を模倣しつつ文壇に向かって歩き始め、さらに二一世紀初めには民間文学と中国伝統小説に回帰しつつ創作活動を展開したと総括しています。このような莫言による創作体験の回想は、彼自身の創作実践に対する総括であるだけでなく、この数十年来の、特に改革・開放経済体制以後の多くの中国作家が描く創作展開の軌跡を典型的に提示しています。このため、読者は、莫言によるこの創作体験の総括から、現代中国文学の苦難多き探究の歴史を理解し、現代中国知識人の精神的葛藤と文化的理想とを体感できると思います。

莫言は国際的視野を持つ作家であり、二〇年来、日本、韓国、欧米各国で多くの講演を行い、対等な対話を基礎として、各民族の風格を有しながらも普遍的な世界文学の構築を提唱して、国際文壇に影響力を与える中国作家として活躍しています。彼は中国作家として積極的に世界文学との対話に参加し、中国固有の文化に立脚した表現を探究しつつ、中国的作風、気風にあふれた作品で世界文学精神追求の大きな一翼を担っています。二〇一二年スウェーデン・アカデミーの選考委員会は、莫言が外国の魔術的リアリズムと中国の民間物語および歴史・現代社会とを融合して優秀な文学作品を創作したと評価しました。莫言がノーベル文学賞を受賞したのは、彼個人の天賦の才能とその人生におけるたゆまぬ努力の結果によるものですが、中国社会のここ三〇年余の巨大な変革と、そして悠久の歴史との深い繋がり、密接な関係を有しているのです。

「魔術（幻想）的リアリズム（hallucinatory realism）と民間物語、歴史そして現代社会を融合した」というノーベル文学賞選考委員会の評価は莫言作品の本質を捉えており、彼の感覚から発する超現実主義的な根本的特質をよく示しています。莫言の受賞は中国文学の多様化にとって重要な一里塚でもあります。彼は西側や日本・韓国の文芸思想や小説創作手法を学んでおり、その作品は中国を描くばかりでなく中国の伝統的表現方式も備えているのです。

莫言は講演において文学内部の法則を重視し、作家の生命感覚を重視しており、これは文学研究にとって最良の参考文献であり、頼るべき文化資源であり、彼の文芸理論および論述は常に奥深くしてわかりやすく、生き生きとしたイメージを伴い、ユーモアにあふれています。同時に哲理にも富んでおり、それはまさに創作主体の生命力の表現であり、作者が観察し思考する世界のロジックをさらに巧みに展開しているのです。これにより多くの人々に対しいっそう説得力を増すことになり、人々にさらなる感動を与えているのです。実はこれは現在の中国の文芸界と学界にとって、極めて必要なことなのです。莫言の小説テクストには語りの力があり、彼のディスクールでは語りの張力が突出しているのです。小説とは一つの物語であり、莫言は「語りこそがすべて」と言っております。本講演集を読みますとさらに直接に莫言の魂と構想とに触れることができ、現実を目の当たりにできるだけでなく、現実が斯《か》くの如きである理由をも理解できるのです。その言論から現れてくる社会情報はまさしく真実であり、人生を多彩にみる眼差しを与えてくれます。

莫言文学の特質として語られる代表的なものを数点挙げたいと思います。

(1)現実社会に対し真実の芸術的表現を行うという文学理念を提唱し、魯迅文学の伝統継承者たらんと自覚している点。

莫言は二〇〇六年の福岡アジア文化賞受賞時に行った講演「わが文学の歩み」において「私の真の創作動機は、心に言いたい話があり、小説の方法を使って、私の内心奥深くの社会と人生に対する真の考えを表現したいことにあり」ますと語っています。莫言は自己の創作を一九一九年の五四運動以来の魯迅、巴金らの作家が切り拓いた社会人生の真実を表現するという創作伝統の中において、中国知識人の良知と勇気を示しています。これにより彼の創作は読者から深く愛されているのです。

(2) 真に新しく創造的な文学とは、作家が現実に対し行う独自な表現にあり、独自な風格の創作を形成すると考える点。

莫言は彼の講演「アメリカで出版された私の三冊」で、真の創造とは作家が「他人とは異なるものを書」く、これができれば作家には「独自の風格が備わるのです」と述べています。莫言の表現が最も特異な点は非常に豊かな想像力と感受性を備えていることであり、「わが文学の歩み」において次のように述べています。「私は耳と鼻と目と身体とにより現実を理解し、事物を体験したのです。私の頭の中の記憶は、すべてこのような音があり、色があり、匂いがあり、形がある立体的な記憶であり、生き生きとした総合的イメージなのです。このような生活体験と事物の記憶の方法は、あるところまで私の小説の姿と特徴とを決定しました」。

(3) 「庶民として書く」という独自の創作理念を提起し、作家の民間創作の姿勢を貫く点。

莫言は講演「作家とその創造」（原題「作家和他的创造」、講演集続巻に収録）において次のように指摘しています。作家の創作態度はおおよそ二つに分類できる。一つは「庶民のために書く」であり、作家は「庶民の代弁者」となります。もう一つは「庶民として書く」であり、作家は庶民の立場から創作するのです。莫言は社会が「庶民のために書く」文学を必要としていることを認めた上で、このような執筆を行う作家は「潜在意識に自分を庶民よりも上と考え、しばしば「精神的リーダー」を自認し、高みから見下ろす態度を取る」と考えます。これに対して「庶民として書く」というのは「個人の角度から自分を描く、これが個性化執筆」なのだと言います。莫言は「庶民として書く」（原題「作为老百姓写作」〔蘇州大学、二〇〇一年一〇月〕、講演集続巻に収録）という講演で、「庶民として書く」とは真の民間創作であり、作家は知識人の立場を手放して、庶民の考え方で考えねばならないと指摘しています。莫言文学のこの観点は、五四運動時期以来、過度にエリート化した文学創作の立場とは異なり、個性化と民間化に歩み寄ろうと努める彼の文学創作の姿勢をよく示すものです。

(4)莫言は自分の創作の道程を振り返って、自分は西側文学を参照することから民間文学と伝統中国とに回帰する創作の道を歩んできたと考えている点。

莫言は講演「わが文学の歩み」の中で、評論家たちが彼の創作に大変なレッテル貼りをしてきたと述べています――ルーツ文学派、アヴァンギャルド派、新感覚派、魔術的リアリズム、意識の流れなどです。彼は自分が評論家の「網には捕らわれたくない魚」と考えています。この講演では「西側文学に広く学びこれを参照する段階を経たのち、私は意識的に目を中国の民間文化と伝統文化に向け始めました」とも漏らしています。講演「私の文学的体験」（原題「我的文学经验」〔山東理工大学、二〇〇七年一二月〕、講演集続巻に収録）では、二〇〇〇年に執筆した長篇小説『白檀の刑』は山東省高密の地方劇「茂腔《マオチアン》」の芸術的手法を吸収しているとも語っています。講演「私はなぜ書くのか」（原題「我为什么写作」［紹興文理学院、二〇〇八年六月］、講演集続巻に収録）でも、自分の長篇小説『転生夢現』は「民族伝統と民族文化の中から小説の資源を探し出し」、作品を章回体で書いたのは、「中国史上の長篇章回体小説に対する回想でありリスペクトでもあります」と述べております。

(5)中国作家は伝統と現代、中国と西方との「複合的関係（relational bundle）」において自らの新たな創作の道を切り拓き、世界文学に一臂《いっぴ》の力を貸さねばならぬという点。

莫言は「わが文学の歩み」の中で、率直に自らの八〇～九〇年代の文学創作の際に、西側、日本の文学の優れた点を吸収し、参照したのち、自身の創作は中国の伝統文学と民間文学に転じたと述べております。これにより東西文学の相互参照体系が構築されたと言えます。このような体験によってのみ、「比較の中から東西両文学の共通性と特殊性とを発見できるのであり、創意性に富んだ中国でもありアジア的世界的でもある文学を書けるのです」と述べています。彼が期待する文学とは「民族と地域との文化的独自性・多様性を保持継承した、そして世界文化の共同と普遍性とを備えた」文学なのです。莫言は独自の風格を備えた中国文学が「必ずや世界文学の重要な一部分となり、中国文学の隆盛は、世界文学の構造を改変する」と信じており、このことを表明しているのです。

講演「大江健三郎氏が私たちに与える啓示」は中国における講演ですから、本来は本書続篇の講演集に収録すべきですが、現代日本の代表的作家を真っ正面から論じる――しかも大江氏自身が正面臨席する国際シンポにおいて――という点を考慮して、本書収録の判断をしました。また講演「交流によってのみ進歩する」は韓国からやって来た学生訪中団に対する講演であることを考慮し、これも本書に収録しました。

さて莫言ノーベル賞受賞により、名実が一致しました。このような群を抜いた莫言の作品はどのようにして世界に広まったのでしょうか。一般論を申しますと、ある作家の作品が西側文化界で翻訳され研究される度合いは、ノーベル文学賞受賞に対し決定的な誘導的作用を持ちますが、働き盛りの中国作家莫言がノーベル文学賞を受賞したというこの結果は、日本の中国文学研究者の莫言に関する熱心な翻訳紹介と重要な関連を有しているのです。日本の研究者は早い時期から、率先して莫言作品を紹介し多くの翻訳をしておりました。藤井省三教授は一九八九年には早くも莫言の手法に魔術的リアリズムという位置付けを与え、芸術的にも社会的にも優れた作家と評価しており、一九九一年より翻訳作品を刊行して日本文化界における莫言ブームを引き起こしました。ノーベル文学賞受賞者の大江健三郎は、早くから藤井教授らの翻訳を読んで莫言文学の真髄を理解し、さまざまな機会を捉えては、世界の読者に向けて莫言を熱心に推薦いたしました。これらのことは見落としてはならない重要な要素なのです。莫言が世界の文学界において、早い時期から特に注目を集め、ついには重要な地位を占めるに至るプロセスで、日本の優れた中国文学者が、大変大事な役割を果たしていたのです。

数年来、私は莫言さんの講演集から、無限のプラス・エネルギーを頂戴しております。そして外国語訳が刊行されることを常に深く願い、さらに多くの世界各地の読書家に、このような莫言文学の精髄としての講演集を楽しんでいただけることを切に望んでまいりました。その夢が今や現実となったのです。

尊敬する藤井省三教授が私の願いを聞き届けて下さり、ご多忙の中、本書共訳に従事して下さったことは、私にとって何にも替えがたい幸運でした。もしも藤井教授の支えをいただけなければ、莫言の素晴らしい言語と思想を正確に日本の皆様にお伝えするという、この重要な目的は果たせなかったと思います。ここに藤井教授に対し、深い感謝と敬意を表します。

私が慶應義塾大学の博士院生であったとき、莫言さんが初来日なさるとうかがった際の興奮は、今もいささかも減じてはおりません。そして今ついに藤井教授と共に莫言さんの講演を翻訳できることになりました。当時は思いもよらないことでしたが、このような機会を私たちに与えて下さった莫言さんに心より感謝申し上げます。管笑笑さんには初めから、いろいろ面において、親切なおかつ丁寧な対応をしていただきました。彼女にも心より深く御礼を申し上げます。私たちに下さった信頼こそが私たちの翻訳にとり、実に大きな動力となっているのです。誠に光栄に存じております。

中華社会科学基金が多大なご支援とご信頼を下さったことにも、深く感謝いたします。私たちはベストを尽くして翻訳編集を行いました。

最後に東方書店の川崎道雄常務はじめご支援下さった同社の皆様に御礼申し上げます。また同社元編集長の朝浩之さんが、特に編集において献身的なご協力を下さったことに深く感謝いたします。

皆様のご尽力により本書は出版できたのです。ここで改めて心より感謝申し上げます。

日本の読書家の皆様が、この莫言傑作講演集を通じて、中国文学、そして中国への理解をさらに深めて下さることを希望しており、多くのプラス・エネルギーを得られることを願っております。

耳で読む物語る人の話を聴くこと——あとがき

藤井　省三

本書収録の一篇に〝用耳朶閲読《ヨンアルトオユエトゥ》〟——耳で読む、という講演がある。本書は中国の村で小学校を中退させられた男の子が、飢餓に苦しみつつ、お爺ちゃんお婆ちゃんに大爺ちゃん、父さんそして村人たちの民話、昔話、噂話、小話、さらには市場《いちば》の講談師の語りを本替わりに聞きながら成長し、半世紀後のノーベル文学賞受賞記念講演で、「私は物語る人」と名乗りを挙げるまでを語り続ける本なのだ。翻訳に関するやりとりの中で、伝えたいことはすべてこの本にあります、と莫言さんからうかがってもいる。

作者の莫言とその文学については、本書の編者であり共訳者でもある林敏潔教授が、彼女の素適なあとがきで紹介しているので、私は手短にこの講演集に対する感想を述べてみたい。

莫言は大変な知日家で、日本には何度も来日している。そして「外国1　黒い少年——私の精霊」は初回訪問時の講演で、彼が中央文壇にデビューするきっかけとなった川端康成の『雪国』読書体験を語っている。長いトンネルを抜けて雪国を訪ねる語り手の島村が、芸者の駒子と再会するあたりの一節「黒くたくましい秋田犬がそこの踏み石に乗って、長いこと湯をなめていた」まで読んだとき、若き莫言は「小説とは何か」を悟ったと言う。そのときの自己描写がユニークで、「久しく恋い焦がれていた娘さんに撫でてもらったような感じがしまして、感動のあまり居ても立ってもおられず」、読書を止めて書き始めたデビュー作品が「白い犬とブランコ」であったというのだ。『雪国』島村の何気ない語りに触発された莫言は、長い時空のトンネルを一気に抜けて故郷の村へと帰還し、大爺ちゃんや広場の講談師の語りの世界を再発見したのであろう。彼らの物語では橋の下の鰻が「天下に二人とはおらんような美人」に化けて村医者を誘惑し、鶏舎の雄鶏がイケメンに変身して家の娘をナンパするのであれば、白い犬が少年期にブランコに相乗りしていた男女を一〇年後に不倫へと導くこともあろう……。

大爺ちゃんたちの物語についてはコロラド大学での講演「外国7 アメリカで出版された私の三冊」に詳しい。そして名作を途中で放り出す無礼に対し川端康成が赦しを与え、伊豆の温泉を訪ねた莫言に踊子の幽霊を接待役に遣わした、という奇想天外な体験が、「外国3 神秘の日本と私の文学履歴」で語られる。「外国11 憧れの北海道を訪ねて」では、日本映画を通じて知った北海道の魅力から説き起こし、日中戦争の記憶を呼び起こすという魔術のような語りが繰り広げられている。

一連のアメリカ講演でも破天荒な物語が次々と語られている。西海岸の名門カリフォルニア大学バークレー校で行った「外国4 フォークナー叔父さん、お元気ですか」では、魔術的リアリズムの元祖とも言うべきフォークナーの作品は一つとして読み終えていないと激白するいっぽうで、しかしフォークナーの写真集を毎日のように眺めては親しく対話し、叔父のように慕って、文学論を交わしているというのだ。そして「外国6 飢餓と孤独はわが創作の宝もの」では多数の餓死者が出たという毛沢東時代の〝大躍進〟期（一九五八～六二）を回想し、初春の小学校で生まれて初めて見た石炭を、生徒たちがガリガリと食べるのを見て、大人たちまで石炭を奪い合って食べていたという悲惨な体験を、ユーモラスに語っている。驚異的なる現実を緻密に描く、という魔術的リアリズムの王道を行くこれらの講演を、西部のトール・テール（法螺話）に親しんでいるアメリカの読書人は、呆気にとられて聴いたのだろうか、それとも哄笑と拍手喝采で迎えたのであろうか。

シドニー大学における「外国8　耳で読む」は、前置きとして「年寄りの村人たち」が語っていた物語に触れて、「地面を掃く箒や、一本の髪の毛、抜けた歯など、みんな機会を得れば妖怪になれるのです……死者は暗闇から私たちを見ており、守ってくれており、当然のことながら私たちを監督してもいるのです。少年時代の私があまり悪いことはせずにすんだのも、それは暗闇で監督している亡くなったご先祖の罰が当たると恐れていたからです」と述べたのち、耳学問の体験を滔々と語っている。

本書で語られる文学論は高い水準を示しており、ソビエト文学における異色の傑作『静かなドン』（ショーロホフ）における川の匂い分析や、オーストリアの作家ツヴァイクの名作「見知らぬ女の手紙」の模倣作に対する考察などは、実に興味深い（外国9　小説の匂い／外国20『韓国小説集』私の読み方）。たとえば後者の場合、「私自身の処女作「春の雨降る夜に」もこの小説の影響を受けております」と告白した上で、ツヴァイク作品が用いた書簡体では「胸のうちを率直に描け……自由に〔構成を〕展開」できるのであり、「手紙を書くように小説を書くというのは、初心者にとっては最も容易に事柄の感覚をつかみやすい」ために、多くの作家が「ツヴァイクを模倣するのは必然的なことなのです」と喝破するのである。

「外国16　大江健三郎氏が私たちに与える啓示」は、ときに魯迅と対比しつつ、(1)周縁と中心との対立の図式、(2)伝統の継承と伝統の突破、(3)社会への関心と政治への参加、(4)広く取材し、全体を理解する、(5)子供を思い、未来を思う、という五つの視点から大江文学の全体像を格調高く描き出しており、莫言の評論家的才能を示すものである。

本書「短序」で莫言は、アドリブで行う講演は事前に原稿を用意した講演と比べて「その時その場の情景と密接に結び付きながら……より自由にして気持ちを込められ」ると指摘した上で、「アドリブ講演では拍手と笑いをいただくうちに有頂天になってしまい、得意のあまり正しくない用例、不適切な言葉づかい、過度の風刺に走ってしまうこともあり、その結果講演後に面倒が生じる場合がございます。それにもかかわらず、私はなおもアドリブ講演を望みます」と述べている。

本書収録の講演の多くが、お好みのアドリブ講演で行われたようすで、そこでは『酒国』や『豊乳肥臀』の「自慢」話が語られ（外国1　黒い少年――私の精霊）、その勢いで次のような中国の文芸評論家に対する手厳しい批判が繰り出されてもいる。新基軸の文学を、と騒いでいた批評家たちは、莫言の自信作『酒国』が出版されると「シイーンとしておりまして、ペラペラ話好きの批評家も皆さん沈黙しておりました。これらの葉公龍《しょうこう》を好むの輩は私の本に腰を抜かしたのではないでしょうか」（外国7　アメリカで出版された私の三冊）と風刺するのだ。「葉公龍を好む」とは、春秋時代の楚国の葉公は龍が大好きと公言していたものの、本物の龍が現れると逃げ出してしまった、という伝説に基づく故事である。

「文学論は、アドリブが良いのです」とは言っても、フランクフルト・ブックフェア開幕式における講演（外国21 ドイツ文学から学んだこと）に臨んでは、さすがの莫言も周到に原稿を用意していたことであろう。なぜなら、講演が行われた二〇〇九年一〇月には、ドイツの一部のマスコミが誤った情報に基づいて莫言に対する中傷記事を流していたようすであり、しかも講演会場にはドイツのメルケル首相と中国の習近平国家副主席（現・国家主席）という中国と欧州の最高層の権力者が出席していたのである。そのような緊張した状況であるにもかかわらず、莫言は例によってユーモアたっぷりに自らの物語を展開し、ゲーテとベートーベンが皇室の隊列に出会った際の逸話で締めるのである――「芸術家にとって、大事なことは彼の皇族に対する態度ではなく、彼がどのような作品を創造するか」である、と。

最後の講演はノーベル文学賞受賞を記念する「物語る人」である。貧しい農村で飢餓と差別とに苦しめられるいっぽう、母親の献身的な愛に守られ、村人たちが語る厖大な物語を聞いて育ち、ノーベル賞作家へと成長するに至るまでを語っている。「今後の歳月においても、私は私の物語を語り続けることでしょう」という力強い宣言は、莫言講演集の中の白眉である。

本書は世界文学の中でも最も巧みな語り手による、現代文学の「聴き取り方」をめぐる楽しいレクチャーとも言えよう。

著訳編者紹介

莫　言（モーイエン、ばくげん）

1955年生まれ。山東省高密県（現在の高密市）の人。文化大革命（1966～76）中に小学校を中退、1976年人民解放軍に入隊。1981年に創作を始め、農村の驚異的なる現実を描き出す独特の魔術的リアリズムの境地を開いた。解放軍芸術学院卒業、文芸学修士。現在北京師範大学創作センター主任、中国作家協会副主席。代表的な長篇小説『赤い高粱』『酒国』『豊乳肥臀』『白檀の刑』などには日本語訳があり、邦訳の短篇集には『透明な人参』などがある。2012年にノーベル文学賞を受賞した。

林 敏潔（リン ミンジエ）

1987年日本留学、1993年東京学芸大学卒業、1995年同大学院修士課程修了、2000年慶應義塾大学大学院博士課程修了。1995～2011年慶応義塾・早稲田・國學院・明海など各大学で教鞭を執り、2009年東京学芸大学特任教授就任。2011年中国江蘇省特別招聘教授に就任、南京師範大学東方研究センター長・東方言語学系長となって現在に至る。応用言語博士。専攻は現代中日比較文学研究など。

藤井 省三（ふじい しょうぞう）

1952年生まれ。1982年東京大学大学院人文系研究科博士課程修了、1991年文学博士。1985年桜美林大学文学部助教授、1988年東京大学文学部助教授、1994年同教授、2005～14年日本学術会議会員に就任。専攻は現代中国語圏の文学と映画。主な著書に『中国語圏文学史』『魯迅と日本文学――漱石・鷗外から清張・春樹まで』（以上、東京大学出版会）、『村上春樹のなかの中国』（朝日新聞出版）、『中国映画　百年を描く、百年を読む』（岩波書店）など。

莫言《ばくげん》の思想《しそう》と文学《ぶんがく》——世界《せかい》と語《かた》る講演集《こうえんしゅう》

二〇一五年一一月二〇日　初版第一刷発行

著　者●莫　言

編　者●林敏潔

訳　者●藤井省三・林敏潔

発行者●山田真史

発行所●株式会社東方書店

東京都千代田区神田神保町一―三　〒一〇一―〇〇五一

電話〇三―三二九四―一〇〇一

営業電話〇三―三九三七―〇三〇〇

編集協力●朝浩之

装　幀●EBranch 冨澤崇

組　版●小川義一

印刷・製本●音羽印刷株式会社

定価はカバーに表示してあります

Printed in Japan

ISBN978-4-497-21512-3　C0098